SV

In seiner frühen Kindheit ein Garten

»Es gibt glückliche Kinder, die in ihrer frühen Kindheit einen Garten, eine Landschaft ihr Reich nennen können.«

Iris Murdoch, *Der Schwarze Prinz*

1.

Sie schaute auf die Uhr, die neben dem Fernseher an der Wand stand. Es war ein alter Regulator, den sie von seinen Eltern vor Jahrzehnten zu ihrer Hochzeit geschenkt bekommen hatten, ein hoher hölzerner Kasten, in dem hinter einer Glasscheibe ein Pendel schwang. Das Uhrwerk musste wöchentlich aufgezogen werden, und die Zeitanzeige war nicht genau, aber die Pendeluhr hatte alle Neueinrichtungen der Wohnung überlebt. In ihren ersten Ehejahren war sie das einzige wertvolle Stück ihrer Einrichtung, und später passte sie gut zu den Möbeln, die sie sich im Laufe der Zeit in verschiedenen Antiquitätengeschäften zusammengekauft hatten. Richard Zurek hatte es sich angewöhnt, unmittelbar vor dem Beginn der Abendnachrichten neben dem Regulator zu stehen, um beim Gongschlag im Fernsehen den großen Zeiger auf die Zwölf zu stellen. Jeden Abend schob er den Zeiger einen Zentimeter vor, und jeden Abend sagte er dabei den gleichen Satz: »Amici, diem perdidi.«

Als sie wieder auf die Uhr schaute, bemerkte sie, dass der Zeiger kaum weitergerückt war, es waren nur zwei oder drei Minuten vergangen.

An diesem Abend hatte ihr Mann den Zeiger nicht gestellt. Er war vor sieben Uhr aus dem Haus gegangen. Den ganzen Tag war er in der Wohnung umhergelaufen, immer wieder zu ihr in die Küche zurückgekommen, um sie etwas zu fragen, irgendetwas. Sie hatte den Kopf geschüttelt, als er wieder in der Küche erschien und sie nach seiner Taschenlampe fragte.

Beim Kaffeetrinken war ihm der Löffel zweimal aus der Hand gefallen, und den Kuchen hatte er, ohne es zu bemerken, zerkrümelt, während er mit ihr sprach.

»Was bist du nervös, Richard. Fehlt dir etwas? Du solltest zum Arzt gehen. Wann warst du das letzte Mal bei Doktor Sebald?«

Ihr Mann schüttelte den Kopf. »Es ist alles in Ordnung. Ich fühle mich wunderbar. Und bei Sebald war ich gerade. Er wird mich für einen Hypochonder halten, wenn ich schon wieder bei ihm auftauche.«

»Aber du bist so schrecklich nervös. Was hast du nur?«

»Nichts, Rike, gar nichts.«

Er klang verärgert und betonte jede Silbe auf eine Art und Weise, die ihr klarmachen sollte, dass er kein weiteres Wort darüber verlieren wollte. Eine Sekunde später riss er mit dem Ärmel seines Jacketts die Kaffeetasse um, so dass sich der Rest seines Kaffees über die Tischdecke ergoss. Friederike, seine Frau, verzog nur den Mund, stand rasch auf, rückte das Geschirr beiseite, um die Decke abzunehmen, knüllte sie zusammen und wischte mit ihr die polierte Tischoberfläche trocken. Dann eilte sie in die Küche, holte Küchenpapier und rieb den Tisch nochmals gründlich ab.

Ihr Mann saß hilflos daneben, die Hände im Schoß, und war verlegen. Immer wieder knurrte er etwas vor sich hin. Als seine Frau aus der Küche zurückkam und sich wieder an den Tisch setzte, das Geschirr hinstellte und ihm neuen Kaffee eingoss, sagte er anklagend: »Das kommt davon. Weil du mich mit deinen Fragen löcherst.«

»Sehr schön. Dann ist ja alles wieder in Ordnung. Dann haben wir ja einen Schuldigen gefunden.«

Schweigend beendeten sie ihr Kaffeetrinken. Nachdem die Frau das Geschirr in die Küche gebracht hatte, kam sie nochmals ins Wohnzimmer.

»Geh mal unter die Leute, Richard. Du bist seit Wochen nicht mehr rausgegangen. Sitzt den ganzen Abend mit mir vor diesem dummen Fernsehapparat, kein Wunder, wenn dir die Decke auf den Kopf fällt.«

Er hatte nur geknurrt, aber eine halbe Stunde später kam er ins Schlafzimmer, wo sie gerade Wäsche in den Schrank räumte. Er hatte den Mantel angezogen, die Schottenmütze hielt er in der Hand, und sagte ihr, dass er durch die Stadt gehen und auch im Bahnhof vorbeischauen wolle.

Der Bahnhof war eine Gaststätte. Als vor dreißig Jahren die Bahnlinie, die in ihre Stadt führte, eingestellt worden war, hatte sein alter Schulfreund Fred Plöger das prächtige Bahnhofsgebäude aus roten Klinkern preiswert kaufen können und die unteren Räume zu einem Restaurant umbauen lassen. Nach einem halben Jahr des Umbaus und der Vorbereitungen eröffnete er es als Weingaststätte mit elsässischer Küche. Er hatte versucht, seinem Haus einen anziehenden Namen zu geben und es ›Zur Kupferpfanne‹ genannt, aber seine Stammgäste, die alle aus dem Wohnviertel stammten, sprachen nur vom Bahnhof, wenn sie von ihm und seiner Gaststätte redeten, und so hatte Plöger sich seinen Gästen gefügt und ein Jahr nach der Eröffnung das Glasschild über der Eingangstür neu beschriften lassen. Nun hieß seine Gaststätte auch offiziell ›Der Bahnhof‹.

Als Zurek das Restaurant betrat, sah er sich um und grüßte einige der Gäste mit einem Kopfnicken. Dann ging er zu einem Tisch, an dem ein Ehepaar saß, gab beiden die Hand und unterhielt sich kurz mit ihnen. Er sah sich nochmals um und setzte sich dann auf einen der Barhocker neben der Theke.

»Was darf es sein, Herr Direktor?«, erkundigte sich der junge Mann, der hinter der Theke mit dem Einräumen von Gläsern beschäftigt war.

»Einen kleinen Roten, bitte.«

»Einen Franken habe ich, einen sehr trockenen. Der wird Ihnen gefallen.«

»Sehr schön. Den nehme ich. – Ist Ihr Vater nicht da?«

»Er war den ganzen Nachmittag im Restaurant. Kann sein, dass er nachher noch mal reinschaut.«

Der junge Mann nahm eine Flasche von der hinteren Anrichte, zeigte Zurek das Etikett und goss dann etwas von dem Wein in einen winzigen Tonkrug, den er zusammen mit einem Glas vor den Gast auf die Theke stellte.

»Wohl bekomms Ihnen, Herr Direktor.«

Zurek dankte ihm.

»Und? Wie geht das Geschäft, Ronald?«

»Klagen kann man immer, aber wir sind zufrieden.«

Ronald war der Sohn von Fred Plöger und arbeitete seit dem Schulabschluss im Restaurant seines Vaters.

Er war einige Jahre in dieselbe Klasse wie Zureks Sohn Oliver gegangen, bis dieser auf das Gymnasium kam. Zurek, der an derselben Schule der Stadt Deutsch, Latein und Physik unterrichtet hatte und bis zu seiner Pensionierung zwanzig Jahre der Direktor der Schule gewesen war, hatte ihn und seinen Sohn unterrichtet.

»Nochmals Glückwunsch zu Ihrem Sohn. Und vielen Dank, dass Sie uns die Anzeige geschickt haben. Es ist Ihr zweites Kind, nicht wahr?«

»Genau, das zweite. Jetzt sind die Nächte wieder sehr kurz.«

»Ja, ich weiß. Meine Tochter hat einen kleinen Sohn. Aber es ist die schönste Zeit im Leben, Ronald. Wir haben drei Kinder großgezogen, ich weiß, was das heißt. Glauben Sie mir, es ist die wunderbarste Zeit in Ihrem Leben.«

»Die Große ist drei Jahre alt. Sie ist wirklich ein Sonnenschein.«

»Drei, vier Jahre, das ist das schönste Alter. Wissen Sie, was die Amerikaner sagen? Bei ihnen heißt es, nur deshalb würden immer wieder Menschen geboren, damit die Dreijährigen nicht aussterben. Nehmen Sie sich für die Kinder Zeit und genießen Sie es. Wenn sie erst in die Pubertät kommen, dann fangen die Sorgen an. Und hören nicht mehr auf.«

Ronald warf einen besorgten Blick zu dem Gast, der lächelte ihn unbefangen an und trank ruhig sein Glas aus. Dann stand er auf und legte eine Münze auf die Theke.

»Grüßen Sie bitte Ihren Vater. Wir haben uns lange nicht gesehen.«

»Sie lassen sich selten bei uns blicken, Herr Doktor Zurek. Vater meinte schon, Sie hätten sich bestimmt ein anderes Stammlokal gesucht.«

»Nein. Aber es ist wahr, in den letzten Jahren bin ich selten aus dem Haus gekommen. Genauer gesagt, seit Olivers Tod.«

Er sah dem jungen Mann in die Augen, während er sprach, als habe er ihm eine Aufgabe gestellt und warte nun auf das Ergebnis. Der junge Plöger wurde verlegen, er fühlte sich unbehaglich, beugte sich über die Theke und stieß Biergläser auf die im Wasserbecken stehenden Bürsten.

»Vater würde sich freuen, Sie zu sehen«, sagte er ohne aufzublicken, »vielleicht kommen Sie nun wieder öfter zu uns.«

»Ja«, murmelte der alte Mann. Dann setzte er sich zurück auf den Barhocker und sagte: »Wir haben uns nie darüber unterhalten, Ronald, dabei wart ihr beide einmal ein Herz und eine Seele, du und Oliver. Weißt du, was mit ihm passiert ist? Wie ist es dazu gekommen?«

Der junge Mann nahm die gewaschenen Gläser aus dem Becken und stellte sie zum Trocknen auf das Lochblech der Theke.

»Nein, keine Ahnung. Zu mir hat er darüber nie ein Wort gesagt. Wir hatten uns aus den Augen verloren. Er war selten in der Stadt, das wissen Sie besser als ich. Und besucht hat er mich seit dem Studium nie wieder. Manchmal traf ich ihn zufällig, aber da hat man sich nicht groß unterhalten. Guten Tag und guten Weg, das war alles. Mehr weiß ich nicht. Mich hat das auch alles überrascht. Ich hab es nicht verstanden. Ausgerechnet Ihr Sohn, Herr Doktor Zurek, das geht mir überhaupt nicht in den Kopf. Sie waren immer so ...«

Er unterbrach sich und suchte nach Worten.

»Was meinst du, Ronald? Engstirnig, spießig, ein Kleinbürger? Sicherlich hattet ihr für euren Direx keine schmeichelhaften Bezeichnungen.«

»Nein, Sie waren ein guter Lehrer, aber streng, sehr streng. Ich hatte immer Manschetten vor Ihnen, auch wenn ich nur zu Besuch bei Oliver war. Sie waren für mich immer eine Respektsperson, der Direktor eben. Irgendwie drohte immer eine schlechte Note, wenn ich Sie sah. Verstehen Sie mich richtig, als Bub hatte man immer etwas ausgefressen, und ein Lehrer ist halt der Lehrer.«

»Vielleicht war ich zu streng mit ihm.«

»Nein, das meinte ich nicht. Sie müssen sich keinen Vorwurf machen. Ich glaube, Sie haben Ihr Bestes gegeben.«

»Davon bin ich leider nicht überzeugt, Ronald. Und ich denke jeden Tag darüber nach. Seit fünf Jahren. Jeden Tag denke ich an ihn.«

Der junge Mann entschuldigte sich, einer der Gäste verlangte die Rechnung.

»Grüßen Sie Ihren Vater«, sagte der alte Mann. Er stand auf, setzte sich die Schottenmütze auf den Kopf und verließ das Restaurant. Ronald Plöger war hinter dem Tresen hervorgekommen und hielt ihm die Tür auf, bevor er zu einem der Tische ging.

Nachdem Richard Zurek den Mantel abgelegt und die Schuhe ausgezogen hatte, ging er ins Wohnzimmer. Seine Frau sah ihn prüfend und erwartungsvoll an, er sagte nichts und setzte sich in den Sessel.

»Gleich kommen die Nachrichten. Soll ich den Apparat anschalten?«

»Ja.«

»Ich habe sie vorhin schon angeschaut. Es war nichts Besonderes, nichts von Interesse.«

»Das ist gut.«

»Und wie war es bei dir? Wen hast du gesehen?«

»Ich habe Herrn Baumann auf der Straße getroffen. Seine Frau hatte einen Schlaganfall.«

»Wie alt ist sie? Ich glaube, drei Jahre älter als wir.«

»Sie ist neunundsiebzig, sagte mir ihr Mann. Sie hat jetzt Mühe zu reden, man versteht sie kaum noch. Aber die Lähmung lässt vielleicht nach, habe der Arzt gesagt. Und im Bahnhof habe ich mit dem jungen Plöger gesprochen. Er lässt dich grüßen.«

»Es war gut, dass du mal rausgegangen bist, Richard.«

Auf dem Fernsehschirm war eine Uhr zu sehen, dann begannen die Spätnachrichten, und die beiden schauten wortlos auf den Apparat. Als der Wetterbericht begann und keine weitere Nachricht zu erwarten war, schaltete er den Apparat aus.

»Nichts von Bedeutung«, sagte er, »jedenfalls nicht für uns.«

»Wenn du nicht aufgibst und nun sogar den Staat verklagen willst, dann kommen wir nie zur Ruhe. Wenn du deinem Freund Immenfeld folgst, dann fängt alles wieder von vorne an«, sagte sie bekümmert.

Er nickte. »So wird es kommen«, sagte er dann, »doch das ist kein Grund, einen Mörder laufenzulassen und einem Unschuldigen die letzte Ruhe zu verwehren. Aber nicht Lutz Immenfeld entscheidet, sondern wir, du und ich, und niemand anders.«

Er erhob sich so mühselig aus dem Sessel, dass seine Frau besorgt zu ihm sah und misstrauisch jeden seiner Schritte verfolgte.

2.

Er wurde wach, als seine Frau neben dem Bett stand.

»Das Frühstück ist fertig. Zieh dir den Bademantel über und komm Kaffee trinken.«

»Wie spät ist es denn? Ich muss noch einmal eingeschlafen sein.«

»Neun Uhr. Ist doch schön, Richard. Auf uns wartet ja keiner mehr.«

Nach dem Frühstück duschte er und zog sich an. Dann ging er wieder ins Bad, um sich sorgfältig zu rasieren. Als er in die Küche kam, deutete seine Frau auf eine Tasse, sie hatte ihm bereits seinen Tee eingegossen. Er nahm die Tasse in die Hand und ging in sein Arbeitszimmer.

Der Raum war von einem gewaltigen Schreibtisch beherrscht, der mitten im Zimmer stand. Zwei Wände waren mit einem massiven, zum Schreibtisch gehörenden Bücherschrank und mit Regalen zugestellt, in denen neben den Büchern Aktenordner standen und einige Papierbündel lagen. Er stellte sich vor das schmale Regalteil am Fenster, in dem früher die Geschichtsatlanten und die voluminösen, großformatigen Lexika gestanden hatten, die er für seinen Unterricht brauchte. Nach und nach hatte er sie herausgenommen und im Keller deponiert, um Platz für die Aktenordner zu schaffen. Jetzt standen in diesem Regal zusammengepresst die grauen Ordner, in denen er seinen Briefwechsel mit den Behörden und seinem

Anwalt Feuchtenberger abgeheftet hatte, die Schreiben der Staatsanwaltschaft und ihre Pressemitteilungen, die unzähligen Zeitungsartikel und die Kopien von Büchern und Aufsätzen der Zeitschriften, die sich mit dem Fall befassten. In drei der Ordner hatte er gesondert die Artikel der Boulevardpresse gesammelt. Da er in den vergangenen Jahren immer wieder zu diesen Unterlagen greifen und in ihnen blättern musste, hatte er diese reich bebilderten und mit dicken Überschriften versehenen Zeitungsseiten in eigene Ordner gesteckt, er wollte nicht, dass sie ihm beim Durchsuchen der Akten überraschend unter die Augen kamen.

Er nahm einen der Ordner aus dem Regal, legte ihn auf den Schreibtisch und setzte sich. Einen Moment starrte er auf den geschlossenen Aktendeckel, dann schlug er ihn auf, las eine Zeile, schaute auf die Beschriftung der Trennblätter und klappte ihn mürrisch zu. Er musste nicht darin lesen. Seit fünf Jahren hatte er die Akten immer wieder studiert, hatte versucht, die seltsamen Formulierungen zu verstehen, den Sinn zu erfassen, um die Gründe zu begreifen, in der Hoffnung, den Schlüssel für das Geschehene zu finden. Er kannte jede Zeile, er würde nichts finden, was ihm das Unerklärliche verständlich machen könnte. Ein Rad begann sich in seinem Kopf zu drehen. Er schloss die Augen und massierte beide Schläfen. Unversehens wurden seine Augen nass, er weinte minutenlang. Das Telefon klingelte. Er nahm seine Brille ab und wischte mit einem Taschentuch hastig die Tränen ab. Er hörte seine Frau im Flur telefonieren. Einen

Moment lauschte er der Stimme, sie sprach mit einer Gertrude, und er vermutete, dass es ihre Cousine war. Er schob den Ordner beiseite, griff nach einem Blatt Papier und begann einen Brief zu schreiben.

Eine Stunde später schrieb er noch immer an diesem Brief. Wie bei einem Schulanfänger war das Blatt mit Korrekturen überdeckt, kaum ein Wort auf dem Papier, das nicht durchgestrichen und überschrieben war. Als seine Frau an die Tür klopfte und sie öffnete, um ihn zum Mittagessen zu rufen, schaute er belustigt auf das Schreiben, schüttelte den Kopf und steckte den Füllfederhalter in das Etui auf dem Schreibtisch.

»Kannst du mir sagen, was du eben gegessen hast?«, fragte seine Frau, als er den Suppenlöffel auf den leeren Teller zurücklegte.

»Eine Suppe. Eine sehr gute Suppe.«

Sie schaute ihn fragend an, sagte aber nichts.

»Entschuldige, Rike. Ich war mit den Gedanken woanders.«

»Es war eine Fenchelsuppe. Mit Kreuzkümmel und Sahne.«

»Den Kreuzkümmel habe ich herausgeschmeckt«, beteuerte er ernsthaft.

Sie nahm gekränkt die Suppenteller, brachte sie in die Küche und kam mit einem Tablett zurück. Die Schüsseln und die Platte mit dem Fisch stellte sie in die Mitte des Tisches und begann aufzugeben.

»Heute kannst du keinen Mittagsschlaf machen.«

»Warum nicht? Erwarten wir Besuch?«

»Du bist mit dem Pfarrer verabredet. Hast du das

vergessen? Ihr wollt euch heute mit dem Architekten im Gemeindesaal treffen.«

Er zog seinen Taschenkalender aus dem Jackett und schlug ihn auf: »Du hast natürlich Recht, Rike. Ich trinke noch einen Kaffee und mache mich dann auf den Weg. Andererseits, was kann ich dem Architekten schon sagen? Er wird wieder so lange auf uns einreden, bis wir ihm alle zustimmen. Er ist der Fachmann.«

»Hast du an Feuchtenberger geschrieben?«

»Nein.«

»Hast du dich schon entschieden?«

Er schüttelte den Kopf.

»Es schmeckt köstlich, Rike. Ich genieße jeden Bissen.«

»Mach dich bitte nicht über mich lustig. Es ist kein Vergnügen, stundenlang in der Küche zu stehen, um dann zuzusehen, wie du das Essen einfach hinunterschlingst.«

»Ich habe mich entschuldigt.«

Pfarrer Härle stand in der Eingangstür des neuen Saals und begrüßte die eintreffenden Mitglieder des Gemeindekirchenrats mit Handschlag. Härle war vor drei Jahren zu ihnen gekommen, zuvor hatte er eine Pfarrei in einer Kleinstadt im Nordrheinischen betreut. Er war Anfang dreißig, ein wilder Bart verdeckte den unteren Teil des Gesichts und gab ihm, zumal er ein untersetzter, kräftiger Mann war, eher das Aussehen eines Waldarbeiters oder Seemanns als das eines Geistlichen. Neben ihm stand Hossenfelder, der Architekt aus Köln, ein Bruder des Apothekers. Als die fünf Mitglieder des Kirchenrats eingetroffen waren, es waren alles Männer, gingen sie in den Gemeindesaal, der im vergangenen Jahr fertiggestellt worden war. Der Architekt holte seine Zeichnungen aus der Tasche, legte sie auf einen der Tische, die unter den Fenstern standen, und erläuterte die Skizzen.

Ein Umbau des neuen Hauses war notwendig geworden, da fünf Monate nach der Einweihung des Gemeindezentrums ein leichtes Erdbeben die Region erschüttert hatte. Außer einer heftigen Verwirrung der Einwohner, die seit Menschengedenken kein Beben in ihrer Heimat erlebt oder je von einem in ihrer Stadt gehört hatten, deren Fantasie und Ängste jedoch von den Schreckensbildern des Fernsehens und der Zeitungen über die Folgen einer solchen Erschütterung auf anderen Kontinenten erregt waren, und von einer einzigen Ausnahme abgesehen, gab es aber keine Schäden. Die Rückwand des soeben fertiggestellten Gemeindesaals war bei dem Beben gerissen, und nach aufwendigen Untersuchungen des gesamten Gebäudes und seiner Fundamente entschloss man sich nach Absprache mit der verantwortlichen Baubehörde, die beschädigte Wand von innen her zu sichern und eine zweite Rückwand davorzusetzen. Der Gemeindesaal würde nur geringfügig kleiner sein, anderenfalls stünde ein Abriss und Neubau an, der die finanziellen Mittel der Kirche übersteigen würde. Hossenfelder, der Architekt des Gemeindehauses, war mit dem Umbau beauftragt worden und hatte neben den durch das Beben notwendigen Veränderungen noch die weiteren Wünsche des Pfarrers und der Gemeindevertretung berücksichtigt, die sich nach der ersten Fertigstellung des Hauses trotz sorgsamer Planung ergeben hatten.

Der Architekt erklärte gewissenhaft die Zeichnungen, wies auf elegante Details und raffinierte Lösungen und vermochte mit seiner Begeisterung für den eigenen Entwurf den jungen Pfarrer und die Gemeindevertreter anzustecken. Pfarrer Härle war mit dem Entwurf mehr als zufrieden.

»Offenbar war selbst Gott mit unserem Bauwerk nicht zufrieden«, sagte er, als der Architekt die Zeichnungen in seiner Tasche verstaute, »immerhin bedurfte es eines Erdbebens, damit wir einen makellosen Gemeindesaal erhalten, und ein Erdbeben ist in unserer Stadt nicht eben gewöhnlich.«

Dann sprach er über die Kosten, die der Umbau verursachen würde, und als Hossenfelder erklärte, er würde auch diese Arbeit nicht berechnen und sie wie die ursprünglichen Bauskizzen angesichts der prekären finanziellen Verhältnisse der Kirchengemeinde und seinem Bruder zuliebe als Spende und etwas höhere Kirchenkollekte ansehen, nahm Pfarrer Härle das großzügige Angebot dankend, aber mit großer Selbstverständlichkeit an.

»Eine wohlüberlegte Entscheidung, Herr Hossenfelder«, sagte er lediglich, »sehen Sie es so: Sie haben nicht auf Ihr Honorar verzichtet, sondern es auf Risiko angelegt. Falls es dafür keine Ausschüttung geben sollte, ist es ein üblicher Bankverlust, anderenfalls dürfen Sie mit einer ungewöhnlich vorteilhaften Rendite rechnen.«

Der Architekt lachte schallend. »Ich hatte meinen Glauben bisher nicht als Anlagegeschäft betrachtet«, erwiderte er, »ich sehe, Sie gehen mit der Zeit, Herr Pfarrer.«

Er verabschiedete sich und verließ zusammen mit seinem Bruder, dem Apotheker, den Gemeindesaal. Härle besprach mit den verbliebenen Männern des Kirchenrats das in vierzehn Tagen auszurichtende Erntedankfest, er bat die Männer wegen der Ausschmückung der Kirche all jene ihrer Bekannten anzusprechen, die eine Gärtnerei oder Landwirtschaft besaßen oder sich sonstwie an der Ausgestaltung des Gotteshauses beteiligen könnten, weil er die Ausgaben für die Kirche künftig stärker einschränken müsse. Als sie den Gemeindesaal verließen und sich trennten, hielt Pfarrer Härle Richard Zurek auf. Wenn er sich gedulde, bis er alle Türen verschlossen habe, sagte er zu ihm, dann könnten sie sich zusammen auf den Heimweg machen. Richard Zurek nickte und wartete vor der Tür auf ihn. Als Härle wieder erschien, trug er in jeder Hand eine Aktentasche.

»Ich schleppe das halbe Büro mit mir herum«, sagte er und hob mit einem entschuldigenden Lächeln die Taschen hoch, »wir sind alle nur noch Verwaltungsangestellte irgendeines Archivs, gleichgültig, welchen Beruf wir eigentlich gewählt hatten. Ich soll mit den Menschen reden, für sie da sein, aber dazu lassen mir die Akten keine Zeit.«

»So geht es heutzutage jedem«, tröstete ihn Zurek, »als ich im Dienst war, brauchte ich ständig irgendwelche Akten und musste deshalb jeden Tag mit dem

Auto zur Schule fahren, obwohl es für mich ein Fußweg von einer Viertelstunde gewesen wäre.«

»Sie waren hier der Schuldirektor, ist das richtig?«

»Ja, aber das ist lange her. Es war vor Ihrer Zeit, Herr Pfarrer. Ich bin schon seit acht Jahren in Pension.«

Eine Frau kam über die Straße gelaufen, grüßte die beiden Männer und fragte, ob sie den Herrn Pfarrer kurz sprechen könne. Zurek trat ein paar Schritte zurück und schaute sich ein Schaufenster mit Gartengeräten an. Als er seine Brille aufsetzte und sich vorbeugte, um die Beschriftung an einem Spaten zu lesen, wurde die Ladentür geöffnet. Der Besitzer fragte ihn, ob er ihm helfen könne, und bat ihn, in das Geschäft zu kommen, doch Zurek dankte und wehrte ab. Er würde ein andermal vorbeikommen, um sich im Laden umzuschauen.

»Es ging um eine Taufe«, sagte der Pfarrer, nachdem sich die Frau verabschiedet hatte und sie weiterliefen, »das ist das Allerschönste in meinem Beruf, wenn diese winzigen Menschen zu mir gebracht werden. Haben Sie Kinder, Herr Zurek?«

»Ich hatte drei. Ein Mädchen und zwei Jungen. Einer der beiden, Oliver, ist tot. Und Christin, unsere Tochter, hat nun selber einen Sohn.«

»Entschuldigen Sie, Herr Zurek, das hatte ich vergessen. Von der Geschichte mit Ihrem Sohn habe ich natürlich gehört. Tut mir leid.«

»Es ist jetzt fünf Jahre her. Seit fünf Jahren ist er tot.«

»Ja, ich weiß. Damals stand es ja in allen Zeitungen. Haben Sie und Ihre Frau es einigermaßen verwunden?«

Richard Zurek blieb stehen und dachte nach. »Nein«, sagte er dann und ging weiter.

»Mit Gottes Hilfe«, begann der Pfarrer zu sprechen, aber er brachte den Satz nicht zu Ende. Zu oft in seinem Leben hatte er von Gottes Hilfe gesprochen, und zu oft hatte nichts und niemand geholfen, und er hatte den schalen Geschmack seines billigen, nichtssagenden Trostes als peinigend empfunden. Was wissen wir schon, was Gott mit uns vorhat, sagte er sich, vielleicht hat er genau das für uns vorgesehen, gegen das wir um seinen Beistand bitten.

»Wenn Sie mit mir über Ihren Sohn sprechen wollen, Herr Zurek, ich bin jederzeit für Sie da.«

»Danke«, sagte Richard Zurek, und der Pfarrer wusste nicht, ob er sein Angebot annehmen wollte oder es mit der Bemerkung abgelehnt hatte. Als sie über den Markt liefen, wies Pfarrer Härle belustigt zu einem Haus, an dem zwischen zwei Balkonen ein weißer Stoffstreifen gespannt war, auf dem mit grellroter Farbe eine Losung gemalt war.

»Der Kampf geht weiter. Die Gefallenen leben in unseren Herzen. Venceremos!«, las er die Aufschrift laut vor. Er wandte sich zu Zurek. »Jedenfalls hat Herr Schmückle diesmal keine Rechtschreibfehler gemacht. Im vorigen Jahr musste ich ihn einmal darauf hinweisen, dass auch in der wildesten Anarchie ein R enthalten sein muss. Kennen Sie Gerd Schmückle?«

»Natürlich. Irgendwann saßen alle einmal vor mir auf der Schulbank. Schmückle hatte schon als Schüler seine Schwierigkeiten mit der Orthografie. Dafür führte er große Reden auf dem Schulhof. Er war immer ein Großmaul, ein verspäteter Revoluzzer. Und seit er dieses Haus geerbt hat, beglückt er die Stadt mit seinen Sprüchen.«

»Als ich ihn auf den Schreibfehler hinwies, sagte er zu mir: Danke, Genosse. Ich erwiderte, ich sei nicht sein Genosse, sondern der neue Pfarrer. Und da ich mich für die Kinder verantwortlich fühle und sie kein falsches Deutsch lernen sollen, wolle ich seine Losung korrigieren, selbst wenn ich ihr nicht zustimmen könne. Ein merkwürdiger Mensch.«

»Ja. Oliver war mit ihm befreundet, das glaube ich jedenfalls. Ein fataler Mensch, dieser Schmückle.«

Als Zurek sich verabschieden wollte, winkte der Pfarrer ab und bestand darauf, ihn bis zu seinem Haus zu begleiten.

»Unsere Gemeinde bekommt einen erdbebensicheren Kirchensaal«, sagte er, als sie sich verabschiedeten, »unsere Patengemeinde in Kolumbien wird uns beneiden.«

»Nein, sie wird uns auslachen, Herr Pfarrer. Für diese Leute war das kein Erdbeben. Sie wären nicht einmal vor die Tür gegangen, um nachzuschauen, ob noch alles am Platz steht.«

»Vielleicht haben Sie Recht. Furcht und Schrecken sind wie Recht und Unrecht eine Frage der Gewöhnung, und was für den einen unerträglich ist, das ist für einen anderen der Alltag. Grüßen Sie Ihre Frau von mir. Wir sehen uns am Sonntag.«

Zurek betrat sein Haus und ging ins Wohnzimmer, wo seine Frau am Tisch stand und Hemden bügelte. Der Fernseher war eingeschaltet. Er erzählte, was man mit dem Architekten vereinbart hatte, und lief dann in die Küche, um Tee zu kochen. Er stellte Tassen und Kanne auf ein Tablett, brachte es ins Wohnzimmer, goss ein und verschwand mit der Tasse in seinem Arbeitszimmer.

Eine Stunde später ging er mit einem Briefbogen durch die Wohnung und suchte seine Frau. Sie stand auf dem Balkon, sammelte die trockenen Blätter auf, die um die Blumenkästen herumlagen, und zupfte vorsichtig die welken Blätter von den Pflanzen.

»Was hast du da? Hast du heute Briefe geschrieben?«, erkundigte sie sich.

»Nur einen.«

»Den ganzen Tag hast du an einem Brief geschrieben? An wen hast du geschrieben? Willst du mir den Brief vorlesen?«

»Nein, lies ihn selbst. Ich habe an den Minister geschrieben.«

»An den Minister?« Sie schaute ihn verwundert an und legte den Plastikbeutel, in dem sie das Laub sammelte, auf der Brüstung ab.

»Ja«, sagte er, »ich will wissen, warum er zurückgetreten ist. Ich habe einen Anspruch darauf, es zu erfahren. Ich will es wissen, ich muss es wissen.«

»Aber du hast ihm schon geschrieben. Hast du das vergessen?« Beunruhigt sah sie ihn an. »Du hattest ihm geschrieben, und er hat dir nicht geantwortet.«

»Ja, aber das war vor fünf Jahren. Vielleicht ist er heute bereit, meine Frage zu beantworten.«

Noch immer argwöhnisch ihren Mann betrachtend wischte sie die Finger an der Schürze ab, dann ging sie in die Küche, wusch die Hände, setzte sich an den Küchentisch und nahm den Brief.

»Bist du einverstanden?«, fragte er, nachdem sie den Brief zweimal gelesen hatte.

»Ja, du hast Recht, er muss dir antworten. Du hast den Brief sehr schön geschrieben. Zeig ihn aber vorher Feuchtenberger und sprich mit ihm darüber.«

»Das geht Feuchtenberger nichts an. Das ist eine Sache zwischen uns und dem Minister, das ist nichts für die Öffentlichkeit. Ich will den Minister nicht vor Gericht bringen, ich will nur, dass er uns antwortet. Er soll uns eine Auskunft geben, er soll mir sagen, was er weiß, und kein anderer Mensch wird je davon erfahren. So wie ich es ihm geschrieben habe.«

»Wenn der Minister ein Herz hat, muss er dir antworten, Richard.«

»Hoffen wir, dass er mir trotzdem antwortet.«

Er nahm den Brief an sich und wollte die Küche verlassen, als seine Frau ihn fragte: »Und Feuchtenberger? Was willst du ihm schreiben? Hast du dich entschieden?«

»Wir haben drei Monate Zeit, es uns zu überlegen, Rike. Ich denke, ich sollte zuvor einmal nach Kleinen fahren.«

Seine Frau war überrascht. Er lächelte sie beruhigend an und sagte: »Es ist so lange her. Heute werden wir bestimmt von keinem mehr belästigt. Meinst du nicht auch?«

Sie erwiderte nichts. Erst nach dem Abendessen

erkundigte sie sich, wann sie nach Kleinen fahren wollten.

»Würdest du mitkommen?«, fragte er verwundert.

»Ja. Ich habe von diesem Bahnhof so oft geträumt. Vielleicht verschwindet er endlich, wenn ich ihn gesehen habe.«

»Dann sollten wir die Sache nicht auf die lange Bank schieben, Rike. Morgen ist Mittwoch, ich glaube, da bietet die Bahn verbilligte Tarife an. Ich rufe gleich mal an und erkundige mich.«

Beim Abendbrot erzählte er ihr, was er am Telefon erfahren hatte. Sie könnten kurz nach sieben Uhr losfahren, wären mittags in Kleinen, könnten drei Stunden später zurückreisen und wären um Mitternacht wieder zu Hause. Seine Frau nickte, wurde dann jedoch plötzlich nervös. Sie krampfte die Finger ineinander, und auf den Wangen und der Stirn tauchten kleine rötliche Flecken auf.

»Vielleicht sollten wir Heiner bitten, uns zu begleiten. Er war schon in Kleinen, er könnte uns helfen und uns alles zeigen.«

»Nein. Heiner hat uns schon mehr als genug beigestanden, wir werden ihn nicht schon wieder um Hilfe bitten, Rike. Der Junge hat seine Arbeit zu machen, wir können ihn nicht immerzu belästigen.«

Sie atmete schwer, als sie ihn fragte, was sie auf die Reise mitnehmen sollten.

»Nichts. Etwas Obst, ein paar Schnitten und die Thermoskanne mit Tee. Wir sind doch abends wieder daheim, Liebe«, antwortete er.

Nach den Abendnachrichten ging er nochmals in

sein Arbeitszimmer. Aus den Aktenordnern suchte er ein paar Zeichnungen und Fotos heraus, die er in einen großen Briefumschlag steckte, um sie auf die Fahrt mitzunehmen.

3.

Sie trafen erst am frühen Nachmittag in Kleinen ein. Sie hatten zweimal umsteigen müssen und durch eine Verspätung einen Anschluss versäumt, so dass sie genötigt waren, eine Stunde in einem Bahnhofsrestaurant zu verbringen. Als ihr Zug in Kleinen einlief, standen beide am Fenster und sahen sich aufmerksam den Bahnhof an. Nur wenige Leute standen auf dem Bahnsteig, außer ihnen stiegen zwei Jugendliche und eine Gruppe von fünf Rentnern aus. Sie blieben auf dem Bahnsteig stehen, bis der Zug abgefahren und die wenigen Passagiere verschwunden waren.

Nach dem Tod ihres Sohnes hatten sie sehr bald das Bedürfnis gehabt, den letzten Ort seines Lebens und den Platz seines Todes zu sehen, aber sie fürchteten, dass sie auf einer Reise dorthin von neugierigen Journalisten begleitet oder am Ort von ihnen empfangen würden, und hatten sich daher diese Reise bisher untersagt. Der Bahnhof, auf dem Oliver starb und auf dem sie nun standen, war ihnen merkwürdig vertraut, da sie ihn so häufig auf Fotos und in Filmberichten gesehen hatten.

»Dort ist das Café«, sagte Richard Zurek und wies auf das niedrige Gebäude auf dem danebenliegenden Steig, »sehen wir es uns an.«

Sie liefen durch die Unterführung zum anderen Bahnsteig und blieben vor dem Café stehen. Die Tür war verschlossen, es gab keinen Hinweis auf Öffnungszeiten. Sie gingen um das kleine Gebäude herum, das mitten auf dem Bahnsteig stand, und schauten durch die verdreckten Fenster in das Innere des Cafés. Eine Theke konnten sie erkennen und mehrere Tische, auf denen Stühle abgestellt waren. Bierkästen standen im Raum, ein Besen lag auf der Theke und ein Staubsauger. Das Café wirkte, als sei es aufgegeben worden, aber vielleicht war es auch nur wegen Urlaub vorübergehend geschlossen.

»Da hat Oliver gesessen«, sagte Richard Zurek zu seiner Frau, »da hat er mit Katharina Blumenschläger einen Kaffee getrunken, bevor sie zu ihrem Zug gingen. Bevor er ...«

Er brach ab, und sie schauten nochmals durch die schmutzige Fensterscheibe in das Innere der Gaststätte. Als sie weitergingen, griff Friederike Zurek nach dem Arm ihres Mannes. Hand in Hand gingen sie zur Treppe in die Unterführung zurück. Auf dem danebenliegenden Bahnsteig blieben sie an der Treppe stehen. Richard Zurek deutete mit der Hand auf eine Stelle des grauen Betons, dann wies er auf die Bahngleise neben dem Steig, sagte aber nichts. So standen sie mehrere Minuten schweigend beieinander. Schließlich gingen sie zu einer der verschmutzten Bänke. Friederike Zurek rieb mit einem Papiertaschentuch mehrmals über das weißliche Plastik, bevor sie sich vorsichtig auf den Rand der Bank setzten. Neben ihnen saß eine Frau mit einem Baby, dem sie die Brust gab. Die Frau war sehr jung, fast noch ein Mädchen. Ihre Haare waren gelb gefärbt, die Spitzen rötlich, sie trug eingerissene Jeans und Springerstiefel, ihre Ohren waren dicht an dicht mit Ringen besteckt, ein Ring haftete an einem Nasenflügel. Sie streichelte unablässig den Kopf des Säuglings und redete leise auf ihn ein, während sie ihn stillte. Als sie die Blicke des älteren Ehepaares neben sich auf der Bank verspürte, lächelte sie ihnen zu. Friederike Zurek begann ein Gespräch mit ihr, fragte nach dem Alter des Säuglings und seinem Namen. Als der Säugling, durch das Gespräch vom Trinken abgelenkt, seinen Kopf drehte, verstummten die Frauen, um ihn nicht zu stören. Ein Personenzug fuhr ein. Die Frau entzog dem Säugling behutsam ihre Brust, legte ihn in die Tragetasche und knöpfte ihre Bluse und Jacke zu, um einzusteigen. Richard Zurek bot ihr an, den kleinen Koffer zum Abteil zu tragen. Die Frau nahm das Angebot dankend an. Als der Zug abfuhr, winkten sie der Frau zu, die den Säugling an der Fensterscheibe hochhielt.

Richard Zurek nahm den großen Briefumschlag aus ihrer Reisetasche und öffnete ihn, um Skizzen und Lagezeichnungen hervorzuziehen, doch bevor er sie vollständig entnommen hatte, schob er die Papiere in den Umschlag zurück und legte ihn wieder in die Tasche. Er wies auf den Bahnhofskiosk. Sie standen auf und gingen zu dem Häuschen, um das herum Pappschilder aufgestellt waren, auf denen für verschiedene Zeitungen geworben wurde. In dem Kiosk, dessen Regale mit Süßigkeiten und Zigaretten gefüllt waren, stand eine Frau, sie packte Zeitungen zusammen und verschnürte sie. Richard Zurek sprach sie an, verlangte eine Tageszeitung und sagte, dass sie auf diesem verlassenen Bahnhof wohl kein gutes Geschäft machen könne. Die Frau gab ihm das gewünschte Blatt und sagte, sie sei zufrieden. Als er sich erkundigte, seit wann sie in diesem Kiosk arbeite, zogen sich die Augen der Frau zu kleinen Schlitzen zusammen. Misstrauisch und mürrisch sagte sie: »Seit zwei Jahren.«

Richard Zurek hatte das Gefühl, die Frau habe plötzlich Stacheln ausgefahren, und er verstand sie. Sie hatte zu oft die Fragen neugieriger Reisender gehört, die auf diesem Bahnhof umgestiegen waren und sich des zurückliegenden Ereignisses erinnerten, über das von der Boulevardpresse damals ausführlich und genüsslich berichtet worden war. Er begriff, dass diese Frau nichts mehr dazu sagen konnte, gleichgültig, ob sie tatsächlich erst seit zwei Jahren auf diesem Bahnsteig arbeitete oder schon vor fünf Jahren in dem Kiosk saß. Er dankte ihr und wandte sich ab.

Zu seiner Frau sagte er lediglich: »Sie ist neu hier. Sie weiß von nichts.«

Die beiden liefen die Treppe hinunter in die Unterführung, sahen sich den dritten Bahnsteig an, um danach zum Bahnhofsplatz zu gehen und einige Schritte in Richtung Stadt zu laufen. Sie schauten sich die Häuser an, sie erschienen ihnen trostlos und wie aufgegeben. Als seine Frau ihn fragte, ob er sich vorstellen könne, hier zu leben, lachte er, denn auch er hatte soeben daran gedacht. Sie kehrten bald wieder zum Bahnhof zurück und setzten sich erneut auf die Bank des Bahnsteigs unweit des Kiosks. Eine Fahrgastbegleiterein kam zu ihnen und sprach sie an. Sie fragte, ob sie helfen könne, sie habe sie bereits seit längerem auf dem Bahnhof umherirren sehen. Richard Zurek dankte ihr und sagte, sie würden auf ihren Zug warten, der in einer halben Stunde kommen würde. Die Bahnangestellte setzte sich zu ihnen und erkundigte sich, woher sie kämen, und erzählte von ihrer Arbeit und dem Dorf, in dem sie früher als Melkerin gearbeitet habe und immer noch lebe. Dann fragte sie das Ehepaar, ob sie wüssten, was auf diesem Bahnsteig vor fünf Jahren passiert sei. Richard Zurek erwiderte knapp, sie seien unterrichtet. Die Frau ließ sich jedoch nicht abhalten und erzählte von dem Ereignis, über das sie in der Zeitung gelesen hatte.

»Er war ein Mörder«, sagte sie, »ein richtiger Mörder. Und er war hier auf unserem Bahnhof. Stellen Sie sich das vor.«

Sie bot den beiden an, ihnen eine Erfrischung zu holen, und erzählte dann, dass es für sie auf dem Bahnhof wenig zu tun gebe und sie daher fürchte, entlassen zu werden. Sie habe Angst davor, denn daheim sitze ihr Mann den ganzen Tag herum, seit er vor drei Jahren von der Speditionsfirma entlassen worden sei.

»Er musste für den Chef Müll abkippen und war von der Polizei erwischt worden, weil es giftiger Müll war, der nicht auf die Deponie gehörte. Der Chef bekam eine saftige Geldstrafe, und daraufhin hat er meinen Mann entlassen, als wäre es seine Schuld gewesen.«

Unvermittelt stand sie auf, schlug sich auf den Mund, verabschiedete sich von ihnen und lief den Bahnsteig entlang.

»Eine reizende Frau«, sagte Friederike Zurek.

»Ja«, knurrte ihr Mann, »einen Satz mehr und ich hätte sie von der Bank geschubst.«

Auf der Rückreise mussten sie dreimal umsteigen, und in den Zügen waren so viele Reisende, dass sie durch mehrere Waggons laufen mussten, um zwei freie Plätze nebeneinander zu bekommen. Die Mitreisenden wechselten häufig. Sie waren auf der Heimfahrt von der Arbeit, saßen für wenige Stationen müde auf ihrem Platz und schauten blicklos in die vorbeigleitende Landschaft. Einige junge Leute lärmten und tranken Bier, es waren die einzigen Stimmen, die in dem vollbesetzten Waggon zu hören waren.

»Es war gut, dass wir den Bahnhof einmal gesehen haben«, sagte Frau Zurek, »ich hatte so oft von diesen Gleisen geträumt.«

»Ja, nun kannst du die Gleise deiner Träume verschrotten. Wenn du das nächste Mal träumst, dann nimm dir eine Frühlingswiese vor.«

»Und du? Weißt du nun, wie wir uns entscheiden?«

»Ich denke, wir sollten es nicht hinnehmen. Es ist ein so erbärmlicher und trostloser Bahnhof, das sollte nicht der Schlusspunkt sein.«

Seine Frau sah ihn bekümmert an. »Du solltest zuvor mit den Kindern sprechen«, sagte sie nach einer längeren Pause, »auch mit Christin, ihr wird es sicher nicht recht sein.«

»Das hat nicht Christin zu entscheiden. Was Oliver getan hat oder nicht, ich weiß es nicht. Vermutlich wäre ich nicht damit einverstanden, wenn ich es wüsste, aber ich verurteile ihn nicht. Und ihr steht das genauso wenig zu. Nur deine Meinung interessiert mich, Rike. Was du dazu sagst.«

»Ich habe Angst, Richard. Nur Angst.«

»Ja. Natürlich. Es wird wohl so kommen, wie du es befürchtest. Die Presse wird wieder über uns herfallen, und wenn wir aus dem Haus gehen, werden sich die Leute nach uns umdrehen. Aber Oliver hat ein Recht darauf, mit Anstand und Würde beerdigt zu werden. Das schulden wir ihm.«

Sie sah ihn bewundernd und voll Stolz an. Dann griff sie nach seiner Hand und sagte: »Ja. Du hast wieder einmal völlig Recht.«

Zwei Mädchen, die ihnen gegenübersaßen, kicherten über die Zärtlichkeiten des alten Ehepaares.

Am nächsten Morgen entnahm Richard Zurek die auf die Reise nach Kleinen mitgenommenen Blätter dem Umschlag und sah sich noch einmal die Zeichnungen, Skizzen und Fotos an, bevor er sie wieder in die Ordner heftete. Er rief in der Kanzlei von Feuchtenberger an. Die Sekretärin erinnerte sich sofort an ihn, als er seinen Namen nannte. Sie erkundigte sich nach seiner Frau und sagte ihm, dass ihr Chef den ganzen Tag über im Gericht sei und erst am Abend in seinem Büro vorbeischauen werde. Zurek sagte, er benötige einen Termin bei dem Anwalt. Sie fragte, wie dringlich es sei, und schlug ihm vor, am nächsten Dienstag zu kommen, am späten Vormittag, was er sofort akzeptierte.

»Grüßen Sie Herrn Feuchtenberger von mir«, sagte Zurek, bevor er den Hörer auflegte.

Am Nachmittag rief Feuchtenberger bei ihm an,

um den vereinbarten Termin zu bestätigen. Nachdem sie einige Worte gewechselt hatten, sagte er: »Ich hoffe, Sie haben die richtige Entscheidung getroffen, Herr Doktor.«

Zurek ging auf diese Bemerkung nicht ein, sondern erwiderte lediglich, man würde sich am Dienstag sprechen.

Die fünf Tage bis zu dem Treffen mit Feuchtenberger verbrachte Zurek in seinem Arbeitszimmer mit einer erneuten Durchsicht der Aktenordner. Er las die Bescheide der Staatsanwaltschaft, den Briefwechsel mit seinem Anwalt, die Kopien seiner eigenen Briefe und schließlich nahm er sich die Presseordner vor und blätterte in den angegrauten und mit Strichen und Anmerkungen versehenen Zeitungsseiten.

Als diese Artikel vor fünf Jahren erschienen waren und er überall in der Stadt seinen Namen in schwarzen und roten Lettern lesen musste und auf den Titelseiten der Zeitungen das Foto seines Sohnes sah, war ihm das Atmen so schwer geworden, dass Doktor Sebald, sein Hausarzt, ihn mit Verdacht auf Asthma zur Lungendiagnostik in die Allergologie der Klinik überwies. Zurek hatte diese ihn kränkenden Artikel aufgehoben, aber er vermied es in den folgenden Jahren, sie nochmals anzusehen. Die marktschreierischen Überschriften, der schrille, aufdringliche Ton der Schlagzeilen hatte sich in seinem Kopf ohnehin festgefressen. Sogar in seinen Träumen erschienen ihm diese Zeilen, er würde sie sein Leben lang nicht vergessen. Damals hatte er sich bemüht, seiner Frau die Lektüre dieser Zeitungen zu ersparen, es gelang ihm selten. Überall in der Stadt waren sie zu sehen und noch Tage später lagen sie in den verschiedenen Geschäften herum, da man sich überaus interessiert zeigte an dem Schicksal des jungen Mannes, der in dieser Stadt aufgewachsen und überdies der Sohn des ehemaligen Schuldirektors war. Außerdem wurden auch in den Fernsehberichten die schlimmsten Schlagzeilen der Zeitungen gezeigt, so dass seine sorgsame Mühe völlig vergeblich war.

Eine ganze Woche lang war es ihm damals gelungen, eine Zeitung vor ihr zu verbergen, auf deren Titelseite ein Bild seiner Frau zu sehen war mit einer Überschrift, die sie als Mutter des Mörders und Terroristen vorstellte, doch acht Tage später kam ein Bericht im Fernsehen, den sie sich gemeinsam ansahen und in dem diese Zeitungsseite minutenlang, so erschien es ihm, zu sehen war. Seine Frau hatte überhaupt nicht darauf reagiert. Wie immer völlig stumm, hatten sie den Bericht bis zum Ende angesehen, dann war sie wie jeden Abend vor ihm ins Bad gegangen. Als er ins Schlafzimmer kam, lag sie mit einem Buch in der Hand bereits im Bett. Sie sah auf, lächelte ihn an und sprach über das Mittagessen, das sie am nächsten Tag machen wollte. Über den Fernsehbericht verlor sie kein Wort, und er vermied es, darüber zu sprechen, und hoffte, sie habe dieses eine Bild möglicherweise gar nicht wahrgenommen, denn da sie wie versteinert vor dem Apparat gesessen und nicht reagiert hatte, wusste er nicht zu sagen, ob sie tatsächlich der Sendung gefolgt war oder eigenen Gedanken nachgehangen hatte. In der Nacht wurde er von ihrem Schluchzen geweckt. Sie lag mit offenen Augen neben ihm, weinte und sagte immer wieder diesen Satz: Die Mutter eines Monsters. Er fasste sie an und sie schreckte hoch, denn sie hatte geschlafen und im Traum geweint und geredet. Er umarmte sie, und irgendwann waren sie Hand in Hand wieder eingeschlafen.

Richard Zurek stand vor dem Regal mit den Aktenordnern. Vor einem Monat hatte Feuchtenberger ihm geschrieben, und seitdem hatte er wieder jeden Tag in diesen Ordnern gelesen und versucht, etwas von dem zu verstehen, was für ihn nicht zu verstehen war. Die Briefe des leitenden Oberstaatsanwalts und die ausführliche Stellungnahme der zuständigen Staatsanwaltschaft, der sogenannte Abschlussvermerk, ein mehrere hundert Seiten umfassendes Schriftstück, waren so widersprüchlich und empörend, dass er, wann immer ihm diese Schriftstücke unter die Finger kamen oder sein Blick auf den Aktenordner fiel, so fassungslos und erbittert war wie an jenem Tag vor fünf Jahren, als Feuchtenberger ihm die Dokumente in seinem Büro übergeben und er sie im Besucherzimmer sofort gelesen hatte. Damals hatte er Feuchtenberger viele Fragen stellen müssen, denn die Amtssprache war ihm unvertraut, sie erschien ihm unsinnig, auch nachdem ihm der Anwalt die gewünschten Erklärungen für die staatsanwaltlichen Formulierungen gegeben hatte.

4.

Vor fünf Jahren war ihr Sohn bei einem Schusswechsel mit Beamten des Grenzschutzes ums Leben gekommen. Von seinem Tod hörten sie in den Nachrichten, als sie beim Abendessen saßen. In der ersten Meldung hieß es, er sei schwer verletzt, ein Beamter sei bei der Schießerei getötet worden.

Seit ihr Sohn Oliver verschwunden war, seit er untergetaucht war, hatten sie nie miteinander darüber gesprochen, was sie beide befürchteten, nämlich eines Tages hören zu müssen, dass ihr Sohn, der seit Jahren als Terrorist gesucht wurde, bei einem Anschlag erschossen worden war. Wann immer der Radiosprecher oder die Damen im Fernsehen mit teilnahmsloser, ernster Stimme über einen neuen terroristischen Anschlag sprachen, hatten sie atemlos gelauscht und noch spät in der Nacht die Nachrichten eingeschaltet, um die neuesten Meldungen zu hören. Nach solchen Meldungen kaufte Richard Zurek am nächsten Morgen beim Zeitungshändler im Supermarkt mehrere Zeitungen, er kaufte sie dort, weil ihn die Mädchen an diesem Stand nicht kannten, und angstvoll und rasch blätterten sie daheim in dem Papier, immer darauf gefasst, das Bild ihres Sohnes zu sehen, seinen Namen zu lesen, zu erfahren, dass er verhaftet worden sei.

An jenem Abend hatten sie sich halbstündlich die Nachrichten angehört und versucht, telefonisch von den zuständigen Stellen Genaueres zu hören, aber niemand konnte ihnen mehr sagen, als sie bereits aus dem Radio wussten, und keiner war fähig oder bereit, ihnen Auskunft zu geben, in welches Krankenhaus ihr verletzter Sohn gebracht worden war.

Sie saßen die ganze Nacht beieinander, immer wieder starrte ihnen ihr Sohn vom Fernsehschirm entgegen. Die Presse besaß offenbar nur zwei Fotos von Oliver, denn stets wurden diese beiden Polizeifotos gezeigt, während der Nachrichtensprecher mitteilte, einer der Terroristen sei verletzt oder gar schwer verletzt worden und befinde sich mit seinen beiden Komplizen im Polizeigewahrsam. Und immer wieder wurde von einem erschossenen Polizisten gesprochen, doch von ihm wurde weder ein Name genannt noch ein Foto gezeigt. Sie hofften, dass ihr Sohn nicht schwer verletzt war und bald aus dem Krankenhaus entlassen werde, wenn ihnen auch klar war, dass er nicht in die Freiheit entlassen würde. Richard Zurek hatte an diesem Abend zu seiner Frau gesagt, dass das Schicksal möglicherweise gnädig gewesen sei und es letztlich sogar gut mit ihm gemeint haben könnte, denn er werde gewiss zu einer mehrjährigen Gefängnisstrafe verurteilt werden, aber dann, als ein gereifter Mann, sein Leben besser in den Griff bekommen können. Wenn er nach der Haft heimkomme, sei er sicher ein gebrochener Mann und vielleicht verbittert und verzweifelt, doch dann hoffentlich bereit, sich mit einem Leben abzufinden, das für ihn heute unannehmbar und verächtlich sei. So verächtlich, dass er sich mit Leuten eingelassen habe, die, für was immer sie sich auch hielten, recht eigentlich Verbrecher seien. Seine Frau hatte nur geweint.

Das Entsetzlichste an jener langen Nacht war die sie über alles quälende Vorstellung, ihr Sohn, ihr Oliver, habe einen Menschen erschossen. Alle halbe Stunde konnten sie es im Radio und Fernsehen hören, aber es erschien ihnen zu unglaublich, und gegen jede Vernunft und alle übereinstimmenden Berichte hofften sie, dass es nicht ihr Sohn gewesen sei, der den tödlichen Schuss auf den Polizisten abgegeben habe.

Ihre Kinder meldeten sich an jenem Abend telefonisch bei ihnen. Christin sprach lange mit ihrer Mutter und versuchte, die weinende Frau zu trösten, und Heiner rief dreimal an, weil er von seinen Eltern erfahren wollte, ob sie weitere Nachrichten von den Behörden erhalten hatten. Heiner, der in Nürnberg lebte, versprach, am Wochenende zu ihnen zu kommen.

Sie schliefen zwei Stunden und schalteten nach dem Aufwachen und noch im Bett liegend das Radio ein. Sie mussten nicht lange warten, bis der Radiosprecher über den Polizeieinsatz sprach. Nun erfuhren sie, dass ihr Sohn tot war. Er sei erschossen worden. Nach unbestätigten Meldungen sei Oliver Zurek auf dem Bahnhof, an dem der Zugriff des Polizeikommandos erfolgte, bei einem bewaffneten Zusammenstoß und dem Versuch, sich durch Flucht einer Verhaftung zu entziehen, seinen Verletzungen erlegen. Die drei Terroristen hätten einen Schusswechsel eröffnet, bei dem einer der Grenzbeamten des Kommandos tödlich getroffen worden sei. Im Verlaufe der Schießerei sei Zurek angeschossen worden und trotz der sofort eingeleiteten Hilfe, das Polizeikommando habe vorsorglich einen Krankenwagen mit Arzt an den Ort des geplanten Zugriffs beordert, sei der Mann kurz vor seiner Ankunft in einem Krankenhaus gestorben. Die beiden anderen steckbrieflich gesuchten Terroristen, zum ersten Mal wurden ihre Namen genannt, eine Katharina Blumenschläger und ein Bernd Emmerling, seien unverletzt festgenommen worden.

An diesem Morgen ging dem Ehepaar alles langsam von der Hand. Sie bewegten sich durch ihre Zimmer, als glitten sie auf einer spiegelglatten Eisfläche. Manchmal fassten sie einander an, für einen Moment, dann gingen sie wieder jeder für sich durch die Räume. Sie tranken irgendetwas, sie aßen irgendetwas, sie fühlten sich ganz leer. Das Telefon klingelte fortwährend. Dreimal hatten sie rasch nach dem Hörer gegriffen, es waren jedoch nur Journalisten, die sie ausfragen wollten, und Richard Zurek legte ohne zu antworten den Hörer auf. Danach ließen sie das Telefon klingeln und klingeln, keiner von ihnen wollte mit fremden Leuten über Oliver reden, sie wollten in Ruhe gelassen werden. Gegen Mittag kam ihnen der Gedanke, aus dem Haus zu gehen, um Zeitungen zu kaufen, aber da das Blatt, das sie abonniert hatten, lediglich die Verletzung ihres Sohnes und seine Festnahme vermeldete, vermuteten sie, dass in den anderen Blättern wohl nichts anderes zu finden sei, und sie blieben daheim, hörten allstündlich die Nachrichten im Radio und schalteten den Fernseher ein, wenn in einem der Programme aktuelle Berichte angekündigt waren. Diese Informationen verwirrten sie jedoch, denn immer neue und immer widersprüchlichere Meldungen waren zu hören. Richard Zurek setzte sich neben das Telefon, nahm den Hörer auf, ließ sich von der Auskunft verschiedene Nummern geben und sprach mit zwei Polizeioffizieren und einem Abteilungsleiter des Bundeskriminalamtes. Die Auskünfte waren äußerst zurückhaltend, sie schienen weniger zu wissen als die Journalisten oder waren nicht bereit, ihnen etwas zu sagen. Der Tod ihres Sohnes wurde mit Bedauern und einer Beileid bekundenden Äußerung bestätigt.

Kurz darauf erschienen Journalisten an der Haustür. Der erste klingelte um zwei, er hatte einen Fotografen mitgebracht, der sofort zu fotografieren begann, als Zurek die Haustür öffnete. Bevor der Journalist sein Anliegen vortragen konnte, hatte der alte Mann die Tür zugeworfen. Dann läuteten abwechselnd das Telefon und die Türklingel. Manchmal nahm einer von ihnen den Hörer ab und lauschte, ohne sich zu melden, der Stimme des Anrufers, um dann wortlos wieder aufzulegen. Wenn es an der Tür klingelte, gingen beide ins Schlafzimmer, von dessen Fenster aus sie den Hauseingang sehen konnten. Nie stand ein Freund oder Nachbar vor dem Haus, immer waren es junge Frauen oder Männer, zumeist mit einem Fotografen als Begleiter, die häufig bereits ein Mikrofon in ihrer Hand hielten und ungeduldig auf das Öffnen der Tür warteten.

Am späten Nachmittag, als ihre Tochter aus der

Schule zurück sein musste, wählten sie ihre Nummer. Christin war sofort am Apparat und sagte ihnen, dass sie bereits mehrfach versucht habe, die Eltern zu erreichen.

»An meiner Schule ist die Hölle los«, sagte sie ihnen, »alle wissen Bescheid, und es hilft mir gar nichts, dass ich nicht mehr Zurek heiße.«

Ihre Tochter Christin war Oberstudienrätin in Hamburg. Sie war zwei Jahre älter als Oliver und vier Jahre älter als Heiner. In ihrer Kindheit hatte sie sich wie eine zweite Mutter um ihre Brüder besorgt und gekümmert. Als Jugendliche galten die Geschwister als unzertrennlich, und insbesondere Christin und Oliver waren immerzu zusammen, sie fuhren gemeinsam in den Urlaub und blieben einander auch nah, als sie einen Freund und Oliver eine erste Freundin hatten. Als Oliver in diese anderen Kreise geriet und ihn nun häufiger junge Männer aufsuchten, deren radikale Ansichten und rechthaberisches Auftreten den Eltern, aber auch Christin missfielen, begann die Beziehung zwischen den beiden zu bröckeln, und sie zerbrach schließlich gänzlich, als Oliver wegen des angeblichen Transports von Waffen verhaftet und verurteilt worden war. Als er ein halbes Jahr nach der Haftentlassung untertauchte und unauffindbar verschwand, hatte er sich von seinen Eltern und Heiner verabschiedet, nicht jedoch von der Schwester. Sie waren zu verschieden geworden, es gab nicht mehr genügend Gemeinsamkeiten zwischen ihnen. Kein Abschied verlief mehr ohne lauthals vorgetragene, gegenseitige Beschuldigungen.

Christin erkundigte sich, was ihre Eltern über das hinaus wüssten, was die Presse vermeldete. Dann sagte sie ihnen, sie hätten damit zu rechnen, dass Olivers Leiche erst Wochen später zur Beerdigung freigegeben werde, wenn nicht die Staatsanwaltschaft von sich aus eine Verbrennung anordne, da seine Leiche sicherlich so gründlich zerlegt werde, dass man sie nicht mehr zu einem menschlich wirkenden Körper zusammensetzen könnte. Als ihre Mutter aufschluchzte, sagte sie, damit habe er halt rechnen müssen, das eine ergebe sich aus dem anderen. Als ihr Vater sich erkundigte, ob Christin nicht demnächst zu ihnen kommen könne, sie würden jetzt gern mit ihrer Tochter zusammen sein, erwiderte Christin, dies sei momentan ausgeschlossen, sie habe in zwei Wochen Zeugnisausgabe, da könne sie nicht eine einzige Stunde für private Angelegenheiten opfern. Sie werde erst zur Beerdigung kommen, was ihr, über den traurigen Anlass hinaus, nicht leichtfalle, denn sie begleite nicht allein ihren toten Bruder zu seiner letzten Ruhestätte, sondern auch einen Terroristen und Polizistenmörder. Ganz zu schweigen davon, dass sie einen Eid geleistet habe, sich in den Dienst des Staates zu stellen und seine Gesetze zu wahren; von dieser beruflichen Schuldigkeit ganz und gar abgesehen, verurteile sie alles, was ihr Bruder seit über einem Jahrzehnt angestellt, woran er geglaubt, wohin er sich verirrt habe. Und selbst wer Sympathie für ihn aufbrächte oder gar Verständnis, und ihr als seiner Schwester werde dieses wohl keiner absprechen wollen, müsse sich der Tatsache stellen, dass Oliver einen Polizisten erschossen, einen Menschen umgebracht habe. Spätestens an dieser Grenze müssten auch sie, seine Eltern, die ein völlig anderes Weltbild und ihre Kinder in einer humanistischen Tradition erzogen hätten, innehalten und zumindest in ihrem Inneren und für sich selbst diesen Bruch mit allen Werten, die ihnen wichtig sind, sehen und sich von diesem Teil ihres Sohnes distanzieren.

Christin sprach heftig. Sie war erregt, aber ihre Sätze waren klar und bestimmt. Ein zaghaftes Widersprechen ihrer Mutter duldete sie nicht. Als sie sich verabschiedeten, sagte ihr Vater, dass er sich bei ihr melden würde, denn Telefonanrufe könne er im Moment nicht entgegennehmen, sie würden den Hörer nicht abnehmen, wenn es klingle, da sie unablässig von der Presse belästigt würden.

»Er hätte ja einmal an uns denken können«, erwiderte Christin, »nicht um unseretwillen, sondern seinetwegen. Vielleicht hätte er dann bedacht, welchen fürchterlichen Weg er eingeschlagen hat.«

Das Gespräch endete abrupt, der Vater meinte zu vernehmen, wie sie den Telefonhörer zornig auflegte.

Am Abend erschien Heiner überraschend bei ihnen. Er hatte sich nicht angekündigt, und sie hatten seinen Besuch erst am Wochenende erwartet, doch sie waren ihm sehr dankbar, dass er die lange Autofahrt auf sich genommen hatte, nur um für zwei Stunden bei ihnen zu sein. Friederike Zurek bereitete ein Abendbrot zu, aber keiner wollte etwas essen. Zu den Nachrichtenzeiten stellten sie den Fernseher an und hörten sich schweigend an, was über Oliver gemeldet wurde. Dazwischen sprachen sie über die Zeit, als noch alle drei Kinder daheim waren. Irgendwann lächelte die Mutter Heiner an und sagte: »Kind, ich bin so froh, dass du nicht diesen Weg gegangen bist.«

Heiner senkte den Kopf und sagte nach einigen Sekunden: »Er hatte es mir verboten. Ich wollte unbedingt mitmachen, aber er sagte, einer muss bei den Eltern bleiben. Er sagte, wenn er untertaucht, könne er sich nicht mehr um euch kümmern, und das müsste ich dann für ihn übernehmen. Er hatte es mir regelrecht verboten, als ob er erziehungsberechtigt wäre. Ich musste sogar schwören.«

Als er aufstand, um nach Nürnberg zurückzufahren, umarmte seine Mutter ihn heftig und lange.

»Mach bitte keine Dummheiten, Heiner«, sagte sein Vater zum Abschied, »ich bitte dich, bleib vernünftig.«

Heiner beruhigte seinen Vater. »Ich habe es Oliver versprochen«, sagte er, »und was man geschworen hat, das muss man einhalten, auch wenn es schwerfällt. Das hast du uns doch beigebracht, Paps.«

Wenige Minuten nachdem er abgefahren war, standen Freunde von Oliver vor der Tür, zwei Männer und eine Frau.

Die Frau hieß Karin Gloedel, sie war mehrmals mit Oliver vor seiner Verhaftung bei ihnen gewesen, und damals hatten sie den Eindruck, als wären die zwei eng befreundet und lebten zusammen, doch weder von ihr noch von Oliver gab es je ein Wort oder auch nur ein Zeichen, das dieses bestätigte. Friederike Zurek versuchte mit vorsichtigen Fragen ihr Verhältnis zu erkunden. Die beiden errieten schnell ihre Absicht und antworteten ausweichend oder mit einem Lächeln.

Der Mann war Gerd Schmückle. Mit ihm und Oliver hatte Richard Zurek vor vielen Jahren in seinem Arbeitszimmer einen langen Sonntagnachmittag über Demokratie, Wirtschaftsmacht und Tyrannenmord diskutiert. Richard Zurek wusste, dass es kein spielerisches Streiten war, es war keine Diskussionsstunde, wie er sie in seinen Schulklassen häufig ansetzte, um sowohl das logische Denken und rhetorische Vermögen seiner Schüler als auch das staatsbürgerliche Verständnis zu schulen und ein argumentatives Gespräch zu fördern. Er spürte, dass es beiden jungen Männern um sehr viel mehr ging, und so hatte er sich Zeit genommen, war auf jedes ihrer Argumente eingegangen und ließ sich auch nicht von der gelegentlich rüden Sprache abschrecken, mit der sie über die Vertreter und Repräsentanten des Staates redeten. Ihn bedrückte es, seinen Sohn und dessen Freund, die schon längst volljährig waren, derart pubertär, wie es ihm erschien, reden zu hören. In der Schule hätte er schneidend scharf eingegriffen, aber im Gespräch mit diesen beiden jungen Männern in seinem Arbeitszimmer hielt er sich zurück. Er bemühte sich, ihnen gegenüber nicht als allwissender Lehrer aufzutreten, sondern ein geduldiger Partner zu sein, der ein jedes ihrer Argumente ernst nahm.

Oliver hatte sich an jenem Abend fast liebevoll von ihm verabschiedet, er wollte sich wohl für das Gespräch bedanken. Richard Zurek hatte ihn daraufhin für einen Moment heftig umarmt, aber es war nicht

Liebe, sondern Verzweiflung, die ihn dazu hinriss. Er spürte, dass sein Sohn sich unendlich weit von ihm entfernt hatte. Vier Monate später erfuhr er aus der Zeitung, dass Oliver verhaftet worden war und als Waffenkurier verdächtigt und angeklagt wurde.

Karin Gloedel stellte ihnen den Mann vor, den sie nicht kannten. Es war ein Herr Feuchtenberger, ein Rechtsanwalt aus Wiesbaden und erfahren in der Verteidigung von Angeklagten, die zu Recht oder Unrecht des Terrorismus angeklagt waren. Erst dann umarmte Karin Gloedel das Ehepaar Zurek und sagte ihnen, dass sie alle drei einen geliebten Menschen verloren hätten. Danach kondolierte der Anwalt. Er war ein Mann von Ende dreißig mit langen wilden Locken und einem dichten Schnurrbart, der die Oberlippe völlig verdeckte. Er wirkte sehr zurückhaltend, fast ein wenig förmlich, als fürchte er, in eine Intimsphäre einzudringen. Der andere Mann, Gerd Schmückle, schüttelte ihnen mehrfach die Hand und sagte, er würde dafür sorgen, dass Olivers Tod gerächt würde. Richard Zurek entzog ihm seine Hand und schüttelte unwillig den Kopf, als Gerd Schmückle seine geballte Faust vor ihm hochhielt.

Alle fünf setzten sich in das Wohnzimmer. Richard Zurek und seine Frau bereiteten für ihre Gäste Tee und stellten, obwohl es bereits Abend war, Kuchen auf den Tisch. Karin Gloedel sagte, dass sie zu dem Rechtsanwalt gegangen sei, weil die offiziellen Mitteilungen über Olivers Tod und die Schießerei auf dem Bahnhof keinesfalls der Wahrheit entsprächen. Sie hätte aus dem Umfeld von Oliver Informationen erhalten, wonach der Polizeieinsatz vollkommen anders abgelaufen sei. Die Verlautbarungen der Staatsanwaltschaft und des Bundeskriminalamtes entsprächen nicht der Wahrheit. Sie selbst könne dies nicht beurteilen, wisse aber, dass bei jenem Treffen, das der Schießerei, dem Tod von Oliver und der Verhaftung der beiden anderen vorausging, auf jeden Fall fünf ihrer Freunde anwesend waren. Wieso bei einem so groß angelegten Polizeieinsatz, der offenbar genauestens geplant und Stunden vorher in allen Einzelheiten vor Ort festgelegt worden sei, zwei der überwachten Personen spurlos verschwinden können, sei mehr als rätselhaft, ebenso, dass mit keinem Wort in den Verlautbarungen auf deren Anwesenheit eingegangen werde. Die Bundesanwaltschaft habe umgehend eine Nachrichtensperre verhängt, was nicht eben für einen Willen zur Aufklärung und Transparenz spreche. Über den Tod von Oliver, Karin Gloedel sprach von Ermordung, gebe es derart ungenaue Angaben, dass sie es für erforderlich halte, eine eigene Obduktion vornehmen zu lassen, die nur sie, Olivers Eltern, verlangen könnten.

Gerd Schmückle fiel ihr mehrfach ins Wort, ohne dass er etwas zu sagen hatte. Er verbesserte Karin Gloedel und den Anwalt, wenn diese von den Grenzbeamten, der Staatsanwaltschaft und den Behörden sprachen, und gebrauchte beleidigende Ausdrücke. Richard Zurek versuchte ihn mit missbilligenden Blicken zum Schweigen zu bringen. Als Gerd Schmückle ein weiteres Mal die Polizisten als Schweine und Bullen bezeichnete, verbot er ihm mit einer scharfen Bemerkung das Wort. Polizisten seien Menschen und keine Tiere, und er dulde nicht, dass man in seinem Haus mit Kraftausdrücken um sich werfe wie ein dummer Schuljunge.

Nach Karin Gloedel sprach der Anwalt mit Friederike und Richard Zurek. Er trug seine Ansichten sehr umsichtig vor und bestätigte im Wesentlichen Karin Gloedels Aussagen. Er sprach warmherzig mit ihnen, hörte sich jeden ihrer Einwände geduldig an, erläuterte ihnen, was sie nicht verstanden, und beeindruckte die Zureks durch seine präzisen, durchdacht wirkenden Darlegungen. Er riet den Eltern gleichfalls, eine weitere Obduktion zu verlangen. Richard Zurek bat um eine Bedenkzeit und ging mit seiner Frau in die Küche. Sie verständigten sich rasch, und da ihnen die zurückhaltende und ruhige Art des Anwalts zusagte, stimmten sie dem Wunsch zu und unterschrieben die von Herrn Feuchtenberger mitgebrachten Formulare, nachdem dieser ihnen zugesichert hatte, nichts zu tun, das nicht mit ihnen abgesprochen sei, und sie über jedes Detail seiner Unternehmungen zuvor zu unterrichten.

Auch die zweite Nacht nach dem Tod ihres Sohnes verbrachten sie schlaflos. Friederike Zurek war besorgt, ob es angebracht und richtig sei, einen eigenen Anwalt mit einer Untersuchung zu beauftragen, da die Bundesanwaltschaft und der Generalstaatsanwalt persönlich Olivers Tod untersuchten, aber ihr Mann beruhigte sie. Das Geschwätz von diesem Gerd Schmückle sollte sie nicht beachten, der Anwalt verhielte sich dagegen korrekt, er vertraue ihm, zudem könnten sie den Auftrag jederzeit zurückziehen.

Dann sprach seine Frau über die vergangenen Jahre, sie erging sich in Erinnerungen an die Zeit, als ihre drei Kinder klein waren und noch zu Hause wohnten. Richard Zurek hörte ihr schweigend zu.

Am nächsten Tag, einem Dienstag, ging er zum ersten Mal wieder aus dem Haus. Er nahm zwei Leinenbeutel mit, einen füllte er beim Zeitungshändler im Supermarkt mit sämtlichen Tageszeitungen, die dort auslagen, in die andere Tasche packte er die Lebensmittel, die er nach einer Liste seiner Frau einkaufte. Er ging langsam durch seine Stadt, die ihm überraschend neu und fremd vorkam. Er spürte, dass man ihm hinterherschaute. Wenn er sich umwandte, sah er jedoch keinen, der ihm nachstarrte. Zwei Bekannte gingen über die Straße, ihm schien, als wollten sie ihm ausweichen, aber sein Gefühl konnte ihn trügen, und er ermahnte sich selbst, keine Gespenster zu sehen. Er begegnete einigen seiner früheren Schüler, die noch in der Stadt lebten und nun ihrem Beruf nachgingen. Sie nickten ihm zu, wie er es von ihnen gewohnt war, und gingen weiter. Ihm kam es so vor, als würden sie ein paar Sekunden länger als üblich zu ihm schauen, aber auch das konnte eine Einbildung von ihm sein. Eine Frau, die vor Jahren im benachbarten Haus gewohnt hatte, kam über die Fahrbahn gelaufen, um ihm die Hand zu schütteln und zu kondolieren. Sie sprach über Oliver, als sei er nach einer langen Krankheit verstorben. Er wartete schweigend ihre Rede ab und ging dann still weiter.

Als ihm seine Frau die Haustür öffnete, sah sie ihn beunruhigt und fragend an. Er gab ihr den Beutel mit den Lebensmitteln, zog den Mantel aus und wollte mit der Tasche, in der die Zeitungen waren, in seinem Arbeitszimmer verschwinden. Seine Frau kam ihm hinterher. In der Tür bat er sie, ihn allein zu lassen. Er wolle die Blätter durchschauen und werde ihr danach alles bringen. Sie ließ sich nicht fortschicken und folgte ihm. Er setzte sich an den Schreibtisch, nahm die Zeitungen heraus und blätterte eine Seite nach der anderen um. Wenn Fotos und Berichte über die Schießerei mit dem Grenzschutz und den Tod ihres Sohnes zu sehen waren, hielt er inne und las es langsam. Seine Frau stand hinter ihm, den Beutel mit den Lebensmitteln in der Hand, und las über seine Schulter gebeugt die Berichte mit.

»Nichts wissen sie«, sagte Richard Zurek schließlich, schob die Zeitungen zusammen und warf sie mit einem Schwung auf den Fußboden, »gar nichts. Sie schreiben einfach, was ihnen einfällt.«

Seine Frau wollte die Zeitungen aufheben, er schob die Blätter mit dem Fuß unter seinen Schreibtisch.

»Warum lassen sie uns nicht in Ruhe, Friederike!«, sagte er.

Er rieb sich die linke Brustseite, seine Frau fragte ihn besorgt, ob er Schmerzen habe. Er schüttelte den Kopf, streichelte ihre Wange und ging mit ihr in die Küche.

Abends rief Feuchtenberger an, um ihnen zu sagen, dass nach den vorliegenden Aussagen der Grenzpolizisten vor der Sonderkommission, die den Fall untersuche, ihr Sohn Oliver nach mehreren Schüssen auf die Beamten, wobei er einen von ihnen tödlich getroffen habe, Selbstmord begangen hätte. Sein Leichnam sei zur Obduktion aus der Universitätsklinik Lübeck in das Institut für Rechtsmedizin gebracht worden. Seine Forderung, die Eltern des Toten mit ihrem Anwalt zur Obduktion zuzulassen, wurde zurückgewiesen. Der Antrag auf eine zweite Obduktion, wie mit den Eltern abgesprochen, sei von ihm per Fax und unter Vorlage der Vollmacht gestellt. Er erwarte in den nächsten vierundzwanzig Stunden die Zustimmung der Staatsanwaltschaft.

Schon am nächsten Morgen meldete sich Feuchtenberger wieder. Die Obduktion durch den von der Staatsanwaltschaft beauftragten Professor der Rechtsmedizin sei erfolgt und abgeschlossen, die Leiche freigegeben, so dass nun die eigene Obduktion erfolgen könne. Er habe jenen Berliner Rechtsprofessor damit beauftragt, mit dem er bereits zweimal in früheren Fällen zusammengearbeitet habe und dem er vertraue. Die zweite Obduktion werde am Nachmittag erfolgen, er werde selbst nach Lübeck fahren, sich dort mit dem von ihm beauftragten Professor treffen und bei der Obduktion anwesend sein. Die Eltern hätten das Recht, der Obduktion gleichfalls beizuwohnen, aus seiner Erfahrung rate er davon ab. Es sei für die Angehörigen nicht zumutbar. Richard Zurek stimmte ihm umgehend zu. Seine Frau, die das Gespräch mithörte, atmete schwer.

In den folgenden Tagen meldeten die Zeitungen und Fernsehsender immer neue und höchst widersprüchliche Nachrichten. Die Staatsanwaltschaft teilte der Öffentlichkeit mit, dass die tödliche Verletzung des Terroristen Oliver Zurek aus unmittelbarer Nähe und durch einen aufgesetzten Kopfschuss erfolgt sei. Die Befragung der Einsatzkräfte habe ergeben, dass der Terrorist einen der Polizisten erschossen habe und sich danach in aussichtsloser Lage nicht ergeben wollte, sondern selbst erschoss.

Fünf Tage nach dem Tod ihres Sohnes hörten sie die überraschende Mitteilung, dass der tödliche Schuss nicht mit der Waffe des toten Terroristen abgegeben wurde, Oliver Zurek habe sich zweifelsfrei nicht selber den tödlichen Schuss beigebracht. Der von der Staatsanwaltschaft mit der Obduktion beauftragte Rechtsmediziner schloss in seinem Gutachten eine Selbsttötung von Oliver definitiv aus. Am gleichen Tag trat der Generalbundesanwalt vor die Presse und bestätigte den Befund des Gutachtens. Zudem teilte er mit, dass der erschossene Beamte der Einsatzkräfte nicht durch einen Schuss des Terroristen Oliver Zurek getötet worden sei, vielmehr müsse jetzt davon ausgegangen werden, dass er durch die verirrte Kugel eines Kollegen getroffen worden sei. Im Fernsehen und in einigen Zeitungen meldeten sich Zeugen, die beobachtet haben wollten, wie der Terrorist bei seiner Flucht über den Bahnhof angeschossen auf die Gleise stürzte und dann von einem Beamten des Bundesgrenzschutzes mit einem aufgesetzten Kopfschuss geradezu exekutiert worden sei. Eine Frau, die den Kiosk auf dem Bahnsteig gepachtet hatte und aus unmittelbarer Nähe das Geschehen ansehen musste, beschrieb detailreich den Weg, den der flüchtende Terrorist auf ihrem Bahnsteig nahm, und das Auftauchen seiner merkwürdig gekleideten Verfolger, die sie für gefährliche Verbrecher hielt. Sie hatte gesehen, wie der Flüchtende sich umwandte und schoss, wie die Verfolger mehrfach auf ihn feuerten, wie er schließlich auf die Gleise fiel und dort von einem der Männer, der ihm sofort hinterhergesprungen war, aus allernächster Nähe in den Kopf geschossen worden sei. Zwölf Stunden danach erklärte der Innenminister seinen Rücktritt, einen weiteren Tag später wurde der Generalbundesanwalt in den Ruhestand entlassen. Zwei Tage später wurde ein neuer Innenminister ernannt.

Richard Zurek und seine Frau nahmen die Meldungen in einem ihnen selbst unentwirrbaren Gemisch von Gefühlsbewegungen zur Kenntnis. Sie verbrachten die Tage zusammen, telefonierten häufig mit ihren Kindern und saßen, wenn sie nicht Nachrichten hörten, im Wohnzimmer beieinander, hielten sich fortgesetzt an der Hand, vereint in ihrem Kummer. Sie weinten beide und waren zugleich erleichtert, dass ihr Sohn keinen Selbstmord begangen hatte. Auf eine seltsame und auch ihnen unklare Art war es für sie einfacher hinzunehmen, dass ihr Sohn sich nicht selbst umgebracht hatte, sondern erschossen worden war. Sein Tod schien ihnen beiden dadurch weniger schrecklich. Und die Nachricht, dass der Polizist nicht von ihm, sondern von der verirrten Kugel eines Kollegen getötet worden war, bescherte ihnen in diesen Tagen der Trauer und der sie überflutenden, sich widersprechenden Nachrichten sogar einen kostbaren Moment von Glück. Was immer gegen Oliver zu sagen war, ihr Sohn war kein Mörder.

In einigen Städten gab es Demonstrationen der Trauer und des Zorns. Richard Zurek wurde gebeten, auf einer Kundgebung in Wiesbaden zu sprechen, er lehnte es ab. Auch in seinem Heimatstädtchen, zwanzig Kilometer von Wiesbaden entfernt, wurde zu einer Protestveranstaltung in der Peterskirche eingeladen, die zwei Tage später auf einen kopfsteingepflasterten Platz im Zentrum, dem sogenannten Alten Garten, verlegt wurde, da die Kirchenleitung die erteilte Genehmigung zur Nutzung überraschend zurückgezogen hatte. Sie wurden zu dieser Veranstaltung eingeladen und gebeten, einige Worte zum Tod ihres Sohnes zu sagen. Die Einladung wurde ihnen von Gerd Schmückle überbracht, der, so wie er sich in ihrer Wohnung aufgeführt hatte, der Hauptorganisator dieses Treffens zu sein schien, was für Richard Zurek ein Grund mehr war, keinesfalls dort aufzutreten oder auch nur zu erscheinen. Ihr Sohn Heiner sprach auf zwei Veranstaltungen in Frankfurt und in Wiesbaden. Bei der Protestkundgebung in Wiesbaden wurde die Gründung eines Komitees bekanntgegeben, das die Aufklärung der Ereignisse in Kleinen, das Komitee sprach von Mord, betreiben und überwachen sollte.

Noch immer standen täglich Journalisten an der Haustür, um mit ihnen über Oliver zu sprechen und um Fotos zu bitten. Richard Zurek fertigte sie einsilbig ab und ließ die Tür ins Schloss fallen, ehe sie die Möglichkeit hatten, etwas zu entgegnen, doch es war seit den überraschenden Erklärungen der Staatsanwaltschaft eine andere Haltung dieser Leute und ein anderer Tonfall zu bemerken. In den Zeitungen fanden sich nun Artikel völlig anderer Art. Jetzt wurde von Willkür und ungebändigter Maßlosigkeit der Polizei gesprochen. Jeden Tag gab es neue Meldungen über Pannen und Fehler der Staatsschützer, man konnte Manipulationen und Lügen nachweisen. Die Kommentatoren im Fernsehen zeigten sich besorgt und erschüttert. Abgeordnete meldeten sich in den Blättern zu Wort, die eine Auflösung der Grenzschutzeinheit verlangten, da sie unkontrollierbar geworden sei und sich zu einem Staat im Staate entwickelt hätte.

Auch in der Stadt bemerkte Richard Zurek die Veränderungen. Jetzt sprachen ihn sogar Leute an, die er lediglich vom Sehen kannte, äußerten ihr Mitgefühl und zeigten sich bestürzt über das Vorgehen des Polizeiapparates.

5.

Am Samstagnachmittag erschien Herr Kobelius bei ihnen, der Direktor des Gymnasiums und Nachfolger von Richard Zurek. Er umarmte Frau Zurek sekundenlang, eine für ihn ungewöhnliche Geste, die sie verlegen hinnahm, und sprach dann über seine Trauer und sein Entsetzen. Er habe Oliver Zurek nicht mehr persönlich kennenlernen können, aber da dieser einst ein Schüler seines Gymnasiums war, habe er die oberen Klassen angeregt, sich mit den Geschehnissen von Kleinen engagiert zu beschäftigen. Die Abiturientenklassen wünschten eine Veranstaltung in der Aula zu dem Ereignis, und er habe ihnen versprochen, mit Richard Zurek zu sprechen, um den ehemaligen Direktor ihrer Schule für die Teilnahme zu gewinnen. Er hoffe, der geschätzte Kollege könne sich, bei allem Verständnis für die Trauer und den Wunsch nach Zurückgezogenheit, dazu durchringen, vor den Schülern, vor der heranwachsenden Generation aus dem persönlichen Erleben heraus und der besonderen Betroffenheit nicht allein über die Hinrichtung seines Sohnes zu sprechen, denn nichts anderes war es wohl, was in Kleinen passiert sei, sondern auch über die sich daraus ergebenden Konsequenzen für die staatliche Macht und den Staatsbürger.

Zurek hatte mit Kobelius einige Wochen zusammengearbeitet, als jener an seine Schule kam, um diese nach Zureks Pensionierung zu übernehmen. Sie waren sich von der ersten Minute an nicht sympathisch und daher äußerst korrekt miteinander umgegangen. Richard Zurek gab sich damals die Schuld an ihrem unterkühlten Verhältnis. Er hatte einen Nachfolger nicht akzeptieren können, denn er hätte seine Schule gern ein paar Jahre länger geleitet und schickte sich nur ungern in die Pensionierung. Er fühlte sich von der Schulbehörde hinausgeworfen, was, wie er selber wusste, ein vollkommen unberechtigter Vorwurf war, da er die Altersgrenze erreicht hatte, doch hing er an seinem Gymnasium, und die Vorstellung, sein weiteres Leben als ein Pensionär zu führen, zumal in der Stadt, in der seine Schule nun unter einer anderen Leitung weitergeführt werden sollte, als sei überhaupt nichts geschehen, als wären er und seine Arbeit lediglich eine vorübergehende Episode gewesen, nichtssagend und folgenlos, verärgerte ihn.

Misstrauisch verfolgte er die Reaktionen der Lehrer seiner Schule, registrierte aufmerksam und argwöhnisch, wie sie sich Kobelius gegenüber verhielten, wie sie seine Bemerkungen und Scherze aufnahmen und sogar, wie sie ihn begrüßten. In diesen letzten Wochen seiner Tätigkeit vermeinte er, gelegentlich ein Nachlassen des Respektes ihm selbst gegenüber wahrzunehmen, um Minuten später über sein Misstrauen zu lachen und sich dafür selbst zu beschimpfen. Er bemühte sich, Kobelius offener und herzlicher gegenüberzutreten, teilte ihm sehr persönliche Einschätzungen der Kollegen mit, die weit über das Erforderliche hinausgingen, sprach von seinen gescheiterten Reformen an der Schule und den Vorhaben, die er begonnen, aber nicht mehr zu Ende führen könnte. Er erzählte ihm von seinem Anfang am Gymnasium.

Die Schulbehörde hatte ihn Anfang der siebziger Jahre als Direktor berufen, da das Ansehen der Schule sehr gelitten hatte und viele Eltern ihre Kinder auf andere Gymnasien schickten, auch wenn dieses mit einem langen Schulweg oder einem Internatsplatz verbunden war. Sein Vorgänger, ein junger Mann, der gegen seinen Willen versetzt wurde, hatte sich ganz dem damaligen Zeitgeist gefügt und die Schule nach Ansicht der vorgesetzten Behörde auf ein erschreckendes Niveau modischer Kameraderie gebracht. Der Unterricht war einem diffusen Lustprinzip untergeordnet, alle Entscheidungen unterlagen einem Verfahren, das man basisdemokratisch nannte, das Wort Mitbestimmung schwirrte ununterbrochen durch die Klassenzimmer, und Lehrer und Schüler duzten sich, was Zurek für besonders verächtlich hielt, war dieses doch für ihn ein Zeichen der Zerstörung von Autorität, ohne die Bildung und Erziehung schlichtweg unmöglich waren. Seine Aufgaben an dieser Schule waren für ihn und den Schulinspektor klar umrissen, und die Behörde stärkte ihm ausnahmslos den Rücken, was ihm in der Schule nur bedingt helfen konnte. Es dauerte drei Jahre, ehe er das Gymnasium wieder zu einer angesehenen und begehrten Bildungseinrichtung gemacht hatte, drei Jahre, in denen er die bei Schülern und einigen Lehrern meistgehasste Person der Schule war. Er hatte damals ein Kollegium zu leiten, auf das er sich keinesfalls verlassen konnte, das ihn vielmehr fortwährend misstrauisch überwachte. Es hatte Zeiten gegeben, in denen er zu jedem Gespräch seine Sekretärin hinzuholte, die ein Protokoll anzufertigen hatte. Als er es endlich geschafft hatte, einige Lehrer ließen sich versetzen, andere waren willig oder verdrossen seinen Reformen gefolgt, hatte er die Genugtuung, dass er in der Stadt und selbst bei den Schülern ein Ansehen genoss, von dem er in den Jahren zuvor nie zu träumen gewagt hatte.

Kobelius verhielt sich bei diesen Erzählungen reserviert. Er schien interessiert zu sein, doch blieb es bei höflicher Aufmerksamkeit. Zu den beabsichtigten und teilweise begonnenen Veränderungen äußerte er sich kaum, und für Zurek war nicht erkennbar, ob er seinen Plänen zustimmte oder sie stillschweigend verwarf. Vom Lehrerkollegium war Kobelius umstandslos akzeptiert worden, so war jedenfalls Zureks Eindruck, und da Kobelius sich nach sechs Wochen der Einarbeitungszeit an dem Gymnasium offensichtlich gut zurechtfand, entschied Zurek, nicht mehr das Ende des Schuljahres abzuwarten, sondern ging, in Absprache mit der Schulbehörde und dem Lehrerkollegium, zwei Monate früher in Pension. Dadurch blieb er von lästigen Abschiedsfeiern verschont, die dann bereits unter der Leitung des neuen Direktors stattfinden würden. Er musste nicht erleben, wie seine Lehrer sich bei einer Veranstaltung, die ihm zu Ehren stattfinden sollte, in scheinbaren Lobreden auf ihn bei ihrem neuen Chef anzubiedern suchten. Zwei Monate vor dem Schulende gab es für die Lehrer und Schüler jedes Jahr so viel zu tun, dass man seine Bitte um einen unaufwendigen Abschied erleichtert akzeptierte. In einer dritten Schulstunde wurden sämtliche Schüler und Lehrer in die Aula gebeten, Kobelius hielt eine Rede und anschließend sagten zwei Lehrer ein paar lobende Worte, dann sprach Zurek und dankte allen für die Zusammenarbeit in den vergangenen Jahren und Jahrzehnten. Er bekam einen riesigen Blumenstrauß und einen Rasenmäher geschenkt, der unter lautem Motorengeräusch in die Aula geschoben wurde, und pünktlich mit der Pausenklingel endete die Feier. Eine Woche später gab Zurek ein Essen im Bahnhof, zu dem er alle Lehrer eingeladen hatte. Sieben Lehrer hatten sich entschuldigt, sie schrieben ihm, dass sie wegen der Prüfungen und der anzufertigenden Beurteilungen dem geselligen Zusammensein fernbleiben müssten. Zurek vermutete damals, dass sie die Einladung nicht annehmen wollten, weil er Kobelius nicht eingeladen hatte.

Es war das erste Mal, dass Kobelius seinem Vorgänger einen Besuch abstattete. Seit Zurek aus dem Schuldienst ausgeschieden war, hatten sie sich gelegentlich in der Stadt getroffen, aber es war zu keinem Gespräch mehr zwischen ihnen gekommen, und im Gymnasium hatte sich Zurek nie wieder sehen lassen. Als Friederike Zurek mit einem Tablett im Wohnzimmer erschien und die Teetassen verteilte, fragte Kobelius, wie es ihr gehe.

»Es tut weh«, sagte sie und stellte die Teekanne auf den Tisch.

Die beiden Männer sahen sie schweigend an. Sie

setzte sich zu ihnen, goss Tee ein und fügte dann hinzu: »Das ist das Schlimmste, was ein Kind einem antun kann. Vor einem zu sterben. Es ist gegen die Natur.«

Richard Zurek fasste nach der Hand seiner Frau, Kobelius rührte verlegen in seiner Teetasse.

»Sie müssen sich nicht heute entscheiden, Doktor Zurek, aber bitte bedenken Sie, für meine Schüler wäre es wichtig, wenn Sie zu ihnen sprechen. Als Lehrer wissen Sie das.«

»Ich weiß nicht, ob ich dazu in der Lage bin. Vielleicht schaffe ich es, auf die Bühne zu klettern und an das Pult zu gehen, doch möglicherweise bekomme ich kein Wort heraus.«

Kobelius nippte an seinem Tee und sagte verständnisvoll: »Wichtig ist es nur, dass Sie in der Schule auftreten. Und wenn Sie kein Wort sagen können, für die Schüler wäre es eine Lektion, die sie nicht vergessen werden.«

»Wann soll Ihre Veranstaltung stattfinden, Herr Kollege?«

»Freitag in einer Woche. Ich will die letzten beiden Schulstunden dafür nutzen.«

Zurek schüttelte den Kopf. »Der Leichnam von Oliver ist noch nicht freigegeben«, sagte er, »ich weiß nicht, wann wir ihn beerdigen können. Und vor seiner Beerdigung werde ich sicher nicht sprechen können.«

Als Kobelius sich verabschiedete, bat er nochmals darum, dass Zurek in der Aula sprechen möge. »Sie sind Pädagoge, Doktor Zurek, und Sie waren ein

Schuldirektor, der hohes Ansehen genoss, wie ich feststellen konnte. Ein Ansehen, das es mir nicht eben leichtmachte, in Ihren Schuhen zu stehen. Also wissen Sie auch, wie wichtig es ist, dass Sie vor den Schülern sprechen.«

Zurek versprach, darüber nachzudenken und, wenn es ihm irgendwie möglich war, seinem Wunsch zu folgen. Sie verabredeten, Anfang der folgenden Woche miteinander zu telefonieren.

Als Richard Zurek ins Wohnzimmer zurückkam und den erwartungsvollen Blick seiner Frau bemerkte, schüttelte er den Kopf und sagte zu ihr: »Nein, ich werde nicht sprechen. Ich kann es nicht.«

Seine Frau war erleichtert.

In den folgenden Tagen meldete sich Feuchtenberger täglich bei ihnen. Es gab immerzu neue Mitteilungen und überraschende Wendungen bei der Aufklärung der Ereignisse auf dem Bahnhof von Kleinen, die von den Zeitungen zumeist auf der Titelseite gemeldet wurden und über die Feuchtenberger die Familie Zurek persönlich informieren wollte. Eine Videoaufzeichnung des Polizeieinsatzes, die von einem eigens dafür eingesetzten Beamten gemacht wurde, war verschwunden, tauchte dann unversehens auf, nachdem zwei Tage zuvor die Videoaufzeichnung und die Existenz eines entsprechenden Bandes bestritten worden war, allerdings fehlten auf der Kassette die entscheidenden Szenen der Schießerei. Offensichtlich war das Band manipuliert worden. In verschiedenen Städten kam es zu Demonstrationen, auf denen Tausende von Teilnehmern gegen die verschleiernde

Taktik der Bundesanwaltschaft und der Polizei protestierten und restlose Aufklärung verlangten. Eine Bundesvereinigung von Polizisten stellte Strafanträge gegen den Innenminister und den Generalbundesanwalt. Mehrere Zeitungen ermittelten weitere Zeugen, die die Erschießung von Oliver Zurek bestätigten. Die zuständige Staatsanwaltschaft, hieß es, habe gegen zwei namentlich nicht genannte Polizisten ein Ermittlungsverfahren eingeleitet wegen des Verdachts, Oliver Zurek vorsätzlich getötet zu haben. Sein Leichnam war noch immer nicht freigegeben worden, und Feuchtenberger bat Richard Zurek, sich darauf einzurichten, dass sich eine Freigabe durch die vielen Pannen und Vertuschungsversuche unabsehbar verzögern könnte.

»Es ist nur ein armer toter Junge«, sagte Zurek ins Telefon, aber er verstand, dass es notwendig geworden war, alle Untersuchungen nochmals durchzuführen.

Am Freitagabend erschien Karin Gloedel bei ihnen, die Freundin oder Bekannte von Oliver. Sie brachte ihnen zwei alte Tagebücher von Oliver. Im Gefängnis hatte er angefangen, Tagebuch zu führen, und diese Gewohnheit noch einige Monate nach der Entlassung beibehalten. Es gab in diesen zwei Jahren für jeden Tag einen Eintrag, manchmal eine Seite, meistens wenige Zeilen. Friederike Zurek blätterte in den beiden Büchern und las einige Zeilen laut vor. Ihr Sohn beschrieb ein paar Eindrücke des Tages, erwähnte häufig politische Ereignisse, die von der Presse gemeldet worden waren, und führte genauestens Buch über seine

Lektüre und über die Gespräche mit den Freunden. Alle erwähnten Personen waren in dem Tagebuch nur mit ihren Initialen genannt. Dann holte Karin Gloedel eine Mappe aus ihrer Tasche und gab Olivers Eltern zwölf ungerahmte Zeichenblätter. Es waren Aquarelle, die Oliver in den vergangenen Jahren gemalt hatte. Landschaften waren darauf zu sehen, eine Windmühle, zwei Bilder zeigten holländisch anmutende Gegenden, bei einem Aquarell glaubten Friederike und Richard Zurek den Drachenfels zu erkennen. Auf einem Blatt war ein Garten abgebildet, ein schmaler Rasenstreifen mit einem winzigen Sandkasten, hinter dem eine hölzerne Schaukel stand. Das Rasenstück wurde auf beiden Seiten von Blumen- und Gemüsebeeten begrenzt. Friederike Zurek zeigte das Bild aufgeregt ihrem Mann und sagte, dieses sei ihr alter Garten, der Garten hinter dem Reihenhaus, in das sie nach ihrer Hochzeit eingezogen waren und in dem sie fünfzehn Jahre gelebt hatten. Karin Gloedel konnte ihre Vermutung nicht bestätigen, berichtete aber, er habe stets daheim gemalt und nach der Erinnerung, nie habe er im Freien gesessen und gezeichnet oder gemalt, was sie immer verwundert habe.

»Haben Sie mit ihm zusammengelebt, Karin?«, fragte Friederike Zurek.

Die junge Frau lachte und sagte, sie hätte nie etwas dagegen einzuwenden gehabt, aber sie seien nur Freunde gewesen, gute Freunde, nichts weiter.

»Leider«, fügte sie hinzu und lächelte Frau Zurek wehmütig an.

Sie bat darum, eins der Aquarelle behalten zu dürfen, und zeigte auf eine sehr gleichförmige gelbe Landschaft, über der sich Berge von Wolken türmten.

»Wo ist das?«, fragte Friederike Zurek, »ist das in Deutschland?«

»Nein, das ist eine Landschaft in Algerien. Wir waren dort über ein Jahr zusammen. Oliver, ich und ein paar Freunde.«

»Erzählen Sie uns etwas davon«, sagte Richard Zurek, »wir wissen so wenig über unseren Sohn. Wir wissen nicht, was er in den letzten fünf, sechs Jahren getan hat, wo er gelebt hat und mit wem. Und von der Zeit davor wissen wir ebenfalls so gut wie nichts.«

»Lesen Sie seine Tagebücher«, erwiderte Karin Gloedel, »sie erzählen Ihnen mehr, als ich es könnte. Oliver war ein Einzelgänger. Vielleicht hat er seiner Freundin etwas mehr erzählt, ich weiß es nicht. Man konnte ihm vertrauen, man konnte immer auf ihn bauen, aber er war ein sehr ruhiger Mensch, er war immer in sich gekehrt, und was er fühlte, darüber sprach er nie. Ich weiß nicht einmal, was er dachte. Wir diskutierten viel, den ganzen Tag diskutierten wir, und Oliver war immer engagiert dabei und es fiel ihm schwer nachzugeben. Wenn alle endlich überzeugt waren, dann brachte er es fertig und fing wieder von vorn an. Was er wirklich dachte, ich weiß es nicht. Irgendwie war er immer ganz weit weg.«

»Ich weiß«, sagte Friederike Zurek, »so war er schon als Kind, sogar als Baby. Er lag in seinem Kinderbett, schaute sich ruhig alles an und schwieg. Ab und zu lächelte er, und wenn er mich erblickte oder seinen Papa, dann strahlte er einfach. Auch später war nie viel von ihm zu erfahren.«

»Waren Sie auch beteiligt?«, erkundigte sich Zurek.

Die junge Frau sah ihn fragend an.

»Ich meine, an diesen Aktionen. Haben Sie mitgemacht? Gehören Sie zu dieser Gruppe, über die so viel in den Zeitungen steht?«

Sie sah ihm in die Augen und sagte: »Dann wäre ich nicht hier. Dann wäre ich untergetaucht oder säße jetzt in irgendeinem Gefängnis.«

»Entschuldigen Sie die Frage«, sagte er, »das war dumm von mir. Und wäre es anders, würden Sie es mir nicht erzählen.«

»Sicher nicht. Darf ich?« Sie deutete auf das Blatt mit der gelben Landschaft. Frau Zurek schob Karin Gloedel das Blatt zu, das diese in die Mappe zurücklegte und in ihre Tasche steckte.

»Die Bilder hat mir Oliver vor fünf Jahren gegeben, damit ich sie aufbewahre, und ich habe sie Ihnen gebracht, weil sie Ihnen zustehen. Ebenso das Tagebuch und diese Briefe«, sie entnahm der Tasche ein kleines Bündel von Briefen und legte es auf den Tisch, »auch diese gehören Ihnen, aber ich bitte Sie, alles gut zu verwahren. Oder besser, zu verstecken. Ich habe heute eine Besuchserlaubnis für Katharina beantragt. Katharina Blumenschläger wurde nach Bielefeld gebracht, in einen Hochsicherheitstrakt. Mit diesem Antrag auf einen Besuch habe ich denen offenbart, dass ich sie kenne und mit ihr befreundet bin. Ich fürchte nun, dass ich deswegen mit einer Hausdurchsuchung zu rechnen habe. Und ich möchte nicht, dass sie Olivers Sachen bei mir finden. Sie würden alles erkennungsdienstlich untersuchen, und ich möchte nicht, dass irgendein anderer gefährdet wird.«

»Steht in den Tagebüchern und Briefen irgendetwas, was auf eine Straftat verweist?«

»Nein, Herr Zurek, natürlich nicht. Aber wenn es die Polizei in die Hand bekommt, wer weiß schon, was die sich dann alles zusammenreimen. Auch eine falsche Beschuldigung reicht aus, um jemanden für ein halbes Jahr hinter Gitter zu bringen. Das wissen Sie doch inzwischen.«

Richard Zurek stimmte ihr zu. Er zog das schmale Briefbündel zu sich und legte es auf die beiden Tagebücher. »Ich denke, diese Sachen sind bei uns sicher. Mit einer Hausdurchsuchung haben wir wohl nicht zu rechnen. Zu uns kamen sie vor fünf Jahren, damals, als Oliver spurlos verschwunden war. Sie haben das Haus auf den Kopf gestellt und kistenweise Sachen von Oliver abtransportiert. Nichts haben wir je davon wiedergesehen.«

»Und wir haben ihnen damals sogar noch geholfen«, warf Friederike Zurek ein.

»Ja«, sagte ihr Mann, »es ist wahr, ich habe ihnen geholfen. Ich dachte, wenn ich ihnen alles gebe und sie Oliver finden, dann wird uns erspart, dass wir unseren Sohn …«

Er unterbrach sich, schaute finster auf seine Hände, dann legte er sie auf die Tagebücher und Briefe: »Das hier werden sie nicht bekommen, das kann ich Ihnen versprechen. Was immer hier drinsteht, ehe es der

Polizei in die Hände fällt, würde ich alles verbrennen und vernichten.«

Friederike Zurek lud die junge Frau zum Abendbrot ein, aber sie lehnte dankend ab. Sie habe viel zu tun und müsse sich auf den Rückweg machen. Als sie bereits im Korridor standen, fragte Friederike Zurek: »War diese Katharina Blumenschläger Olivers Freundin?«

Karin Gloedel nahm Friederike Zurek in den Arm.

»Ja«, sagte sie, »ich glaube, das kann man sagen. Wenn die beiden ein bürgerliches Leben geführt hätten, dann wären sie wohl verheiratet gewesen.«

»Und hätten vielleicht Kinder«, ergänzte Friederike Zurek.

Die junge Frau nickte. Richard Zurek sah seine Frau besorgt an, aber sie lächelte nur.

Pünktlich zu den Nachrichten saßen die beiden vor dem Fernseher. Auch an diesem Tag wurde über das Ereignis auf dem Bahnhof von Kleinen berichtet. Im Hintergrund war auf dem Fernsehschirm das passbildgroße Foto ihres Sohnes zu sehen, während der Nachrichtensprecher mitteilte, dass sich die Bundesregierung rückhaltlos hinter das Bundeskriminalamt und die Grenzschutzeinheit stelle. Der Staatsanwaltschaft liege ein weiteres Videoband von dem Geschehen auf dem Bahnhof vor, das von einem Zeugen gedreht worden sei, der in dienstlicher Eigenschaft in Kleinen anwesend war, wie der Sprecher sagte. Bei der dritten Person, dem mit Katharina Blumenschläger verhafteten Bernd Emmerling, handele es sich um einen V-Mann des Verfassungsschutzes. Seine Festnahme erfolgte irrtümlich, da ein Beamter ihn mit Oliver verwechselt habe. Dem V-Mann sollte verabredungsgemäß eine Flucht gestattet werden, um seine Tarnung aufrechterhalten zu können. Anschließend verwies der Nachrichtensprecher auf eine Sondersendung des Fernsehens, die am Dienstag der folgenden Woche ausgestrahlt werde und in der neue Zeugen präsentiert und weitere Hintergründe enthüllt würden. Dann legte der Fernsehsprecher das Papier beiseite, nahm ein neues auf und kündigte einen Filmbeitrag über Bosnien an. Richard Zurek schaltete das Gerät aus. Ihr Sohn Heiner rief an, der die Nachrichten ebenfalls gesehen hatte, und sprach sehr erregt über das Videoband, dessen Existenz von der Polizei bisher bestritten wurde, obwohl seinem Komitee glaubwürdige Aussagen vorlägen, die jene in Kleinen erfolgten Filmaufnahmen bestätigten. Richard Zurek bemühte sich seinen Sohn zu beruhigen und sagte, er würde mit dem Anwalt darüber sprechen.

»Unternimm bitte nichts Unüberlegtes«, sagte er flehentlich, »und lass dich nicht von irgendwelchen Verrückten zu Dummheiten verleiten.«

Nach dem Anruf setzten sie sich an den Wohnzimmertisch und sahen die Briefe durch, die ihnen Karin Gloedel übergeben hatte. Die Briefe waren alle für ihren Sohn bestimmt und die meisten von ihnen, zwölf Briefe, stammten von Katharina Blumenschläger. Ein Brief kam von einem evangelischen Bischof, der ihn zu überreden suchte, die Illegalität aufzugeben, sich den Behörden zu stellen. ›Vertrauen Sie dem Rechtsstaat‹, schrieb er, ›der in unserer gebrechlichen

Welt die einzige menschliche Einrichtung ist, Unrecht zu ahnden, ohne gleichzeitig neues zu verschulden. Ich weiß sehr wohl, dass Ihnen Unrecht widerfahren ist, dass Sie unschuldig im Gefängnis gesessen haben. Um zu Ihrem Recht zu kommen, sollten und müssen Sie alles tun, was Ihnen nach Recht und Gesetz zusteht und auszuführen ist. Wenn aber in dieser Welt das Ihnen zustehende Recht für Sie nicht zu erlangen ist, und auch ein Rechtsstaat kann uns keine Gerechtigkeit garantieren, so ist es um Ihrer selbst willen, Ihrer Zukunft und Ihrer Familie wegen, besser, das erlittene Unrecht hinzunehmen, anstatt mit neuem Unrecht jenes tilgen zu wollen. Anderenfalls wird der Staat gemäß der Verfassung unseres Gemeinwesens sich mit seinen Gewalten gegen Sie wenden, und Sie werden Ihr Unglück nicht tilgen, sondern fortsetzen und vergrößern und dann selbst Unrecht tun. Ich bete für Sie, dass Sie nicht eines Tages unschuldiges Blut vergießen.‹ Die letzten Sätze in dem Brief lauteten: ›Um Ihretwillen, kehren Sie um. Kommen Sie zu uns zurück. Meine Tür steht Ihnen offen.‹

Richard Zurek hatte den Brief des Bischofs seiner Frau vorgelesen, legte ihn dann wortlos beiseite und schaute sich die anderen Briefe an. Die Briefe von Katharina Blumenschläger las jeder für sich. Es waren schlichte Liebesbriefe, in denen immer wieder von einer Zukunft gesprochen wurde, die sie für sich in einem der arabischen Länder sahen. Von einem kleinen Haus am Mittelmeer wurde gesprochen, in dem sie einmal zwei Wochen gewohnt hatten, und von Kindern, die sie einmal haben wollten. Die Briefe berührten sie, und auch Richard Zurek hatte beim Lesen der Briefe Mühe, die Tränen zurückzuhalten. Dann griff er nach den Tagebüchern, Olivers Schrift war flüchtig, offenbar hatte er seine Notizen rasch hingeschrieben, ohne auf Leserlichkeit und Grammatik zu achten. Die beiden saßen bis Mitternacht am Tisch und lasen in der Hinterlassenschaft ihres Sohnes.

6.

Am darauffolgenden Tag, einem Samstag, gingen sie nach dem Frühstück daran, das Gästezimmer herzurichten. Christin hatte zwei Tage zuvor angerufen und überraschend ihren Besuch angekündigt. Konstantin, ihren fünfjährigen Sohn, müsse sie mitbringen, da Matthias, ihr Mann, auf einer Dienstreise sei, was ihre Eltern nicht verwunderte, da er sie selten besuchte und sie den Eindruck gewonnen hatten, dass er einem Zusammensein mit ihnen aus dem Weg ging. Matthias war Unternehmensberater in Hamburg und sehr erfolgreich, und da Richard Zurek und er rasch begriffen hatten, dass sie in verschiedenen Welten lebten, beschränkten sie sich in ihren Gesprächen auf die Familie und die Entwicklung des kleinen Konstantin. Darüber hinaus gab es keine Gemeinsamkeiten zwischen ihnen, und wären sie nicht durch die Tochter miteinander verbunden, sie hätten aus ihrer gegenseitigen Verachtung keinen Hehl gemacht. Richard Zurek vermutete, dass Christins Einschätzung von Oliver, mit dem sie in ihrer Kindheit und Jugend eng verbunden war, und das zerstörte Verhältnis zu ihm dem Einfluss ihres Mannes geschuldet waren. Richard Zurek und seine Frau verloren kein Wort über sein Ausbleiben, freuten sich vielmehr, ihre Tochter und den Enkel zu sehen.

Als Christins Auto vor dem Haus hielt, eilten beide hinaus, um sie zu begrüßen. Richard Zurek wollte

Konstantin auf den Arm nehmen, aber das Kind sträubte sich und ließ sich nur unwillig von den Großeltern küssen. Christin umarmte die Eltern kurz und sagte ihnen, noch bevor sie in das Haus gegangen waren, sie müsse am gleichen Tag zurückfahren, da sie am nächsten Vormittag zu einer Matinee ihres Theatervereins gehen müsse, es würde also ein sehr kurzer Besuch werden. Ihre Mutter hatte Mühe, die Enttäuschung zu verbergen. Sie nahm Konstantin an der Hand, um ihm im Wohnzimmer zu zeigen, was sie für ihn gekauft hatte, eine Eisenbahn aus Holz. Der Kleine schaute sie sich ohne Begeisterung an, er schob sie einmal auf der Holzschiene entlang, bedankte sich bei seiner Großmutter und holte dann seinen Gameboy aus der Tasche. Er zeigte seiner Oma, was für ein Spiel er eingelegt hatte, und war Minuten später völlig darin vertieft, die Figuren über den Bildschirm zu steuern.

»Wann ist die Beerdigung?«, fragte Christin, als sie mit ihrem Vater in der Küche stand und Kaffee machte.

»Wir wissen es nicht. Sein Leichnam wurde noch nicht freigegeben. Der Anwalt meint, nach den neuen Informationen wird man ihn für weitere Untersuchungen benötigen.«

Christin war verbittert. »Und bei mir an der Schule darf ich Spießruten laufen«, sagte sie. »Natürlich wissen alle, dass er mein Bruder ist. Und jetzt gilt er bei einigen Schülern auch noch als Märtyrer. Oliver, das Opfer des Polizeistaates! Und zu Hause klingelt ununterbrochen das Telefon. Die Journalisten wollen mit mir sprechen oder mit Matthias. Sie würden auch mit Konstantin sprechen! Hauptsache, mit irgendwem von der Familie. Und vor allem wollen sie Fotos, von Oliver, von mir, von meiner Katze. Da hat er uns was Schönes eingebrockt.«

»Er ist tot, Christin.«

»Ja, Papa.«

»Sei nicht so hart. Er war dein Bruder. Ihr beide wart ein Herz und eine Seele. Ihr wart unzertrennlich.«

»Das waren wir nicht, Papa. Wir haben uns getrennt. Oliver hat sich von uns getrennt. Und nicht nur von mir hat er sich getrennt. Wenn du ehrlich bist, musst du zugeben, er hat sich auch von euch getrennt. Er hat eine Linie überschritten, die in unserer Familie, die für uns alle völlig tabu war. Er musste diesen Staat nicht lieben, das muss keiner. Er brauchte ihn nirgends und nie zu verteidigen, er konnte ihn hassen, verachten, er durfte ihn sogar mit allen legalen Mitteln angreifen und bekämpfen, und da gibt es vielfältige Möglichkeiten. Nur eins war ihm nicht erlaubt, nämlich Gewalt anzuwenden. Ich rede nicht vom Gewaltmonopol des Staates, ich spreche lediglich von unserer Zivilisation, von unserer Kultur, von all dem, was uns von der Barbarei trennt. Es gibt eine Übereinkunft der Menschen, um zusammenleben zu können, und diese Vereinbarung hat er zerstört, als er untertauchte, als er sich Waffen beschaffte, als er Mitglied einer Mörderbande wurde. Denn das sind sie, Papa, ganz egal, ob Oliver selbst Blut an den Händen hat oder nicht, es sind Mörder.«

»Christin! Ich bitte dich!«

»Es sind Mörder. Oliver gehörte zu einer Mörderbande. Papa, wenn du nicht alles verleugnest, woran du dein Leben lang geglaubt hast, wenn du jetzt nicht mit Füßen treten willst, was du jahrzehntelang deinen Schülern vermittelt hast, deinen Schülern und deinen Kindern, ja, auch mir und Oliver, dann kannst du dich jetzt nicht hinter deinen Sohn stellen. Spuck dir nicht selber ins Gesicht, Papa.«

Richard Zurek stellte die Tassen und Kanne auf ein Tablett, seine Hände zitterten. Dann wandte er sich zu seiner Tochter und zog sie in seine Arme. Sie sträubte sich etwas, er hielt sie fest und zog sie an sich heran, bis ihr Kopf auf seiner Schulter lag.

»Ja, Christin«, sagte er dann, er hielt die Augen geschlossen, »es ist alles richtig, was du sagst, ich weiß. Trotz allem ist und bleibt er mein Sohn. Und er wäre es selbst dann noch, wenn er zu einem Mörder geworden wäre. Deine Mutter und ich sind sehr erleichtert, dass sich dies gottlob nicht bestätigt hat. Er ist offenbar unschuldig gestorben, jedenfalls klebt an seinen Händen kein Blut, kein fremdes Blut und auch nicht das eigene. So schlimm diese Tage für uns auch sind, wir schlafen schlecht, unaufhörlich geht uns ein Mühlstein im Kopf herum, doch irgendwo sind wir fast ein wenig froh. Oliver ist nicht als Held gestorben und auch nicht als Märtyrer, das ganz gewiss nicht, und was wir von ihm erwünschten, was wir für ihn erhofft hatten, davon hat er wenig eingelöst. Er hatte so viele Talente, und er hat sie verkümmern lassen oder weggeworfen. Stolz sein kann ich nicht auf meinen Sohn. Er hat mich nicht glücklich gemacht, und am Ende eines Lebens ist es besonders schwer, sich eingestehen zu müssen, dass man irgendwo versagt hat.«

»Du hast nicht versagt, Papa, das musst du dir nicht einreden. Was immer mit Oliver passiert ist, was immer ihn auf diesen Weg gebracht hat, Mutter und du jedenfalls, ihr seid daran völlig unschuldig.«

Sie löste sich aus seinen Armen und sah ihm in die Augen.

»Nein, Christin, das ist leider nicht wahr. Oder es stimmt und stimmt nicht. Ich grübele schon seit Jahren darüber nach, welche Fehler wir gemacht haben, was ich falsch gemacht habe. Und seit er tot ist, denke ich an nichts anderes. Bei jeder neuen Meldung frage ich mich nur, was ich wann falsch gemacht habe. Und es hilft mir nichts, wenn ich mir sage, dass alles passiert ist, nachdem er unser Haus verlassen hat. Irgendetwas gibt es, muss es geben, was hier passiert ist, hier in diesem Haus. Die Überlebenden haben immer Unrecht. Und sie haben Schuld, sie werden ihr Leben lang diese Schuld nicht mehr tilgen können. Vor vielen Jahren habe ich das in den Berichten der Überlebenden der Konzentrationslager gelesen. Immer wieder stieß ich auf diese Zeilen eines unklaren, unsinnigen, aber durch nichts zu tilgenden Schuldgefühls. Die Überlebenden fühlten sich schuldig gegenüber den Ermordeten. Damals glaubte ich noch, es sei eine Besonderheit des Lagers, dass völlig Schuldlose derart von einer irrationalen und unsinnigen Schuld verfolgt werden. Heute weiß ich, dass jeder, der einen

Menschen überlebt, der vor seiner Zeit gestorben ist, mit dieser merkwürdigen Schuld zu tun hat. Der Tod vor der Zeit macht uns schuldig. Macht mich schuldig, Christin.«

»Dann bin ich vielleicht auch schuldig? Soll ich mir das einreden?«

»Nein, Christin, du musst dir nichts einreden, dafür gibt es überhaupt keinen Grund.«

»Und für dich auch nicht, Papa. Das ist hirnrissig. Entschuldige, aber das ist reichlich überspannt. Ich hoffe, dass Mutter nicht an solchen Unsinn glaubt. Oder?«

»Ich habe mit ihr nicht darüber gesprochen, niemals. Aber ich glaube, es geht ihr nicht besser als mir.«

»Papa, wenn ihr wirklich solche unsinnigen Schuldgefühle habt, wenn das tatsächlich die Wahrheit ist, dann müsstet ihr mal mit einem Psychologen reden oder mit einem Psychiater.«

»Ich bin nicht verrückt, meine Kleine.«

»Das sagt auch keiner. Aber wenn man sich irgendwo verrannt hat, dann muss man mit jemandem darüber reden. Dafür sind die Seelenklempner schließlich da. Geh zu einem. Lass dir einen Termin geben. Bitte, Papa.«

Richard Zurek schüttelte den Kopf.

»Nein, mein Mädchen, da kann uns keiner helfen. Damit werden wir den Rest unseres Lebens zu tun haben. Ich weiß nicht, was ich falsch gemacht habe. Vielleicht war ich zu streng, vielleicht nicht streng genug, ich werde es nie erfahren, jedenfalls werde ich nie sicher sein können. Und keiner kann es mir sagen, kein Arzt, kein Psychiater und auch du nicht. Nicht einmal Oliver könnte mir diese Frage beantworten. Was hätte ich tun müssen, um das zu verhindern? Was hätte ich unterlassen sollen? Wo habe ich nicht aufgepasst? In welchem Alter ist das passiert, das zu alldem führte? In der Kindheit? In der Jugend? Haben wir uns zu viel um ihn gekümmert? Oder zu wenig?«

»Hallo, ich bin auch noch da, Papa. Was ist mit mir? Wieso laufen Heiner und ich nicht mit Bomben herum und bedrohen unschuldige Menschen? Wieso ist aus mir etwas geworden? Deine Tochter hat sogar einen Eid auf den Staat abgelegt. Freiwillig! Vergiss mich bitte nicht ganz bei deinen Überlegungen. Ich bin schließlich auch euer Kind, und wenn aus mir etwas geworden ist, so beweist das doch, dass ihr mit eurer Erziehung nicht ganz falsch gelegen haben könnt. Also zerbrecht euch bitte nicht den Kopf über Dinge, mit denen ihr nichts, aber auch gar nichts zu tun habt. Ich weiß nicht, wieso Oliver abgerutscht ist. Mit ihm war nicht mehr zu reden. Ich habe es versucht, mehr als einmal. Ich habe ihn damals eingeladen, immer wieder. Nach dem zehnten Brief hat er endlich einmal angerufen. Hat mir gesagt, dass er mein Haus nie wieder betreten wird. Wegen Matthias, weil er und ich zu denen gehören, die er bekämpft. Ich habe gelacht am Telefon, ich habe gelacht, aber am liebsten hätte ich ihn geohrfeigt, das kannst du mir glauben. Alles habe ich runtergeschluckt und bin sogar bis nach Hannover gefahren, um ihn zu treffen.

Die ganze Zeit tat er so, als hätte ich mich mit der Polizei gegen ihn verschworen. Wir hatten uns im Bahnhofscafé verabredet, er blickte sich dauernd um, als ob ihn jemand verfolge, und mich hat er mit Fragen gelöchert, dass ich mir vorkam wie bei einem Polizeiverhör. Dann habe ich es ihm auf den Kopf zugesagt, und er gab es sofort zu, er meinte tatsächlich, unsere Verabredung sei eine Falle. Er glaubte tatsächlich, ich hätte auf der Verabredung bestanden, damit ihn die Polizei festnehmen kann. Nachdem er mir das an den Kopf geworfen hatte, habe ich gar nichts mehr gesagt. Er hat mir eine halbe Stunde lang in den Ohren gelegen, du weißt ja, dieses Zeug, wovon er immerfort faselte, revolutionärer Kampf gegen das Schweinesystem, Volkskrieg, Ausbeutung, Imperialismus. Ich habe nichts mehr gesagt. Ich habe ihm zugehört und die ganze Zeit nur gedacht, das ist mein Bruder, mit ihm bin ich aufgewachsen, ihn habe ich geliebt, ihn habe ich auf dem Rücken herumgeschleppt, habe ihm bei den Schularbeiten geholfen, und immer hat er gemacht, was ich wollte. Und dann bin ich aufgestanden und gegangen. Das war das letzte Mal, dass ich Oliver gesehen habe. Dass ich ihn gesprochen habe, wenn man das ein Gespräch nennen kann. Er hat nie wieder bei mir angerufen, und ich wusste nicht, wo er steckt. Ich hatte auch kein Bedürfnis, ihn zu sehen oder mit ihm zu sprechen.«

»Wann war das? Wann hast du Oliver zuletzt gesehen?«

Die Küchentür öffnete sich und Friederike Zurek kam herein. Sie betrachtete die beiden argwöhnisch.

»Wo bleibt ihr denn? Habt ihr euch gestritten?«

Ohne eine Antwort zu erwarten, nahm sie das Tablett mit dem Kaffeegeschirr.

»Kommt ins Wohnzimmer«, sagte sie, »ich trinke eine Tasse mit euch, dann muss ich mich um das Mittagessen kümmern.«

Der kleine Konstantin wollte sich nicht zu ihnen setzen, und als seine Mutter es energisch verlangte, schob er die Tasse beiseite und legte seinen Gameboy vor sich auf den Tisch. Christin erzählte von ihrer Arbeit und ihrem Mann, und ihre Eltern hörten scheinbar interessiert zu. Als sie mit ihrem Sohn auf die Toilette ging, erkundigte sich Friederike Zurek bei ihrem Mann, worüber sie sich in der Küche gestritten hätten.

»Wir haben uns nicht gestritten. Wir haben uns über Oliver unterhalten.«

»Und was hat Christin gesagt?«

»Ich habe nicht den Eindruck, dass sie sehr unglücklich ist. Oliver und sie waren sich sehr fremd geworden.«

»Hat sie das gesagt?«

»Sie versteht ihn nicht.«

»Hast du denn Oliver verstanden?«

»Darum geht es nicht, Rike. Christin verurteilt Oliver, und dazu hat sie kein Recht. Sie muss ihn gar nicht verstehen, aber es steht ihr nicht zu, ihren toten Bruder zu verurteilen. Und das werde ich ihr unmissverständlich klarmachen.«

»Richard, bitte. Wir haben nur noch Christin und Heiner. Verzank dich nicht mit ihr. Ich möchte nicht, dass ich sie und Konstantin nur noch zu Weihnachten sehe. Sie ist schließlich heute zu uns gekommen, obwohl sie so viel um die Ohren hat. Denk daran, es sind Prüfungen, da hattest du auch nie Zeit.«

»Sie hat nicht einmal die Zeit, einen Tag bei uns zu bleiben. Dieser Theaterclub ist ihr wichtiger als wir und Oliver.«

»Bitte, Richard. Sag bitte nichts dazu.«

Friederike Zurek sah beschwörend zu ihrem Mann. Als Christin und Konstantin ins Zimmer zurückkamen, strahlte sie ihre Tochter und das Enkelkind fortwährend an, als könnte sie damit eine drohende Auseinandersetzung bannen. Sie sprachen über den neuen Gemüsemarkt neben der Kirche, über Ereignisse in der Kleinstadt und Leute, die Christin noch kannte, und schließlich über einen Wohnungskauf von ihr in Hamburg. Über Oliver verloren sie kein weiteres Wort. Dann ging Friederike Zurek in die Küche, ihre Tochter folgte ihr und gemeinsam bereiteten sie das Mittagessen in der Küche zu, während Richard Zurek sich um seinen Enkel bemühte. Er fragte ihn nach dem Kindergarten und seinen Freunden, der Kleine antwortete einsilbig und ohne die Augen von dem Computer zu lassen.

»Weißt du, dass dein Onkel Oliver tot ist?«, fragte Richard Zurek. »Hat Mama es dir erzählt?«

Der Junge schlug mit einem Finger mehrmals auf eine Taste, dann erwiderte er: »Ja, weiß ich.« Nach einigen Sekunden fügte er hinzu: »Er hat sich selber erschossen, Opa.«

»Nein, mein Kleiner, ein Polizist hat ihn erschossen.«

»Papa sagt, Onkel Oliver hat sich selber erschossen, und Polizisten erschießen böse Menschen. War Onkel Oliver ein böser Mensch?«

»Nein, das war er nicht. Er war mein Sohn. So wie deine Mutter meine Tochter ist.«

»Weiß ich doch. Und warum hat er sich selber erschossen? Woher hatte er die Pistole?«

»Was sagen denn deine Eltern?«

»Mama sagt, dass Onkel Oliver ganz unglücklich war, und Papa sagt, er war krank. Denkst du auch, dass er krank war?«

»Ich weiß es nicht, Konstantin. Vielleicht. Vielleicht hat dein Vater Recht und er war krank. Ich kann es dir nicht sagen.«

»Und warum ist er nicht zum Arzt gegangen?«

»Onkel Oliver glaubte nicht, dass er krank war. Er sagte, er ist völlig gesund, krank ist die Gesellschaft.«

»Welche Gesellschaft?«

»Er meinte uns damit, uns alle. Alle Leute, die in diesem Land leben.«

»Ich bin nicht krank, Opa. Ich hatte Keuchhusten, aber das ist vorbei. Ich bin wieder ganz gesund, hat der Arzt gesagt.«

»Das ist schön, Konstantin. Gesundheit ist das Wichtigste, auch wenn du dir das heute noch nicht vorstellen kannst. Bist du sehr traurig, dass Onkel Oliver tot ist?«

»Ich weiß nicht. Ich kenne ihn ja nicht. Ich glaube, ich hab ihn nie gesehen.«

»Wir beide sehen uns auch zu selten. Willst du nicht einmal für eine Woche zu uns kommen?«

»Hier hab ich doch keine Freunde. Meine Freunde sind alle in Hamburg, Opa.«

»Hier hast du uns. Das wäre schön, Konstantin. Ich würde mich freuen, und deine Oma würde vor Freude einen Kopfstand machen.«

»Kann Oma richtig Kopfstand?«

»Deine Oma war einmal eine Sportskanone. Sie hat vor vielen Jahren eine Landesmeisterschaft im Brustschwimmen gewonnen, und vor fünfzig Jahren hätte sie um ein Haar an den Olympischen Spielen teilgenommen. Also, was hältst du davon, für eine Woche zu uns zu kommen?«

Der Junge beugte sich über den kleinen Bildschirm und schrie vor Freude laut auf: »Ich hab ihn erwischt, Opa. Ich hab gewonnen.«

Richard Zurek schaute schweigend auf das Kind. Er wartete auf eine Antwort, aber Konstantin startete das nächste Spiel und hatte seinen Großvater und dessen Frage vergessen.

Nach dem Mittagessen wollte Friederike Zurek einen Spaziergang durch die Stadt und den Park machen. Konstantin protestierte, und auch Christin weigerte sich. Sie sagte, sie habe nicht vor, in ihrer alten Heimatstadt Spießruten zu laufen, und genau das würde wohl passieren.

»Ich sehe keinen Grund, dass wir uns schämen müssten«, erwiderte Richard Zurek und hatte Mühe, seine Stimme zu beherrschen, »mir ist nicht bekannt, dass wir oder irgendeiner aus der Familie sich etwas hat zuschulden kommen lassen.«

Er und seine Tochter sahen sich sekundenlang in

die Augen. Sie schauten sich an, ohne den Blick abzuwenden oder zu blinzeln. Endlich gab Christin nach.

»In einer Stunde muss ich losfahren«, sagte sie einlenkend, »da will ich lieber mit euch zusammensitzen und reden.«

Friederike Zurek hatte am Vorabend Fotoalben herausgelegt, die sie nun ins Wohnzimmer brachte. Die drei schauten sich die alten Fotos von Christin, Oliver und Heiner an, gelegentlich rief Friederike Zurek ihren Enkel an den Tisch, dass er sich Kinderbilder seiner Mutter ansehe, aber der Kleine war nicht daran interessiert. Christin versprach, zur Beerdigung ihres Bruders zu kommen, bat die Eltern aber, den Termin mit ihr abzusprechen, damit nicht ausgerechnet an diesem Tag eine unumgängliche Verpflichtung ihr die Reise sehr schwer machen würde oder gar unmöglich.

Friederike Zurek wies auf ein Foto, auf dem die beiden Geschwister eng umschlungen auf dem Brett einer Schaukel zu sehen waren. »Wann immer ich an euch als Kinder denke, habe ich dieses Bild vor meinen Augen«, sagte sie.

Christin betrachtete es skeptisch, dann lächelte auch sie. »Er war wirklich ein hübscher Junge«, sagte sie, »und die besten Einfälle stammten immer von ihm. Ich war die große Schwester, und er hörte eigentlich auch auf mich, aber wenn es darum ging, etwas auszuhecken, da war er immer der Wortführer.«

»Das weiß ich noch«, sagte ihre Mutter, »und auch, dass du dich schützend vor ihn gestellt hast, wenn er es gar zu schlimm trieb.«

»Ich erinnere mich nur daran, dass er fortwährend die unmöglichsten Dinge im Garten vergrub. Oder aussäte, wie er sagte. Damals glaubte er tatsächlich, dass man alles vermehren kann, wenn man es im Garten eingräbt. Und um mir eine Freude zu machen, hat er meine Lieblingspuppe verbuddelt. Er dachte, ein Baum mit hundert Puppen würde an der Stelle wachsen, und die wollte er mir alle schenken. Erst nach vier Tagen hat er es gestanden, und das auch nur, weil ich immerzu heulte. Die Puppe war nass, dreckig und stank entsetzlich. Die konnte ich wegschmeißen.«

»Er hat auch seine geliebte elektrische Eisenbahn eingegraben, der kleine Dummspatz. Die war dann auch nicht mehr zu gebrauchen«, erinnerte sich Friederike Zurek.

Sie lachten. Friederike Zurek fragte ihre Tochter, wie oft sie Heiner sähe und ob sie gelegentlich mit ihm telefonieren würde.

»Selten«, erwiderte Christin, »eigentlich nie. Wir haben uns etwas aus den Augen verloren. Jeder von uns hat zu tun, und wir leben schließlich in völlig verschiedenen Städten.«

Sie machte eine kleine Pause und fuhr dann fort: »Außerdem haben wir uns nicht mehr viel zu sagen. Ich weiß nicht, woran es liegt, aber zuletzt haben wir uns selbst über jeden Film gestritten. Wir waren immer verschiedener Meinung und verstanden überhaupt nicht, was der andere sagte. Es gibt einfach keine Gemeinsamkeiten mehr, wir sind wohl zu verschieden.«

»Aber ihr wart doch einmal ein Herz und eine Seele, ihr drei«, wandte ihre Mutter ein.

»Ja«, bestätigte Christin, »waren wir, aber das ist sehr lange her.«

Dann lachte sie auf und sagte: »Vielleicht war unsere ganze Kindheit ein Irrtum.«

Da ihre Mutter sie entsetzt ansah, fügte sie rasch hinzu: »Das sollte ein Scherz sein, Mama.«

Als sie sich verabschiedeten, umarmten sie sich schweigend. Richard Zurek presste seine Tochter fest an sich und drückte ihren Kopf auf seine Schulter.

»Ich verstehe dich, Papa«, sagte Christin, »bitte versteht auch mich und Matthias. Es ist für uns alle schwer, sehr schwer, aber für Matthias und mich gibt es ein paar Probleme mehr. Ganz abgesehen davon, dass ich Olivers Haltungen und Handlungen in keiner Weise billigen kann, haben wir ein paar zusätzliche Konflikte. Du bist nicht mehr im Schuldienst, aber ich. Und Matthias hat mit Leuten zu tun, bei denen eine solche Verwandtschaft nicht eben geschäftsfördernd ist. Er will zur Beerdigung kommen, hat er mir gesagt, aber du musst verstehen, dass ihm das nicht leichtfällt. Es werden schließlich wieder Journalisten dabei sein, und wenn wir dann in allen Zeitungen zu sehen sind, das ist kein angenehmer Gedanke.«

»Wir beerdigen keinen Terroristen, Christin, und an dem Tag geht es nicht um seine politischen Ansichten. An diesem Tag werden wir unseren Sohn beerdigen. Deinen toten Bruder. Mehr nicht.«

»Ja, Papa. Aber das wird die Presse anders darstellen, und das weißt du.«

»Es interessiert mich aber nicht. Und dich und deinen Mann sollte es auch nicht interessieren.«

Christins Sohn drängelte, er wollte ins Auto einsteigen und endlich losfahren. Er verabschiedete sich rasch von den Großeltern und ließ sich unwillig von ihnen küssen. Als der Wagen abfuhr, winkten die beiden Alten ihm hinterher und standen dann ein paar Minuten vor ihrem Haus.

»Ich lasse es nicht zu, dass ich auch noch Christin verliere«, sagte Friederike Zurek, als sie in ihre Wohnung zurückgekehrt waren, »und wenn du dich weiterhin mit ihr streitest, dann werden wir sie verlieren. Mir tut es sehr weh zu hören, wie sie über ihren Bruder redet, aber ich habe nicht vor, mich deswegen mit ihr zu entzweien. So schwer es mir fällt, ich schlucke es runter, und ich bitte dich inständig, es ebenfalls hinzunehmen.«

»Das ist alles nur der Einfluss von diesem Matthias«, knurrte ihr Mann, »aufgeblasen und egoistisch wie er ist. Er hat nichts als seine Karriere im Sinn. Er ist unausstehlich.«

»Richard, bitte! Zwinge Christin nicht, sich zwischen uns und ihrem Mann zu entscheiden. Wir würden sie verlieren. Und außerdem, er kommt ja zur Beerdigung.«

»Meinetwegen muss er nicht kommen. Und Oliver wird auch keinen Wert darauf legen.«

»Richard, halte dich aus dieser Ehe heraus. Er ist nun mal unser Schwiegersohn, er gehört zur Familie und wir werden ihn weiterhin entsprechend behandeln. Nicht jeder ist so gebildet wie du, und nicht jeder ist ein Lehrer und Schuldirektor. Matthias hat halt andere Interessen, das haben wir zu respektieren.«

»Was hat der denn für Interessen? Außer Geld machen ist mir bei ihm kein Interesse aufgefallen.«

»Wie auch immer, du hast dich mit ihm abzufinden, wie er nun einmal ist, sonst bekommst du Ärger mit mir. Und das meine ich völlig im Ernst, mein Lieber.«

»Ist ja gut, Rike. Nun fangen wir schon an, uns zu streiten.«

»Ich streite nicht, ich warne dich nur. So, und nun werde ich die Bettwäsche im Gästezimmer wieder abziehen. Oder ich lass die Betten bezogen. Zur Beerdigung werden sie ja kommen, vielleicht übernachten sie dann bei uns.«

7.

In den Abendnachrichten hörten sie die Mitteilung, dass nach einem erneuten Gutachten ihr Sohn doch mit der eigenen Waffe getötet worden sei. Der Erstgutachter der Universität Lübeck beharre nicht weiter auf seinem gegenteiligen Gutachten und schließe sich dem neuen Gutachten an, so dass man nun wieder von einer Selbsttötung ausgehen müsse, wie es das Bundeskriminalamt stets behauptet habe. Die Staatsanwaltschaft vermute Absprachen unter den von ihr vernommenen Beamten. Sie habe, wie es inoffiziell hieß, gegen einige Beamte Ermittlungsverfahren eröffnet. Am späten Nachmittag besuchte der Bundeskanzler die Einheit jener Grenzschutzbeamten, die auf dem Bahnhof von Kleinen eingesetzt war, und sprach ihr sein besonderes Vertrauen aus. Er verteidigte die Beamten gegen die Verurteilung durch eine linke Kampfpresse, wie er sich ausdrückte, die aus einem Mörder einen Märtyrer zu machen suche. In dem Filmbericht waren Polizisten zu sehen, die die Kameraleute mit Gewalt zurückdrängten. Der Pressesprecher der Staatsanwaltschaft erläuterte an einer Tafel den Tathergang, wie er sich nach den neuesten Erkenntnissen darstellte. Danach habe ihr Sohn auf einen der Polizisten geschossen, sei den Bahnsteig entlang geflohen und von drei Kugeln der nachsetzenden Beamten getroffen worden. Diese Schüsse trafen ihn am rechten Bein und am linken Oberarm, keine dieser Verletzungen war lebensgefährlich. Oliver Zurek habe leicht verwundet seine Flucht fortsetzen können, sei dann an das Gleis gegangen, habe sich nach seinen Verfolgern umgedreht, um danach, absichtlich oder durch ein Versehen, rücklings auf das Gleis zu stürzen, wobei er sich im Fallen die Pistole an den Kopf gesetzt und abgedrückt habe. Dass der Todesschuss im Fallen erfolgt sei, ergebe sich aus der Lage des Körpers und des rechten Oberarms sowie der Fundstelle seiner Waffe, die eine Selbsttötung nach dem Fall ausschließe. Alle Fakten würden allein diese Interpretation zulassen, alle anderen Vermutungen und Deutungen seien nichts als unbewiesene Spekulationen.

Das Ehepaar saß wie erstarrt vor dem Fernsehapparat.

»Was heißt das?«, fragte Friederike Zurek ihren Mann. Sie atmete schwer und ihr Gesicht schien plötzlich grau zu sein.

Richard Zurek zuckte mit den Schultern, sein Mund war leicht geöffnet und er starrte auf ein Bild an der Wand.

»Aber wieso denn? Wieso soll er plötzlich ein Mörder sein?«, fragte sie weiter, ihr Mann antwortete nicht.

Als das Telefon klingelte, ging Friederike Zurek an den Apparat. Es war Heiner, der kurz mit ihr sprach, dann den Vater verlangte und ihm gegenüber von einem staatlichen Komplott redete. Richard Zurek widersprach ihm nicht und sagte lediglich, dass er das alles nicht verstehe.

»Sie lügen«, sagte Heiner erregt, »sie haben etwas zu verbergen, und dafür setzen sie den ganzen Staat ein. Wir werden die Wahrheit nie erfahren.«

Nach dem Telefonat stand Richard Zurek auf, stellte sich hinter seine Frau, legte ihr die Hand auf die Schulter und holte tief Luft, als ob er etwas sagen wollte. Doch dann nahm er seine Hand weg, ging wortlos ins Arbeitszimmer und setzte sich an seinen Schreibtisch. Eine halbe Stunde saß er unbewegt auf dem Stuhl. Seine Frau kam zweimal in das Zimmer und stellte ihm immer wieder die gleichen Fragen, aber da er nicht reagierte, fuhr sie sich verlegen durch die Haare, verließ den Raum und ging in die Küche. Sie öffnete Schränke und Schubläden, starrte hinein, als wolle sie sich daran erinnern, weshalb sie die Türen geöffnet hatte, und schloss sie dann wieder.

Richard Zurek griff nach dem Telefon und rief den Anwalt an. Feuchtenberger meldete sich nach dem ersten Klingeln und sagte ihm, er habe ihn den ganzen Nachmittag über zu erreichen versucht, um ihn über die neueste Entwicklung zu informieren. Zurek entschuldigte sich. Er habe das Telefon wegen des Besuchs seiner Tochter abgestellt. Er fragte den Anwalt nach dem neuen Gutachten aus und wollte wissen, wieso der erste Gutachter plötzlich und unvermittelt etwas Gegenteiliges aussage. Feuchtenberger konnte es ihm nicht erklären. Er vermutete, dass auf den Universitätsprofessor Druck ausgeübt worden sei, dieser sei schließlich ein Beamter, der es sich sehr genau zu überlegen habe, ob er einen Staat, dem er zu Treue verpflichtet sei, mit einem Gutachten derart schwer belasten dürfe. Zurek fragte, ob es denn denkbar sei, dass ein Gutachter wissentlich falsches Zeugnis ablege.

»Das halte ich eigentlich für ausgeschlossen, Doktor Zurek«, erwiderte Feuchtenberger, »und etwas Derartiges wollte ich in keiner Weise andeuten. Aber ein Gutachten ist nichts anderes als eine Interpretation von ein paar Fakten, und interpretieren kann man eine Sache so oder so. Sie wissen doch: Das Glas ist halb voll oder das Glas ist halb leer. Das sind zwei identische Aussagen, die dennoch etwas Gegensätzliches ausdrücken. Und wenn dann noch ein Wörtchen gestrichen wird, dann ist es voll oder leer. So verhält es sich eben mit Interpretationen. Gutachter werden vor Gericht gebraucht, schätzen tut sie keiner, weder der Richter noch der Staatsanwalt, noch die Verteidiger. Wir haben einfach zu oft erlebt, wie diese Leute mit den nachweisbaren Fakten umgehen und wie rasch sie ihre Schlüsse ziehen, mit denen wir dann zu leben haben.«

»Und was heißt das? Ist das erste Gutachten damit hinfällig?«

»Da der Gutachter zwischenzeitlich seine Meinung geändert hat, ist sein eigenes Gutachten damit in der Tat hinfällig. Und vor Gericht wäre dieser Mann niemandem mehr von Nutzen. Wer sich innerhalb von wenigen Tagen derart widerspricht, ist vor keinem deutschen Gericht glaubwürdig. Man würde ihn anhören und dann entlassen. Ich denke, keine Partei würde einem solchen Mann eine einzige Frage stellen. Aber das ist nicht das letzte Wort, Herr Doktor. Es gibt immerhin mehrere Strafanzeigen gegen die beteiligten Beamten und den Innenminister, gegen die Staatsanwaltschaft und den Generalbundesanwalt. Die Staatsanwaltschaft Schwerin kam nicht umhin, gegen zwei Beamte ein offizielles Ermittlungsverfahren einzuleiten. Sehr widerwillig zwar, aber immerhin. Unsere Strafanzeige gegen Unbekannt hatte Folgen, auch wenn ich mir darüber klar bin, dass das Verfahren irgendwann ergebnislos eingestellt wird. Aber damit sind die Untersuchungen nicht mehr unter der Decke zu halten. Falls hier irgendwelche staatlichen Stellen etwas vertuschen wollen, sie werden scheitern müssen. Aus Bonn hörte ich, dass Abgeordnete des Bundestages eine parlamentarische Untersuchungskommission einsetzen wollen. Wie auch immer, Herr Doktor, seien Sie unbesorgt, wir werden alle Umstände, die zum Tod Ihres Sohnes führten, lückenlos aufklären. Nach den Demonstrationen haben Freunde von Oliver ein Unterstützerkomitee gegründet. Sie wollen internationale Persönlichkeiten gewinnen, die Untersuchungen der deutschen Behörden zu überprüfen. Sie sammeln Geld, um alle anfallenden Kosten begleichen zu können. Ich habe das Angebot erhalten, dass Ihre Anwaltskosten, Herr Doktor, von diesem Komitee übernommen werden.«

»Nein. Das möchte ich nicht.«

»Bedenken Sie es in Ruhe. Es geht um die Verbundenheit mit einem von der Polizei erschossenen Verdächtigen. Da sollten Sie eine solche solidarische Geste nicht zurückweisen.«

»Nein, nein, nein. Keinesfalls. Es geht mir nicht um

Politik oder Solidarität. Ich lasse mich nicht vor einen Karren spannen, mit dem mich nichts, aber auch gar nichts verbindet. Es geht allein um meinen toten Sohn, und das Geld, das aufzubringen ist, zahle ich und kein anderer.«

Friederike Zurek betrat sein Zimmer, da sie seine Stimme gehört hatte. Ihr Mann bedeutete ihr, dass alles in Ordnung sei und er gleich zu ihr kommen werde. Sie stand ein paar Sekunden in der Tür und ging dann hinaus, um ihn nicht zu stören.

Feuchtenberger erkundigte sich, ob er noch am Telefon sei, und sprach über die Beschuldigungen, die der Bundeskanzler am Nachmittag gegen Oliver erhoben hatte. Er riet Zurek, gegen den Kanzler wegen Verunglimpfung des Andenkens Verstorbener und des Verdachts der üblen Nachrede Strafanzeige zu erstatten, da nicht geklärt sei, wer den Polizisten erschossen habe, Oliver oder einer der Beamten. Zurek zögerte mit der Antwort und dachte nach. Feuchtenberger wartete und fragte dann, ob er es sich überlegen wolle, sie könnten später darüber sprechen. Zurek atmete tief durch und bat den Anwalt, in seinem Namen Strafanzeige gegen den Bundeskanzler zu erstatten.

»In meinem Namen und auf meine Kosten. Haben Sie das verstanden, Herr Feuchtenberger?«

»Ganz wie Sie wünschen. Ich fertige die Anzeige, Sie bekommen eine Kopie. Ist es Ihnen recht, wenn ich die Presse darüber unterrichte?«

»Ja«, sagte Zurek verbittert, »und machen Sie das bitte sofort. Vor allem anderen. Und ich wünsche keinerlei politische Verlautbarungen, weder in der Strafanzeige noch in der Pressemitteilung. Ich verklage nicht den Kanzler dieser Republik, sondern einen Bürger wegen übler Nachrede. Ich zeige ihn an, wie ich jeden anderen Bürger anzeigen würde, der meinen Sohn verunglimpft. Ist das klar, Herr Feuchtenberger?«

Schließlich dankte er dem Anwalt und lobte dessen Arbeit. Er hatte das Gefühl, dass er, erregt von den neuen Nachrichten, zu grob mit Feuchtenberger gesprochen hatte, und wollte sich mit den herzlichen Worten bei ihm entschuldigen. Dann ging er ins Wohnzimmer und unterrichtete seine Frau über das Gespräch und seine Anzeige.

»Dann haben sie morgen wieder etwas über uns zu berichten«, sagte er grimmig.

Seine Frau sah ihn hilflos an, erwiderte aber nichts. Er ging an das Regal, in dem die Schallplatten und CDs standen, und schaute seine Händel-Aufnahmen durch. Dann legte er eine silberne Scheibe in den CD-Spieler und setzte sich wieder. Eine helle und hohe Frauenstimme erfüllte das Zimmer mit der zart vorgetragenen Klage »Lascia ch'io pianga«. Die beiden alten Leute saßen in ihren Sesseln und hingen ihren Gedanken nach. Mehrmals klingelte das Telefon, es meldeten sich Journalisten, die sie zu dem neuen Gutachten befragen wollten. Einer von ihnen bat sie, ihre Anzeige gegen den Bundeskanzler zu kommentieren. Richard Zurek legte bei allen Anrufen den Hörer schweigend auf die Gabel zurück und stellte schließlich die Telefonklingel wieder ab. Als sie ins Bett gingen, fragte seine Frau ihn nochmals, wie denn das möglich sei, und er sagte müde, dass er das auch nicht wisse und sie aufhören möge, ihn nach Dingen zu fragen, von denen er nichts verstehe und nicht mehr wisse als sie selbst.

»Dann ist er ein Mörder?«, fragte sie, als sie neben ihm lag.

Er antwortete nicht. Er lag mit offenen Augen im Bett, schaute zur Decke hoch und weinte lautlos.

Am Sonntagmorgen rief Christin an. Als ihre Mutter den Hörer abgenommen und sich gemeldet hatte, fragte sie besorgt: »Wie geht es dir, Mama?«

Friederike Zurek, die in der Nacht kein Auge zugetan hatte, erkundigte sich ängstlich: »Ihr kommt doch zur Beerdigung?«

»Ja, Mutter«, erwiderte Christin, »aber Konstantin werde ich nicht mitbringen. Eine Beerdigung will ich dem Kleinen nicht zumuten, schon gar nicht diese. Das wird ja eine Veranstaltung werden! Wahrscheinlich wird es nur so wimmeln von Presseleuten.«

»Kommt Matthias mit?«

»Ich weiß es nicht, Mama. Das wird er ganz allein entscheiden. Ich werde ihn jedenfalls nicht drängen. Das muss er selber wissen und verantworten. Aber sag doch, wie geht es dir und Papa?«

»Ach, Christin. Ich wünschte, du wärst jetzt hier. Ich habe Angst um Papa, ich fürchte immer, er könnte einen Infarkt bekommen.«

»Ja, das fürchte ich auch. Ihr solltet sofort prophylaktisch zum Arzt gehen. Vielleicht gibt er euch etwas zur Beruhigung. Rede mit Papa und dann geh gleich morgen mit ihm hin. Seid ihr immer noch bei Doktor Sebald?«

»Ja.«

»Der ist in Ordnung. Sprich mit ihm. Er weiß Bescheid und kennt euch, er wird euch das Richtige verschreiben.«

»Es ist alles so schrecklich, Christin.«

»Ja, Mutter. Und das Fürchterlichste ist, es war alles vorhersehbar. Ganz genau so. Und das hatte ich Oliver gesagt, als wir uns in Hannover zum letzten Mal gesehen haben. Ich habe ihm gesagt, du ermordest nicht nur die Vertreter eines Schweinesystems, wie du sagst, sondern du bringst auch deine Eltern damit um.«

»Christin! Oliver ist tot.«

»Mama, ich bitte dich. Hattest du denn wirklich etwas anderes erwartet? Seit fünf Jahren, seit er untergetaucht ist, habt ihr da nicht jeden Tag an ihn gedacht und euch gefragt, wie er seinen hirnrissigen Einfall, in diesem Land als Illegaler zu leben, überstehen kann? Wenn du ehrlich bist, so musst du dir eingestehen, es war dir ebenso klar wie mir, dass das Ende seines Weges nur Gefängnis heißen kann oder Tod. Die Terroristen werden seit Jahren gejagt, es gibt Einheiten der Polizei und des Grenzschutzes, die sich ausschließlich mit den Terroristen in diesem Land befassen. Wieso sollte da ausgerechnet mein Bruder nicht gefasst werden? Wieso sollte ausgerechnet Herr Oliver Zurek von den Eliteeinheiten nicht aufgespürt werden? Mutter, er hatte den ganzen Staat gegen sich, das konnte er nicht überleben. Und das wusstet ihr so gut wie ich. Ich wusste seit fünf Jahren, dass er umkommen wird. Fünf Jahre habe ich daran denken müssen, fünf lange Jahre. Ich habe es vorausgesehen, ich habe mich davor gefürchtet. Ich habe um ihn gezittert, und ich habe sogar für ihn gebetet, obwohl ich nicht allzu gläubig bin. Ich bin nachts wach geworden, weil ich ihn tot sah, erschossen oder im Gefängnis. Und manchmal habe ich geheult, Mama. Und Oliver wusste auch ganz genau, was ihm bevorsteht, das habe ich bei unserem letzten Gespräch gemerkt.«

»Ja, Christin, ja, wir wussten es wohl alle.«

»Irgendwie ist es jetzt für mich einfacher. Jetzt, wo er tot ist, ist meine Angst weg. Nun muss ich mich davor nicht mehr fürchten. Ich weiß nicht, wie es dir geht, Mama, aber jetzt schlafe ich wieder ohne Alpträume. Ich werde nicht mehr mitten in der Nacht wach. Diese lähmende, fürchterliche Angst ist weg. Jetzt ist da alles ganz leer. Jetzt haben wir es überstanden, Mama. So schlimm es für uns auch ist, nun ist es vorbei. Für Oliver, und auch für dich und mich, Mama, und für Papa.«

»Ich weiß nicht, Christin …«

»Doch, Mama, glaube mir. Es ist schlimm, und für euch beide noch viel schlimmer als für mich. Es muss fürchterlich sein, ein Kind zu verlieren. Doch trotzdem, diese quälende Unruhe ist weg. Jetzt ist da nur noch dieser Schmerz. Der wird nicht weggehen, der wird bleiben, aber mit der Zeit wird er stiller werden, gnädiger, er wird sich beruhigen. Und vielleicht wird der Schmerz eines Tages einfach einschlafen. Ich hoffe es, Mama, ich hoffe es für dich und Papa. Und auch für mich.«

»Ach, Christin, so weit kann ich gar nicht denken. Ich bekomme einfach meinen Kopf nicht klar.«

»Das wird schon, Mama, glaub mir. Bald werden die Untersuchungen abgeschlossen sein, und sie werden seine Leiche freigeben. Oder das, was die Gerichtsmediziner von ihm übriggelassen haben. Wollt ihr den Leichnam verbrennen lassen?«

»Nein. Dein Vater hat bereits eine Grabstelle ausgesucht. Wir werden ihn auf dem Matthäus-Friedhof beisetzen.«

»Mama, willst du nicht für eine Woche zu uns kommen? Oder fahrt irgendwohin. Es wird sicher noch zwei Wochen dauern, bis Olivers Leichnam freigegeben wird, und ich halte es nicht für sehr vernünftig, wenn ihr das alles die ganze Zeit in eurem Haus überstehen wollt. Lass das Beerdigungsinstitut alles regeln und fahrt für eine Woche weg.«

»Wohin sollen wir denn fahren, Christin? Es ist überall dasselbe. Ich werde das nie vergessen, damals im Schwarzwald, in diesem viel gepriesenen Städtchen, ich habe schon seinen Namen vergessen, es war in der Nähe von Freudenstadt. Nein, das möchte ich nicht noch einmal erleben.«

»Fahrt ins Ausland. Nach Mallorca. Wo euch keiner kennt und wo ihr nicht dauernd daran erinnert werdet. Eine Woche ohne Zeitungen und Nachrichten, damit ihr euch etwas erholen könnt. Am besten wäre, ihr fahrt richtig weit weg. Zehn Stunden Flug, und ihr lasst alles hinter euch, wenigstens für zwei

Wochen. Wenn es irgendetwas Wichtiges gibt, rufe ich euch an.«

»Ich weiß nicht, Christin. Vater wird nicht wegfahren wollen.«

»Dann fahr allein, Mama.«

»Das geht nicht, Christin. Er braucht mich doch. Obwohl... Nein, das stimmt gar nicht. Ich weiß nicht, ob er mich braucht, ich brauche ihn.«

»Überlege es dir bitte noch einmal. Ich will jetzt nicht auch noch meine Eltern verlieren. Diese ganze Aufregung, Mama, ich habe Angst um euch.«

»Mach dir keine Sorgen, Kind. Wir haben fünf Jahre in Angst um Oliver leben müssen, so wie du gesagt hast, und jetzt müssen wir um ihn keine Angst mehr haben. Die Furcht, dass er erschossen wird, diese Furcht ist nun vorbei. Eigentlich bin ich jetzt auch ruhig, Christin, völlig ruhig. Es ist so, wie du gesagt hast. Jetzt ist es vorbei.«

»Ja, aber das ist es eben, was mir Angst macht. Ich weiß nicht, ob diese Ruhe in eurem Fall ein so gutes Zeichen ist.«

»Keine Sorge, Kind. Wir ertragen das schon.«

»Ich umarme dich, Mama.«

»Ich dich auch, mein Liebling. Und schließ Oliver nicht ganz aus deinem Herzen aus.«

»Das kann ich gar nicht, Mama, selbst wenn ich es wollte. Er war doch mein Bruder. Und das ist er immer noch, ob ich will oder nicht. Leb wohl. Wir sehen uns bald.«

Ab mittags riefen wieder Journalisten bei ihnen an, und ein Fernsehteam klingelte an ihrem Haus, die

Kamera aufnahmebereit auf die Tür gerichtet. Richard Zurek hatte sie vom Schlafzimmerfenster aus entdeckt und ließ die Tür verschlossen. Auf ihren sonntäglichen Spaziergang durch den Park und den Stadtwald verzichteten sie und saßen am Nachmittag stattdessen im Garten hinter dem Haus, die Klingeln der Haustür und des Telefons hatten sie abgestellt.

Am Nachmittag kam Heiner zu Besuch. Er brachte eine Kollegin aus seiner Firma mit, Sigrid Erckmann, die im Versand der Computerfirma beschäftigt war, die Heiner mit drei Freunden gegründet hatte und in der er als Programmierer arbeitete. Als sie gemeinsam am Mittagstisch saßen und Friederike Zurek immer wieder die junge Frau anstrahlte und sich um sie bemühte, hob Heiner warnend den Finger und sagte zu seiner Mutter: »Sigrid ist eine Freundin von mir. Sie ist eine sehr gute Freundin, aber wir sind nicht zusammen. Und versuche nicht, uns zu verkuppeln, Mama, Sigrid ist in festen Händen.«

Sigrid lachte auf, Friederike Zurek errötete und protestierte gegen diese Unterstellung.

»Er bringt uns nie seine Freundin mit«, beklagte sie sich bei der jungen Frau. Dann wandte sie sich zu ihrem Sohn und fragte: »Oder ist sie so hässlich, dass du sie verstecken musst?«

»Es ist viel einfacher, Mama: Ich habe keine Freundin. In der Firma gibt es so viel zu tun, da habe ich für Beziehungen keine Zeit. Was soll eine Frau auch mit einem Mann anfangen, der ohnehin nie zu Hause ist.«

»Aber das ist doch widernatürlich.«

»Mama, vielleicht schaffen wir es mit der Firma, dann wird es auch wieder ruhigere Zeiten geben. Oder wir gehen bankrott und dann habe ich alle Zeit der Welt für die Liebe.«

»Ich wünsche mir eben von dir ein Enkelkind, das weißt du.«

»Ist mir hinreichend bekannt, Mama. Davon redest du ja, seit ich sechzehn bin.«

»Jünger wirst du auch nicht, Junge.«

Nach dem Essen saßen sie zu viert im Wohnzimmer, Richard Zurek berichtete von seinen Gesprächen mit dem Anwalt und informierte den Sohn über die geplanten nächsten Schritte, und Heiner erzählte von dem Unterstützerkomitee, in dem auch Sigrid Erckmann mitarbeitete. Dann fragte er, wie Christin auf die neuen staatlichen Verlautbarungen reagiert habe. Als seine Eltern verlegen nach einer Anwort suchten, sagte er nur: »Ich verstehe schon. Das dachte ich mir.«

»Sie ist trotzdem deine Schwester«, sagte seine Mutter mahnend.

Heiner atmete tief durch, sagte aber nichts. Übernachten wollte er nicht, da er am Abend noch ein Gespräch in seiner Firma in Nürnberg hatte.

Erst am Montagmorgen ging Richard Zurek auf die Straße. Er kaufte ein, was ihm seine Frau aufgeschrieben hatte, und am Kiosk auf dem Bahnhof suchte er sich Exemplare aller vorrätigen Tageszeitungen zusammen, das dicke Bündel steckte er in eine leinene Tasche, die er für diesen Zweck mitgenommen hatte. Als er nach Hause kam, erzählte ihm seine

Frau, dass es wieder mehrere Anrufe von Journalisten gegeben und auch die Sekretärin des Schuldirektors sich gemeldet habe. Sie würde gegen zwölf Uhr nochmals anrufen. Richard Zurek setzte sich in sein Arbeitszimmer, las die Artikel über seinen Sohn und schnitt sie anschließend aus, um sie wegzuheften. Kurz vor zwölf rief die Schulsekretärin nochmals an. Sie war scheinbar in Eile und teilte ihm kurz mit, dass Rektor Kobelius die geplante Protestveranstaltung zur Ermordung von Oliver Zurek abgesagt habe und seine Einladung an Doktor Zurek zurückziehe. Richard Zurek fragte die Sekretärin, wieso Kobelius nicht den Mut aufbringe, es ihm persönlich zu sagen, und sie erwiderte, er sei den ganzen Tag über in einer Sitzung.

»Sagen Sie ihm, ich erwarte, dass er mich persönlich darüber informiert«, entgegnete Richard Zurek und legte den Hörer auf.

Kobelius rief am späten Nachmittag an, entschuldigte sich, dass er ihn nicht selbst über die Absage unterrichten konnte, da er zum Ende des Schuljahres fast jeden Tag eine Konferenz habe. »Ich hatte die Sekretärin gebeten, damit Sie möglichst rasch Bescheid wissen.«

»Und weshalb haben Sie die Veranstaltung abgesagt?«, fragte Richard Zurek.

Der Schuldirektor war verblüfft und es dauerte einige Sekunden, bevor er antworten konnte: »Ja, das versteht sich von selbst. Sie kennen doch die neuesten Ermittlungen. Ihr Sohn wurde nicht von der Polizei erschossen. Unsere Schule kann nicht für einen, entschuldigen Sie bitte, für einen Polizistenmörder eine Sympathiekundgebung veranstalten. Und genau so würde man es in der Öffentlichkeit verstehen. Ihr Sohn hat sich selber erschossen, was sollte ich oder einer meiner Schüler dazu sagen? Wir bedauern es natürlich, aber ein Versagen des Staates und seiner Organe ist nicht gegeben. Sehen Sie das denn anders?«

»Allerdings, Herr Kobelius, allerdings. Ich sehe es allerdings anders. Die Öffentlichkeit wird seit drei Wochen mit den widersprüchlichsten Meldungen gefüttert. Ein Gutachten widerspricht dem anderen. Was die Presse über die Spurensuche mitzuteilen hat, das ist nicht mehr mit Dilettantismus zu erklären, das ist eine absichtsvolle Verschleierung der Tatsachen. Die Zeugen, die die Ermordung offensichtlich gesehen haben, werden diffamiert und bedrängt. Die beteiligten Beamten werden ungeachtet aller sie belastenden Aussagen in einem Maße geschützt, die eines Rechtsstaates unwürdig ist. Und weder die Staatsanwaltschaft noch irgendeine andere zuständige Stelle war bis heute, drei Wochen nach Olivers Tod, in der Lage, uns offiziell mitzuteilen, wie mein Sohn gestorben ist. Es stinkt, Herr Kobelius, es stinkt zum Himmel.«

»Bitte, beruhigen Sie sich, Doktor Zurek. Ich gestehe, dass alle Umstände, die ich natürlich nur aus der Zeitung kenne, auch mir bedenklich erscheinen. Selbstverständlich muss ich den unabhängigen Gutachten und den Mitteilungen der Staatsanwaltschaft vertrauen. Ich will jetzt gar nicht von dem Eid sprechen, an den ich gebunden bin, wie Sie ja auch, Herr

Kollege. Aber alle uns mitgeteilten Tatsachen lassen allein den Schluss zu, dass Ihr Sohn Selbstmord begangen hat.«

»Oliver war angeschossen und floh den Bahnsteig entlang. Auf dem Bahnhof wimmelte es von bewaffneten Polizisten, und nicht ein Einziger von ihnen hat diesen Selbstmord gesehen. Alle haben in dieser einen Sekunde gerade woanders hingeschaut. Ist das für Sie glaubhaft?«

»Es ist unglaublich, im hohen Maße, trotzdem …«

»Eine Truppe von einhundert Polizisten, die einen einzigen Auftrag haben, nämlich meinen Sohn festzunehmen, sind auf dem Bahnhof, jagen ihn, verletzen ihn schwer, und in der entscheidenden Sekunde blicken alle irgendwohin, nur nicht zu dem Mann, dem sie hinterherjagen?«

»Wie ich Ihnen schon sagte, es ist sehr merkwürdig.«

»Nach der neuen Mitteilung, der vierten oder fünften, die den vorhergehenden widerspricht, stürzte mein Sohn, der mehrfach angeschossen wurde, rücklings auf die Gleise und tötete sich dabei. Herr Kobelius, ich bitte Sie, ein Schwerverletzter, ein möglicherweise tödlich Verletzter, stürzt rückwärts – und im Fallen schießt er sich eine Kugel in den Kopf! Das ist die neueste amtliche Version. Mein Sohn war aber kein Artist, Herr Kobelius. Und selbst ein Artist hätte das nicht fertiggebracht, wenn er schwer verletzt ist.«

»Ich verstehe.«

»Das bezweifle ich. Oder Sie haben verstanden und die Veranstaltung in der Aula findet statt.«

»Herr Doktor Zurek, es ist nicht allein meine Entscheidung. Das ganze Kollegium ist der Ansicht, dass es momentan zumindest nicht opportun sei ...«

»Verstecken Sie sich nicht hinter dem Kollegium, Herr Kollege. Ein Schuldirektor muss Manns genug sein, eine solche Entscheidung allein zu treffen und zu vertreten. Also?«

»So schwer es mir fällt, es bleibt dabei, ich werde die Aula für einen solchen Protest nicht zur Verfügung stellen.«

Für Sekunden blieb es still, keiner der beiden Männer sagte etwas, keiner von ihnen räusperte sich, sie schienen sekundenlang den Atem anzuhalten. Dann legte Zurek den Hörer auf.

Als er seiner Frau von dem Telefonat erzählte, schüttelte sie empört den Kopf und sagte: »Du hattest es ja damals schon geahnt, als er an deine Schule kam. Er ist eben keine Persönlichkeit wie du.«

Richard Zurek sah seine Frau überrascht an. »Eine Persönlichkeit? Ich? Ach, Rike, vor zehn Jahren, als ich noch Direktor war, glaube mir, ich hätte genauso entschieden wie er. Nein, Rike, eine Persönlichkeit bin ich nicht. Damals jedenfalls war ich es nicht. Man ist keine Persönlichkeit, nur weil man nichts vom Leben versteht. Weil man nicht genug Fantasie hat.«

Sie schaute ihn verdutzt an, dann lachte sie auf. »Manchmal bist du wirklich zu komisch, Richard«, sagte sie.

8.

Am Mittwoch fuhr er nach dem Frühstück zu seinem Anwalt nach Wiesbaden, um einige Papiere zu unterschreiben. Feuchtenberger hatte wenig Zeit, sie sprachen nur ein paar Minuten miteinander. Der Anwalt erzählte ihm, dass er zwei junge Leute als Mandanten habe, gegen die ein Ermittlungsverfahren wegen des Verdachts der Verunglimpfung des Staates und seiner Symbole eingeleitet worden sei. Die beiden Studenten hatten bei der Protestdemonstration gegen die Ermordung von Oliver Zurek ein Transparent mit sich geführt, auf dem der Einsatz der Grenzpolizei in Kleinen mit den mörderischen Unternehmungen der SS gleichgesetzt wurde.

Zurek schüttelte bekümmert den Kopf.

»Dumme Jungs«, sagte er, »es ist ein Vorrecht der Jugend, unbedarft zu sein, aber man muss ihnen klarmachen, dass sie mit der Geschichte nicht beliebig umspringen können. Wissen Sie, Herr Feuchtenberger, die fatalen Freunde, die unerwünschten Sympathisanten, sie sind mir nicht weniger unangenehm und lästig als die Journaille.«

»Die beiden sind in Ordnung, Herr Doktor. Es sind aufgeweckte Jungen, die nur ihrer Empörung Luft machten. Und empörend ist einiges bei diesem Polizeieinsatz. Man ist immer wieder überrascht.«

»Empört sein reicht nicht. Sie müssen wach werden. An der Schule hätte ich ihnen zwei, drei Bücher zum

Lesen gegeben, damit sie wissen, wovon sie reden. Vielleicht schlagen Sie das dem Richter vor. Er soll sie zur Lektüre von ein paar Geschichtsbüchern verurteilen. Die Titel der Bücher könnte ich Ihnen nennen.«

»Einverstanden.« Der Anwalt lachte. »Mache ich. Es wäre in jedem Fall besser, als die beiden hinter Gitter zu bringen oder ihnen eine Geldstrafe aufzuerlegen.«

»Und bitte, Herr Feuchtenberger, halten Sie mir diese Leute in jeder Hinsicht vom Leib. Die benutzen Olivers Tod für Zwecke, die ich in keiner Weise gutheißen kann. Und dass Oliver ihnen zustimmen würde, das mag sein, ist aber reine Spekulation. Ich will nicht, dass sein Tod von irgendwelchen Revoluzzern missbraucht wird.«

»Herr Doktor Zurek, Sie haben keinen Anlass, mir etwas Derartiges vorzuwerfen. Ich denke, ich habe Sie bisher redlich und korrekt vertreten.«

»Das wollte ich doch gar nicht sagen. Manchmal weiß ich schon nicht mehr, was ich rede. Wenn Ihr Name jeden Tag in der Zeitung stünde, wenn Ihnen Ihr Name von jeder Titelseite entgegenspringen würde, dann würden auch bei Ihnen die Nerven blank liegen. In der vorigen Woche grüßte mich daheim ein Abiturient mit erhobener Faust, als sei ich der Kommandeur vom Rotfrontkämpferbund. Ich hätte ihn um ein Haar geohrfeigt.«

Feuchtenberger lachte wider Willen und entschuldigte sich sofort. Er versprach ihm, sich bei der Staatsanwaltschaft erneut nach der Freigabe des Leichnams zu erkundigen, und verabschiedete ihn mit Grüßen an seine Frau. Zurek nutzte die Gelegenheit, um in der Stadt das Nötige einzukaufen. Er genoss es, unerkannt durch die Straßen zu gehen, nicht mit mitfühlenden oder neugierigen Blicken bedacht zu werden. In dem großen Buch- und Zeitungsladen in der Fußgängerpassage blieb er eine halbe Stunde, sah sich alle Zeitungen an, blätterte in den Zeitschriften und kaufte sich mehrere. Mit zwei schweren Taschen in den Händen ging er zum Busbahnhof, um nach Hause zu fahren.

Wieder waren fast jeden Tag neue Nachrichten über Olivers Tod zu hören. Sie erfuhren sie aus dem Radio, und im Fernsehen wurde immer wieder das gleiche Polizeifoto von Oliver gezeigt. Feuchtenberger rief sie täglich an, um sie über die Entwicklung des Falls und seine Aktivitäten zu informieren. Er erzählte, dass ihm selbst trotz seiner heftigsten Proteste stets nur Teile der Gutachten vorgelegt würden, und zwar die Teile, die jene zwei Beamten der Grenzpolizei entlasteten, und er riet ihnen, Beschwerde gegen dieses tendenziöse Verfahren zu führen.

Fast täglich nahmen Politiker zu dem Einsatz der Grenzpolizei und den widersprüchlichen Meldungen Stellung, sie griffen vor allem die Presse an, die eine einseitige Berichterstattung und eine nicht zu akzeptierende Vorverurteilung der eingesetzten Beamten betreibe. Das Bundeskriminalamt und die Polizeiführung verlangten, dass es künftig eine Informationssteuerung geben müsse, um die Krise auf eine professionellere Weise zu bewältigen. In einer einstündigen Fernsehdokumentation, in der auch Fotos von Friederike und Richard Zurek zu sehen waren und die Tochter sowie ihr Schwiegersohn, erregten sich Abgeordnete verschiedener Oppositionsparteien über die fortwährend wechselnden Berichte mit den sich widersprechenden Angaben. Ein Abgeordneter sagte vor der Kamera, es sei empörend, dass die Leiche des erschossenen Terroristen in jedem Bericht eine andere Lage habe, passend zu der jeweils neuen Verlautbarung über den Tathergang, woraufhin ein Abgeordneter der Regierungspartei amüsiert erwiderte, dass sich dann wohl die Gleise auf dem Bahnhof verschoben hätten. Er wirkte dabei nicht zynisch oder bösartig, er lächelte. Sein verfettetes, rosiges Gesicht, von einem Bart halb bedeckt, strahlte freundlich, und seine Bemerkung machte er so arglos und treuherzig, als glaube er selbst daran. Richard Zurek wandte langsam den Kopf zu seiner Frau und fragte sie, ob er das eben richtig verstanden habe. Sie antwortete ihm nicht.

»Hat er das tatsächlich gesagt?«, fragte er nochmals und sagte dann tonlos: »Ich habe jahrzehntelang in einem Land gelebt, von dem ich offenbar nie etwas begriffen habe. Ich habe ein Leben lang meinen Schülern Dinge beigebracht, die völlig unsinnig sind. Die sie in diesem Land überhaupt nicht gebrauchen können. Ich habe sie für ein Leben in einer Gesellschaft vorbereitet, die lediglich in meinem Kopf existierte. Ich habe nichts verstanden. Ich bin ein Idiot, Friederike, ein Idiot.«

Als er am anderen Morgen erwachte, sagte er, noch im Bett liegend, zu seiner Frau: »Dieses Gesicht. Eine Fresse. Ein Arschgesicht.«

»Aber Richard!« Seine Frau schaute ihn fassungslos an.

In den dreiundvierzig Jahren ihrer Ehe hatte sie es nie erlebt, dass ihr Mann je ein beleidigendes oder grobes Schimpfwort gebraucht hatte, vielmehr hatte er seine Kinder und sogar seine Frau zurechtgewiesen, wenn diese einen Ausdruck benutzten, wie er es nannte. In der Schule wurde er von den Schülern belächelt, wenn er sie für Worte rügte, die sie selbst keinesfalls als ungewöhnlich oder beleidigend empfanden. Belustigt und nachsichtig nahmen die Schüler diese Marotte ihres Rektors hin, und wenn einem von ihnen in seiner Anwesenheit versehentlich ein vulgäres Wort über die Lippen kam, verbesserte er sich rasch mit einer bedauernden Geste.

»Entschuldige«, sagte er gereizt zu seiner Frau, »ich korrigiere mich: Er hat die Augen eines Schweins. Und ein Ohrfeigengesicht. Jedenfalls verspüre ich große Lust, ihm rechts und links eine reinzuhauen, diesem Volksvertreter. Wahrscheinlich vertritt er im Parlament die Gosse und die Zuhälter.«

»Vielleicht ist er einfach nur dumm, Richard.«

»Du musst nicht alles entschuldigen, Rike. Natürlich ist er dumm, das ist ihm ja anzusehen, aber das ist kein Grund, sich als Lump aufzuführen.«

Ärgerlich warf er die Bettdecke zurück und stand auf.

Sie gingen in diesen Tagen selten aus dem Haus und nur, um Unaufschiebbares zu erledigen. Zweimal fuhren sie gemeinsam nach Wiesbaden, um ihren Anwalt aufzusuchen. Ihre Spaziergänge durch den Park und den nahen Wald hatten sie gänzlich eingestellt. Noch immer kaufte Richard Zurek jeden Tag alle Zeitungen, die der Kiosk im Supermarkt anbot. Daheim ging er die Blätter durch, schnitt die Berichte und Fotos zum Tod seines Sohnes aus und heftete sie in einen Ordner, den er dann seiner Frau zu lesen gab. Einige der ausgeschnittenen Artikel steckte er in eine Mappe und verschloss sie in seinem Schreibtisch. In diesen Berichten wurde sein Sohn beschimpft und auch sie selbst, seine Eltern, wurden denunziert. Irgendwie war es den Journalisten gelungen, Bilder von ihnen zu bekommen, und so sah er Fotos von seiner Frau und sich in den Zeitungen, versehen mit hasserfüllten Überschriften. Über dem Bild seiner Frau stand in fetten Buchstaben: *Die Mutter des Killers.* Und unter einem Bild von sich selbst konnte er den Satz lesen: *Der Vater des Mörders ist der Lehrer unserer Kinder.*

Er wollte verhindern, dass seine Frau diese Artikel las, er fürchtete, sie würde wiederum einen Asthmaanfall bekommen. Doktor Sebald hatte ihnen vor zwei Jahren erklärt, dass diese Anfälle auch durch Stress und heftige Aufregung ausgelöst werden können, und ihnen geraten, alle besonderen Belastungen zu vermeiden. Richard Zurek war zufrieden, dass seine Frau diese entsetzlichen Tage bislang gut überstanden hatte, und wollte das ihm Mögliche tun, ihr die Lektüre der übelsten Zeitungsseiten zu ersparen. Sie würden beide noch Kraft benötigen, um ihren Sohn zu beerdigen.

Am 30. Juli rief Feuchtenberger an und teilte ihnen

mit, dass der Leichnam von Oliver endlich freigegeben sei und überführt werde.

Sieben Tage später, an einem Freitag, wurde er auf dem Matthäus-Friedhof beigesetzt.

Richard Zurek wollte, dass die Beerdigung am Vormittag eines Werktags erfolge, um unerwünschte Teilnehmer fernzuhalten. Er und seine Frau hatten ihrem Sohn das letzte Geleit zu geben, und sie wollten vermeiden, dass dieser traurige Tag als politische Veranstaltung missbraucht wurde.

9.

Am Vorabend der Beerdigung kam Christin mit ihrem Mann und ihrem Sohn. Der kleine Konstantin rannte, kaum dass er ausgestiegen und die Großeltern begrüßt hatte, ins Haus, um mit seinem Gameboy zu spielen. Matthias umarmte schweigend seine Schwiegermutter, den Schwiegervater fasste er an beiden Schultern. Mit dieser Geste wollte er sein Mitgefühl ausdrücken, ohne ein Mitleid oder gar eine Erschütterung über Olivers Tod bekunden zu müssen, die ihm in der Familie ohnehin niemand geglaubt hätte und die ihm selbst unangebracht und unaufrichtig schien. Er ging dann zum Kofferraum, um das Gepäck herauszunehmen. Friederike Zurek dankte ihrer Tochter, dass sie gekommen waren, Christin erwiderte, dass es selbstverständlich sei und sie ihr dafür nicht zu danken habe.

»Ich freue mich, dass Matthias mitgekommen ist«, sagte ihre Mutter leise zu ihr, »das ist gut. Gut für Oliver, aber auch gut für uns. Die Nachbarn haben über uns schon genug zu reden.«

»Ja, das glaube ich auch, Mama«, erwiderte Christin nur.

Nach dem Abendessen setzten sie sich ins Wohnzimmer. Sie sprachen über den geplanten und vorbereiteten Ablauf des nächsten Tages.

Richard Zurek hatte entschieden, dass die Trauergäste nach der Beerdigung nicht zu einem Essen oder

Umtrunk geladen wurden. Die Beerdigung des Sohnes sollte in aller Stille erfolgen, und unter keinen Umständen sollte irgendjemandem, er meinte die zu erwartenden Journalisten, ein Anlass zu hämischen Anschuldigungen gegeben werden. Stattdessen würden sie nach der Beerdigung mit den Kindern und dem Enkel irgendwo essen und danach nach Hause gehen, um unter sich zu sein. Allenfalls wäre Friederikes Schwester zu Gast, die aus Hildesheim anreiste, und ein Cousin der Geschwister, der in Berlin studierte und dessen Teilnahme nicht sicher war. Sein Schwiegersohn nickte erleichtert und meinte, dies sei eine wohlüberlegte Entscheidung. Richard Zurek sah ihn missmutig an. Dann gingen die beiden Frauen aus dem Zimmer, um Konstantin ins Bett zu bringen, und Matthias erkundigte sich nach der Gesundheit seines Schwiegervaters. Das Gespräch zwischen den beiden Männern verlief stockend und einsilbig. Beide waren erleichtert, als die Frauen wieder ins Zimmer kamen. Friederike Zurek erzählte Geschichten aus der Kindheit ihrer drei Kinder. Alle bemühten sich, mit keinem Wort auf die Umstände von Olivers Tod zu sprechen zu kommen, man wollte damit einem ansonsten wohl unumgänglichen Streit aus dem Wege gehen.

Heiner kam frühmorgens an. Er war für seine Firma in China unterwegs gewesen, am Vortag in Shanghai gestartet und direkt vom Frankfurter Flughafen zu seinen Eltern gefahren. Er umarmte die Eltern, dann gab er seiner Schwester die Hand und nach einem Moment des Zögerns umarmten sie sich.

Die Ansprache in der Kapelle des Matthäus-Friedhofs hielt Pfarrer Alarich. Er kannte Oliver, er hatte ihn vor mehr als zwanzig Jahren konfirmiert und keinen Moment gezögert, als Richard Zurek ihn bat, am Grab seines Sohns zu sprechen. In der kleinen Kapelle saßen und standen etwa siebzig Leute, und noch einmal so viele standen vor der geöffneten Tür. Ein paar Verwandte waren gekommen und einige von Olivers Freunden, die meisten Leute kannte Richard Zurek nicht oder nur vom Sehen, zu dem von ihm befürchteten Auflauf und einem damit verbundenen Tumult war es nicht gekommen. Feuchtenberger erzählte ihm hinterher, dass zwanzig Polizisten vor dem Friedhofstor gestanden hätten und ebenso viele unauffällige Herren, die er als Zivilfahnder bezeichnete.

Vier Bläser vom Posaunenchor der Gemeinde spielten Bach-Choräle. Pfarrer Alarich sprach über den Konfirmanden Oliver, den er unterrichtet und mit dem er viele Gespräche über Gott und die Welt und Gerechtigkeit geführt hatte. Er sprach über den jungen Oliver, über dessen Wahrheitsliebe und das ausgeprägte, unabdingbare Rechtsgefühl des Knaben, den die so gebrechliche und unvollkommene Welt unablässig beschäftigt hatte. Er habe dem Jungen zu mehr Geduld geraten, aber natürlich habe Oliver diesen Rat eines alten Mannes nicht akzeptieren können. Dem Jungen fehlte die Gelassenheit, die Welt hinzunehmen, wie sie nun einmal ist, sagte er. Ihm fehlte die Abgeklärtheit, die ihn, den Pfarrer, so alt werden ließ. Oliver Zurek habe den Preis dafür zahlen müssen, dass er nicht ruhig und besonnen die Ungerechtigkeiten hinnehmen konnte. »Wir alle«, sagte der Pfarrer zum Ende seiner Ansprache und umfasste mit einem langen Blick die vor ihm Sitzenden und diejenigen, die an den Wänden und in der Tür standen, »die wir heute um Oliver trauern, den der Zorn des Löwen ins Grab brachte, wir, die wir alle mit dem Unrecht mehr Geduld aufbringen als er, auch wir zahlen einen Preis für unsere Sanftmut, für diese Engelsgeduld, für die Geduld des Schafes. Gedenken wir seiner im Wissen um unsere Unvollkommenheit.«

Am Grab gingen Friederike und Richard Zurek gemeinsam zu der ausgehobenen Grube und warfen Erde und Blumen auf den braunen Sarg, wobei sie von mehreren Journalisten fotografiert wurden. Dann stellten sie sich mit Christin und Heiner neben das Grab, um die Beileidsbekundungen der Trauergäste entgegenzunehmen. Als ein junger Mann, den er nie gesehen hatte, sich vor dem Erdloch aufstellte, die geballte Faust hochreckte und etwas von »unvergessen« und »Rache« redete, was zu einem wahren Blitzlichtgewitter führte, legte Richard Zurek den Arm um die Schultern seiner Frau, drehte sich um und verließ mit ihr den Friedhof. Christin folgte ihnen mit ihrem Mann und dem Sohn. Heiner begrüßte noch einige Bekannte, bevor er der Familie hinterherging. Sie aßen gemeinsam in einer Gaststätte zu Mittag, dann verabschiedeten sich die Hamburger, denn Matthias hatte am Abend einen Termin im Büro, den er nicht hatte absagen können. Er nahm Konstantin an die Hand und ging mit ihm vor die Tür. Christin umarmte ihre Eltern und ihren Bruder, sie sagten nichts, sie weinten nicht, sie hielten sich nur minutenlang in den Armen.

Heiner blieb über Nacht bei den Eltern. Er war erleichtert, dass seine Mutter sehr gefasst und ruhig wirkte. Auf der Beerdigung hatte sie etwas geweint, aber schon beim Essen war sie gelöst und fast heiter. Die Ruhe des Vaters dagegen beunruhigte ihn, und immer wieder warf er einen misstrauischen, prüfenden Blick zu dem ungewöhnlich schweigsamen Mann. Er bemühte sich, mit ihm ins Gespräch zu kommen, aber welches Thema er auch anschnitt, nach wenigen Sätzen tätschelte ihm der Vater die Hand und verstummte. Über Christin und ihren Mann verloren alle drei kein einziges Wort an diesem Abend. Am Morgen stand er sehr früh auf, um zurückzufahren, seine Mutter machte ihm ein Frühstück, der Vater setzte sich zu ihm und schaute ihm beim Essen zu.

»Was habe ich falsch gemacht?«, fragte er schließlich. Aber er erwartete keine Antwort von seinem Sohn, und als dieser etwas entgegnen wollte, machte er eine wegwischende Bewegung, so dass Heiner verstummte.

An diesem Tag wurde in fast allen Blättern ein Foto von der Beerdigung abgedruckt. Einige Blätter druckten ein Foto von Friederike und Richard Zurek am Grab, die meisten Zeitungen zeigten junge Leute, die am offenen Grab ihrer Empörung Ausdruck gaben.

Ein paar Tage später wurde ein weiteres Gutachten veröffentlicht, das die Selbsttötung definitiv belegen sollte. Der Landesjustizminister widersprach diesem Gutachten und erklärte, dass von einer endgültigen

Klärung noch immer nicht gesprochen werden könne, wenn auch vieles darauf hinweise, dass Oliver Zurek sich selbst getötet habe. Eine Wochenzeitung berichtete, dass der Gutachter ein naher Freund des Oberstaatsanwaltes sei und dass der Chef des Landeskriminalamtes erklärt habe, von der Stanzmarke einer Waffe, die bei einem aufgesetzten Schuss entstehe, könne man, anders als das Gutachten behaupte, nicht auf die Waffe schließen. Allein die Schmauchspuren an der Hand könnten Aufklärung geben, diese Spuren aber seien vernichtet worden, da die Hände des Terroristen unmittelbar nach seinem Tod gewaschen worden seien. Die Waschung sei erfolgt, um Fingerabdrücke des Toten nehmen zu können, was er nur kopfschüttelnd zur Kenntnis nehme, denn für erfahrene Kriminaltechniker sei eine solche Handlungsweise, er sprach von Leichtfertigkeit, mehr als unverständlich. Die Frage des Journalisten, ob das Waschen der Hände möglicherweise erfolgt sei, um eben diese Spuren zu beseitigen, und ob man von der strafbaren Handlung einer Beweisvernichtung sprechen könne, beantwortete er, wie der Journalist schrieb, mit einem vieldeutigen Lächeln. Dann wurden die Berichte über Olivers Tod seltener, in zwei Wochenzeitungen gab es umfangreiche Artikel, die den Polizeieinsatz und die nachfolgenden Untersuchungen zu beleuchten und darzustellen suchten, wobei die Journalisten ohne jeden Zweifel davon ausgingen, dass der Terrorist Zurek den Polizisten und anschließend sich selbst getötet habe, und nach vierzehn Tagen war das Interesse der Journalisten an dem Fall erloschen.

10.

Sieben Monate nach der Schießerei auf dem Bahnhof von Kleinen stellte die Staatsanwaltschaft das Ermittlungsverfahren zur Aufklärung der Todesumstände des mutmaßlichen Terroristen Oliver Zurek ein, da nach umfangreichen und zeitaufwendigen Untersuchungen sich keine Anhaltspunkte ergeben hätten, dass Zurek von einem Polizeibeamten rechtswidrig getötet oder verletzt worden war. Die anfänglich falschen Angaben der beteiligten Beamten, die von ihnen behauptete Darstellung von objektiv unrichtigen Geschehensabläufen, hätten zwar Verdacht erregt, seien jedoch nicht geeignet, den schließlich festgestellten Sachverhalt zu erschüttern. Die Aussagen jener Zeugen, die eine Exekution zu sehen geglaubt hätten, wären für die Staatsanwaltschaft nicht glaubwürdig. Der Abschlussvermerk der Staatsanwaltschaft listete penibel alle Widersprüchlichkeiten und Verdachtsmomente gegen die Polizeibeamten auf, sprach aber schließlich die verdächtigten Beamten von dem Vorwurf frei, Zurek im Zusammenhang mit seiner Festnahme auf dem Bahnhof von Kleinen rechtswidrig durch einen Nahschuss getötet zu haben.

Die Gründe für das Waschen der Hände von Zurek blieben für die Staatanwaltschaft mysteriös, da die Finger nur unwesentlich verschmutzt waren und nach glaubwürdiger Darstellung eines der Beamten für einen Fingerabdruck geeignet gewesen seien.

Die im Widerspruch zur Einstellungsbegründung vorliegenden Gutachten wurden in dem Abschlussvermerk aufgeführt, blieben aber ungewürdigt. Die Zeugen, die vor allem zwei Beamte der rechtswidrigen Tötung beschuldigten, müssten als unglaubhaft angesehen werden, da diese Zeugen bruchstückhafte Wahrnehmungen mit Überlegungen und Mutmaßungen vermengten und ihre Aussagen lückenhaft und nicht folgerichtig seien. Auch hätten die Zeugen die beschuldigten Beamten in ihren Aussagen verwechselt, die Aussagen später zwar korrigiert, wodurch aber der Wahrheitswert insgesamt erheblich eingeschränkt worden sei und sie nur bedingt als verlässlich eingeschätzt werden könnten. Die Glaubwürdigkeit der Zeugen sei überdies insofern eingeschränkt, da sie geltungssüchtig erschienen und viele ihrer Aussagen sich auf Hörensagen stützten. Überdies seien alle Zeugen während des Einsatzes in einem schockähnlichen Zustand gewesen und in Todesangst, was ihre bruchstückhaften Wahrnehmungen erklären würde.

Die Videoaufnahmen, von denen mehrere Zeugen sprachen, blieben unauffindbar. Die Suche nach ihnen wurde eingestellt, nachdem das Bundeskriminalamt mitteilte, dass der Zugriff nicht videotechnisch aufgezeichnet worden sei, obgleich ein entsprechend ausgebildeter und ausgerüsteter Beamter vor Ort war.

Die Aussagen der beschuldigten Beamten wurden im Schlussvermerk als teilweise unrichtig und direkt falsch gekennzeichnet – mehrfach hieß es im Bericht: »Die Beamten wollten oder konnten nicht glaubhaft machen« –, doch wurde ihnen zugute gehalten, dass das willkürliche Ergänzen von Wahrnehmungslücken und Erinnerungsausfällen ein nicht selten auftretendes Phänomen sei und die psychische Belastung durch den Verlauf des Einsatzes einen erheblichen Anteil an den Falschaussagen der Beschuldigten habe. Zudem seien sie durch den zuvor erfolgten Schusswechsel mit tödlichem Ausgang für einen ihrer Kollegen psychisch unter Druck geraten, wodurch sich die stressbedingten Wahrnehmungsfehler und Erinnerungslücken erklärten. Die Zweifel an den Darstellungen der beschuldigten Beamten blieben für die Staatsanwaltschaft erheblich, dennoch sei eine Verfahrenseinstellung gerechtfertigt.

Richard Zurek las den Abschlussbericht im Besucherraum seines Anwalts. Er war um neun Uhr in der Frühe vor dessen Büro erschienen, nachdem Feuchtenberger ihn am Vorabend angerufen hatte, um ihn vom Erhalt des Berichts zu informieren, und musste einige Minuten vor der verschlossenen Kanzlei warten, da sich sowohl Feuchtenberger als auch dessen Sekretärin verspäteten.

»Sie haben ihn bereits gelesen?«, fragte Richard Zurek den Anwalt auf der Treppe.

»Ja. Ich habe die Nacht damit verbracht. Ich hatte ihn nach Hause mitgenommen, weil ich im Büro nicht fertig geworden bin.«

»Und?«

»Es ist starker Tobak. Sie werden selbst sehen, Herr Zurek. Ich habe ihn bei mir«, erwiderte der Anwalt und klopfte auf seine Aktentasche.

Er bot ihm an, die Akte in seinem Zimmer zu lesen, Richard Zurek lehnte das Angebot ab. Er setzte sich mit dem dicken Hefter an die Fensterbank im Wartezimmer der Kanzlei, legte ein mitgebrachtes Schulheft und seinen Füllfederhalter daneben und begann mit der Lektüre. Wann immer Feuchtenberger durch den Raum lief, weil er zu einem Kollegen in seiner Gemeinschaftskanzlei oder auf die Toilette gehen wollte, hielt Richard Zurek ihn auf und ließ sich von ihm einen Satz oder einen Begriff in dem Bericht erläutern. Seine Fragen hatte er säuberlich in das Schulheft geschrieben. Und wann immer der Anwalt ihn nach seinen Eindrücken befragte, schüttelte er nur entgeistert den Kopf. Ab und zu brachte ihm Feuchtenbergers Sekretärin einen frischen Tee, und da er mittags nicht essen gehen wollte, bot sie ihm an, etwas für ihn zu bestellen, was er ablehnte.

Gegen fünf Uhr am Nachmittag hatte Richard Zurek die letzte Seite gelesen. Er saß eine halbe Stunde neben dem zugeschlagenen Aktenordner, ohne sich zu rühren. Als der Anwalt in den Raum kam und ihn fragte, ob er mit dem Bericht zum Ende gekommen sei, nickte er.

»Ich muss jetzt etwas essen«, sagte Feuchtenberger, »darf ich Sie einladen? Wir können beim Italiener gegenüber darüber sprechen.«

Richard Zurek stand auf und gab ihm den Aktenordner zurück. Feuchtenberger fragte ihn, ob er den Bericht in die Gaststätte mitnehmen sollte, was Richard Zurek unnötig fand.

»Eine Sekunde noch«, sagte der Anwalt, ging mit

dem Ordner in sein Büro und kam kurz danach im dicken Mantel wieder.

»Gehen wir«, sagte er.

In der Gaststätte fragte er seinen Mandanten nochmals, was er essen wolle, doch Richard Zurek bestellte für sich nur ein Glas Wein.

»Sie haben den ganzen Tag nichts gegessen, Herr Zurek. Irgendetwas müssen Sie essen.«

»Machen Sie sich um mich keine Sorgen. Vergessen Sie nicht, ich war Lehrer. Wenn ich unterwegs bin, habe ich immer ein paar Brote bei mir.«

Als Feuchtenbergers Pizza kam, gab er keine Ruhe, bis Richard Zurek sich ein kleines Stück davon auf einem Extrateller geben ließ.

»Es steht alles drin«, sagte Richard Zurek, »alle Fakten, die wir kennen, sind in dem Bericht enthalten. Es gibt keine grundsätzlichen Fehler und Auslassungen, oder?«

»Sie haben Recht. Das ist mir auch aufgefallen. Der Bericht listet alles auf, wenngleich er die Fakten sehr seltsam wertet.«

»Ich verstehe nicht, wieso das Verfahren eingestellt wird. Alles, was die Staatsanwaltschaft in dem Bericht benennt, spricht eher dafür, Anklage gegen die beiden Beamten zu erheben.«

»Ja, es wäre jedenfalls schlüssiger als die erfolgte Einstellung. Wenn man diesen Bericht gelesen hat, erwartet man eher einen Prozess und eine möglicherweise mehrjährige Gefängnisstrafe für die beschuldigten Polizisten. Das sehe ich auch so.«

»Aber wieso? Ich verstehe es nicht, Herr Feuchtenberger. Können Sie mir erklären, wie es möglich ist, bei dieser Beweislast auf eine Anklage zu verzichten?«

»Das ist unser Rechtssystem, Herr Zurek. Der Oberstaatsanwalt entscheidet, welche Zeugen glaubwürdig sind und welche nicht. Die Zeugen, die eine Exekution gesehen haben, sind nach seiner Ansicht allesamt unglaubwürdig. Die Beamten dagegen sind trotz der vielen Widersprüche, Falschaussagen und Lügen für ihn durch die Bank glaubwürdig. Die offensichtlich erfolgten Absprachen zwischen den Beamten des Einsatzkommandos, die Beweisvernichtung, der skandalöse Austausch der Waffen, die unterschlagenen Pistolen, ganz zu schweigen von den Videos, die bis heute nicht aufgetaucht sind, obwohl es für deren Existenz Zeugen gibt, all dies wird säuberlich aufgelistet und lediglich mit dem Vermerk ›schwerwiegende Bedenken und Zweifel‹ versehen. Das ist alles. Aber der Oberstaatsanwalt kommt gleich nach dem lieben Gott.«

»Sie hatten mir gesagt, die Beweise, die für Oliver und gegen die Polizisten sprechen, seien erdrückend.«

»Ich weiß, das habe ich zu Ihnen gesagt. Und die Beweise liegen alle vor, der Bericht benennt sie alle. Wie der Staatsanwalt zu seinem Urteil kommt, ist mir rätselhaft.«

»Und was machen wir jetzt? Was können wir tun?«

»Um Ihnen die Wahrheit zu sagen: nichts. Wir haben noch die rechtliche Möglichkeit, Beschwerde einzulegen, und ich rate Ihnen, dies auch zu tun, es wird allerdings nichts an der Entscheidung ändern.«

»Können wir nicht die nächsthöhere Instanz anrufen?«

»Das erfolgt mit unserer Beschwerde. Aber die Entscheidung der Staatsanwaltschaft, da bin ich mir sicher, ist gewiss wasserdicht gemacht worden. Ich vermute, der Oberstaatsanwalt hat sich bei diesem brisanten Fall, der eine solche Medienöffentlichkeit bekam und bei dem derart viele Pannen und Unstimmigkeiten auftauchten, nach oben abgesichert. In diesen Fall ist der gesamte Staat involviert, Staatsschutz, Polizei, Bundeskriminalamt, Landesregierung, Generalstaatsanwalt, Innenministerium, sie alle stecken mittendrin. Der Oberstaatsanwalt hat in Sachen Oliver Zurek gegen den Staat ermittelt. Oder vielmehr: der Staat gegen Oliver Zurek.«

»Wollen Sie mir damit sagen, dass der Staat ...«

»Nein, Herr Zurek, das will ich nicht sagen. Das steht mir nicht zu, das wäre unzulässig. Es wäre wilde Spekulation.«

»Wenn ich Sie richtig verstanden habe, so glauben Sie, dass die Staatsanwaltschaft ihr Urteil nicht unabhängig gefällt hat? Dass nicht allein die beschuldigten Beamten sich abgesprochen haben, sondern auch die staatlichen Gewalten?«

»Dazu kann ich nichts sagen. Es ist, wie gesagt, alles Spekulation. Ich habe finstere Vermutungen, sehr finstere, aber ich werde den Teufel tun und sie äußern. Denn dann habe ich einen Prozess am Hals und verliere am Ende meine Zulassung als Anwalt.«

Richard Zurek sah den Anwalt an und starrte dann minutenlang vor sich auf den Tisch.

»Wo leben wir eigentlich?«, fragte er schließlich.

Feuchtenberger sah ihn überrascht an und erwiderte schließlich: »Ja, Herr Zurek, so ist es. Wo leben wir?«

Als sie die Gaststätte verließen, sagte der Anwalt, dass er ihm in den nächsten Tagen eine Kopie des Abschlussberichtes schicken werde, an der Beschwerde werde er die nächsten drei, vier Monate arbeiten. Er begleitete Richard Zurek zur Bushaltestelle. An der Glasüberdachung blieben die Männer stehen.

»Ich habe eine Bitte an Sie, Doktor Zurek. Die Kosten für die Beschwerde gegen den Einstellungsbescheid würde gern ich übernehmen.«

»Ich verstehe Sie nicht. Warum wollen Sie das tun?«

»Es ist mein Fall, und es ist für mich mehr als nur ein Fall. Ich würde die Beschwerde gern als meine eigene Beschwerde ansehen.«

»Ich weiß nicht, was ich dazu sagen soll, Herr Feuchtenberger.«

»Machen Sie sich keine Gedanken. Dieser Fall beschäftigt mich etwas mehr als üblich. Es ist gewissermaßen eine Bürgerpflicht von mir, die ich damit erfüllen könnte. Außerdem kostet es mich lediglich etwas Arbeitszeit. Na ja, viel Arbeitszeit.«

»Vielen Dank. Aber ich möchte nicht, dass dieses Komitee irgendwie ...«

»Nein, nein, nein. Mit dem Solidaritätskomitee hat das überhaupt nichts zu tun. Es ist mein Wunsch. Es ist meine Bitte an Sie. Mir wäre wohler, wenn ich das übernehmen dürfte. Sie bekommen ohnehin noch die Kosten für das neue Gutachten.«

»Holen Sie noch ein Gutachten ein?«

»Ja. Für die Beschwerde muss alles, worauf sich die Staatsanwaltschaft stützte und was uns vollständig erst jetzt zugänglich wurde, erneut bewertet werden. Und dafür habe ich den besten Mann gewonnen, den es in dieser Republik dafür gibt. Friedhelm Socker aus Düsseldorf, falls Ihnen der Name etwas sagt.«

Richard Zurek schüttelte den Kopf.

»Ein wirklich guter Mann«, sagte der Anwalt, »der wird denen den Arsch ausputzen.«

Als Feuchtenberger bemerkte, dass sein Mandant bei diesem Ausdruck schmerzlich zusammenzuckte, verbesserte er sich rasch mit einer entschuldigenden Geste: »Er wird die Gutachten der Staatsanwaltschaft in der Luft zerreißen.«

»Ich danke Ihnen, Herr Feuchtenberger. Ich danke Ihnen für alles. Sie sind für uns eine große Hilfe.«

»Das ist mein Beruf. Gute Reise, Herr Doktor.«

Sie gaben sich die Hand. Der Anwalt drehte sich um und ging in die Innenstadt zu seinem Wagen, und Richard Zurek setzte sich auf die Bank unter dem Glasdach.

Über den Abschlussbericht gab es in den Zeitungen eine kleine Notiz auf einer der hinteren Seiten. Die Einstellung des Verfahrens war von den Medien und der Öffentlichkeit erwartet worden, sie wurde nicht mehr kommentiert und kaum wahrgenommen.

Als sie von Feuchtenberger die Kopie des Berichts erhielten, fragte Friederike Zurek ihren Mann, nachdem sie den Bericht langsam und Seite für Seite gelesen hatte: »Und jetzt ist Oliver ein Mörder und Selbstmörder?«

»So steht es jedenfalls da drin. Was meinst du denn, Rike?«

»Ich kann es nicht glauben. Mein Herz sagt mir...«

»Das ist gut, Rike. Hör auf das, was dein Herz dir sagt. Mein Herz sagt mir auch, dass unser Junge unschuldig ist. Dieser Bericht ist nichts als ein großer Haufen Scheiße.«

Er sah seine Frau dabei streng an, den Zeigefinger der rechten Hand streckte er in die Höhe, es war, als stünde er vor einer Schulklasse und verkünde einen Lehrsatz. Friederike Zurek sah ihn überrascht an. Dann begann sie zu kichern. Ihr Lachen wurde immer heftiger und schließlich schlug sie beide Hände vor ihren Mund und lief aus dem Zimmer, um sich zu beruhigen.

Zwei Monate später erschien der Abschlussbericht der Bundesregierung, der sich im Wesentlichen nicht von dem der Staatsanwaltschaft unterschied. In diesem Bericht wurde mitgeteilt, dass der Verdacht, Oliver Zurek sei durch den aufgesetzten Nahschuss eines Beamten getötet worden, am Tage nach dessen Tod von den am Einsatz beteiligten Beamten heftig diskutiert worden war. Trotz des Verdachts und der alle belastenden Diskussion sei aber eine an sich erforderliche Neuaufnahme der Tatortarbeit nicht erfolgt. Es seien Verdächtigungen gegen Kollegen ausgesprochen worden, die wenige Tage später nicht aufrechterhalten oder zurückgenommen wurden. Der Grenzpolizei wurde ein hohes Maß an Professionalität attestiert und ein überdurchschnittlich korrektes Verhalten. Wenige Wochen nach dieser Veröffentlichung begann die Staatsanwaltschaft gegen eine Zeitschrift wegen Beleidigung zu ermitteln, da diese als Reaktion auf die Abschlussberichte das Einsatzkommando mit den mörderischen Todesschwadronen in Südamerika gleichgesetzt hatte.

11.

Der Alltag von Friederike und Richard Zurek schien unverändert. Sie wohnten in ihrem Haus, führten tagein, tagaus die gleichen kleinen Verrichtungen aus, erledigten die notwendigen Einkäufe, waren jeden Tag zur selben Stunde im Bad und in der Küche, saßen am Abend vor dem Fernseher, löschten täglich um die gleiche Zeit das Licht im Haus, und nichts deutete darauf, dass sie ihr ganzes Leben neu einzurichten hatten. Olivers Zimmer im ersten Stock war unverändert. Das Bett war bezogen, auf dem Schreibtisch lagen die Bücher und Stifte, die dort am Tage seines Auszugs gelegen hatten, im Regal standen die Bücher in der Ordnung, wie er sie hinterlassen hatte, und an der Wand hingen seine gerahmten Aquarelle, die er als Schüler und Student gemalt hatte. Sein Zimmer sollte kein Museum werden, die Zureks wollten es als zweites Gästezimmer nutzen, aber da nur ihre Tochter, deren Mann und Heiner ab und zu bei ihnen übernachteten und die Kinder dann in ihren früheren Zimmern schliefen, hatte es sich nie ergeben, dass nach Oliver ein anderer in seinem Bett gelegen hatte. Alle zwei Wochen säuberte Friederike Zurek dieses Zimmer, obwohl nichts verschmutzt war, und jeden Tag lüftete sie. Wenn sie das Fenster geöffnet hatte, setzte sie sich sommers wie winters auf seinen Schreibtischsessel, schaute sich im Raum um, betrachtete seine Bücher und erinnerte sich der Zeit, als er unter ihrem Dach wohnte.

Auch Richard Zurek ging häufiger in das frühere Zimmer von Oliver. Nach den Zurückweisungen der Beschwerde gegen die Einstellung des Ermittlungsverfahrens wie auch der danach von Feuchtenberger erhobenen Verfassungsbeschwerde begriff er, dass er den Streit um die Ehre seines Sohnes, wie er Christin erklärt hatte, nicht fortsetzen konnte, dass er einen ungleichen Kampf gekämpft hatte, dass die staatliche Seite ihr Monopol auf Gewalt und Rechtsprechung, auf Anonymität, Verschleierung und Verweigerung der erforderlichen Auskünfte auf eine empörende Art gegen seinen Wunsch nach Aufklärung eingesetzt hatte. Er verstand, dass er diesen Kampf nie hätte gewinnen können, da die Gegenseite ihre vom Gesetzgeber erteilte Macht eingesetzt hatte, um diese Aufklärung zu unterbinden, und sie hatte diese Macht auch eingesetzt, um die vom Gesetz ebenfalls geforderte Offenheit und Transparenz der staatlichen Gewalten zu hintertreiben. Nun saß er fast täglich im Zimmer seines Sohnes, um für zwei, drei Stunden in dessen Büchern zu lesen. Er las die abgegriffenen Broschüren von ihm unbekannten Autoren und Verlagen, die zumeist mit kämpferischen Signets verziert waren, er las Che Guevara und Gramsci, die Schriften amerikanischer Ökonomen und die Bücher von Autoren aus Indien, Mexiko und Brasilien, und er bemühte sich auch, die Bücher von Marx zu lesen, die im Regal seines Sohnes standen. Er las, um zu verstehen. Er wollte den Weg seines Sohnes für sich selbst begreifbar machen. Vieles von dem, was ihm in die Hand kam, war ihm unverständlich, vieles konnte er nicht akzeptieren, und einiges nahm er kopfschüttelnd zur Kenntnis. Manchmal glaubte er, seinem Sohn auf die Spur gekommen zu sein, etwas von dem zu begreifen, was ihn in die Illegalität gebracht hatte. Dann wieder empörte sich alles in ihm, und er sah seinen armen Sohn von verantwortungslosen Demagogen des Wortes verführt. Gelegentlich las er einzelne Sätze nochmals, er las sie sich laut vor und spürte ihrem Klang und der Schönheit dieser Worte nach, dem wundervollen und berauschenden Sirenengesang ihrer Formeln, die allesamt versprachen, diese Welt von all ihren Ungerechtigkeiten, ihrer unaufhörlichen Gewalt und dem Furor der Selbstzerstörung zu erlösen. Seien wir realistisch, verlangen wir das Unmögliche, las er lächelnd. Und dann murmelte er halblaut den Satz: *Man muss das Volk vor sich erschrecken lehren, um ihm Courage zu machen.*

»Es ist Lyrik, Rike«, sagte er zu seiner Frau, als sie in das Zimmer kam, da sie seine Stimme gehört hatte, »reine Lyrik. Oliver hat im Grunde Gedichtbände gelesen, die sich als wissenschaftliche Literatur getarnt haben. Es liest sich wunderbar. Erbaulich und schön wie die Korintherbriefe. Wundervolle Worte über eine prächtige zukünftige Welt. Und eigentlich ersetzen sie das, was sie einfordern, sie nehmen es vorweg. Wer sich diesen Worten hingibt, ist bereits im Stande der Glückseligkeit. Das sind keine Terroristen, es sind Träumer, nichts weiter. Natürlich, diese Autoren stürzen die Welt um, stellen alles vom Kopf auf die Füße, Expropriation der Expropriateure, die Ersten werden die Letzten sein, die geschundene Kreatur wird gekrönt werden, die Tränen der Welt getrocknet. Das ist die Bergpredigt, nichts anderes, Rike, samt einer Wollmaske mit Augenschlitzen. Freilich, einige von ihnen haben nach einer Kalaschnikow gegriffen, das sind die, die nichts davon verstanden haben, denn in diesen Büchern geht es in Wirklichkeit um Liebe.«

Friederike Zurek hörte ihm zu, nickte und sagte dann: »In zehn Minuten ist das Essen fertig. Holst du vorher bitte noch die Post aus dem Kasten? Und wasch dir die Hände.«

Am ersten Todestag seines Sohnes schrieb Richard Zurek zwei Briefe. Er saß den ganzen Vormittag in seinem Arbeitszimmer, schrieb sie mehrfach um und korrigierte sie, bis er mit dem Resultat endlich zufrieden war. Der Inhalt der Briefe war nahezu identisch. Er schrieb an den zurückgetretenen Innenminister und den in den Ruhestand entlassenen Generalbundesanwalt und bat sie, ihm mitzuteilen, was vor einem Jahr an jenem Sonntag im Juni auf dem Bahnhof von Kleinen tatsächlich passiert sei. Er schrieb ihnen, dass er diese Auskunft für sich und seine Frau benötige, und kein weiterer Mensch würde die Antwort, um die er sie höflichst ersuche, je zu Gesicht bekommen. Er und seine Frau benötigten diese Auskunft, um mit dem Sohn und sich selbst ins Reine zu kommen. Er beschwor sie, ihm zu antworten, und versprach, dass nur er und seine Frau das Antwortschreiben zu lesen bekämen, er würde das Schreiben keinem Journalisten und auch nicht seinem Anwalt zeigen, den er über diesen Brief nicht unterrichtet habe.

›Ich brauche diese Auskunft allein für mich, um zur Ruhe zu kommen‹, schrieb er an den ehemaligen Minister, ›um meinen Sohn, der schuldig wurde oder unschuldig starb, in meinem Herzen beerdigen zu können, um eine Gewissheit zu erlangen, die mir die Staatsanwaltschaft und das Gericht verweigerten. Sie, Herr Minister, wissen etwas, was man mir vorenthält, Sie wissen etwas, das Sie zu Ihrem Rücktritt bewog. Sie haben eine Konsequenz gezogen, was Sie in meinen Augen höchst ehrenwert macht, aber ich kenne den Grund dafür nicht, und kein Mensch und kein Amt will oder vermag mir Auskunft zu erteilen. Ich bin auf Vermutungen angewiesen und finde keine andere Ursache als die, dass mein Sohn unschuldig ist und von den Beamten absichtlich oder ungewollt erschossen wurde. Denn ansonsten gibt es keine Veranlassung für Sie zurückzutreten. Ich bitte Sie von Herzen, mir die Wahrheit zu offenbaren, die ich allein für mich und meine Frau benötige. Kein anderer Mensch wird je ein Wort davon erfahren. Ich bitte Sie darum, weil ich ein alter Mann bin, der nicht mehr lange zu leben hat und der einen Sohn auf eine Art und Weise verloren hat, die mir am Ende des Lebens mein gesamtes Dasein zugrunde richtete, so dass ich mit Bitterkeit von der Welt scheide.‹

Die Briefe an den Minister und den früheren Generalbundesanwalt endeten beide mit den Worten: ›Man hat meinen Sohn Oliver in einem Dom der Lüge beigesetzt, wir aber wollen ihn endlich in der schlichten Erde unseres Friedhofs wissen.‹

Er gab die Briefe seiner Frau zu lesen. Sie streichelte

ihn dankbar, küsste ihn und sagte, dass die beiden Briefe sehr schön seien, bat ihn aber, sie zuvor dem Anwalt zu zeigen.

»Nein«, sagte er, »ich habe ihnen geschrieben, dass diese Sache unter uns bleibt. Keiner wird ihre Antwort zu Gesicht bekommen, ich habe ihnen mein Wort gegeben und daran bin ich gebunden.«

»Zeige sie Feuchtenberger trotzdem. Die Antworten bekommt kein anderer zu sehen, mehr hast du nicht zugesagt. Vielleicht kann dir Feuchtenberger einen Rat geben, er kennt sich mit diesen Herrschaften besser aus. Da ist manchmal eine Formulierung entscheidend, und er weiß das.«

Richard Zurek knurrte unzufrieden, rief aber am Nachmittag in der Kanzlei an. Die Sekretärin sagte ihm, dass Herr Feuchtenberger nicht in der Stadt sei, erst am späten Abend zurückerwartet werde und den ganzen nächsten Tag im Gericht sei. Er bat um einen Rückruf. Zwei Stunden später meldete sich Feuchtenberger, und sie verabredeten sich für den nächsten Vormittag.

Um sechs Uhr abends verließen die beiden Zureks das Haus mit einem Blumenstrauß. Sie gingen zum Matthäus-Friedhof, um am Grab des Sohnes den Strauß niederzulegen, welke Blätter abzulesen und die Stauden und eingepflanzten Blumen zu gießen. Friederike Zurek ging jede Woche einmal zum Grab, ihr Mann begleitete sie selten. Er wollte, dass das Grab als Erinnerungsstätte in Ordnung gehalten wurde, aber darüber hinaus band ihn nichts an diesen Erdflecken. Seiner Frau hatte er gesagt, dass das, was dort in dem Grab liege, nicht Oliver sei, sondern lediglich ein bald verwesender und verrottender Organismus, der mit ihrem Sohn wenig oder nichts gemein habe. Er fühle sich in Olivers Zimmer ihm näher als an diesem blumengeschmückten Viereck. Seine Frau missbilligte diese Reden, widersprach ihm jedoch nicht, sondern ging stattdessen allein zum Friedhof.

Als sie zum Grab kamen, sahen sie, dass zwei Sträuße roter Nelken darauf abgelegt waren, und über das ganze Grab war ein Spruchband gelegt, welches an beiden Seiten mit Holzkeilen in der Erde befestigt war. Wir werden dich nicht vergessen, wir werden dich rächen, stand darauf. Richard Zurek zog die Holzkeile aus der Erde und brachte sie zusammen mit der beschrifteten Stoffbahn zu dem Metallcontainer, der für die verwelkten Blumen und das Laub aufgestellt war. Die roten Nelken ließen sie auf der Grabstelle liegen.

Am Abend rief Christin an. Sie fragte, wie es ihnen ging, und erzählte von Konstantin.

»Wir waren heute auf dem Friedhof«, sagte ihre Mutter.

»Ja, das dachte ich mir«, sagte Christin, »ich war auch bei ihm.«

»Du warst ... Wo warst du? An seinem Grab?«

»Nein. Im Kopf war ich bei ihm, in meinen Gedanken. Hatte ich dir eigentlich mal erzählt, dass Oliver mich verkaufen wollte?«

»Was redest du da, Christin!«

»Das ist die Wahrheit, Mama. Er ging in die erste

Klasse und hatte einen gleichaltrigen Freund, der in mich verliebt war. Oliver sagte zu dem Dreikäsehoch, er könne seine Schwester haben. Er wollte mich an ihn verkaufen, dafür verlangte er von ihm lediglich drei oder vier Autobücher, stell dir das vor. Oliver kam zu mir ins Zimmer und redete eine Stunde lang auf mich ein, um mich dazu zu überreden, weil ihm an diesen Büchern so viel lag. Tatsache, Mama, für ein paar Autobücher wollte er mich an seinen Freund verscherbeln. Er wurde ganz wütend, als ich mich weigerte. Er sagte mir, das sei schließlich sein bester Freund, und wir könnten später alle zusammenleben.«

Die beiden Frauen lachten und sprachen dann über Konstantin.

Wenige Minuten später rief ihr Sohn Heiner an. Er erzählte von ausländischen Aufträgen, die sie an Land gezogen hätten und wodurch sich ihre Arbeitszeit nochmals verlängern würde. Dann fragte er, ob die Eltern auf dem Friedhof waren und wie die Grabstelle jetzt aussähe. Er versprach, sie so bald wie möglich zu besuchen.

Am nächsten Tag musste Richard Zurek im Amtsgericht eine halbe Stunde auf Feuchtenberger warten. Der Anwalt kam ihm auf dem Flur entgegen, gab Zurek die Hand, zog die Robe aus, legte sie neben sich auf die Bank und fragte ihn, was es denn Dringliches gebe. Nachdem er die Briefe gelesen hatte, schaute er Zurek halb amüsiert, halb bedauernd an.

»Irgendetwas nicht in Ordnung? Soll ich etwas verändern?«

»Nein«, der Anwalt schüttelte den Kopf, »wenn es Ihnen um das Porto nicht leid tut, schicken Sie sie ab.«

»Sie meinen, man wird mir nicht antworten?«

»Sie werden nicht einmal eine Empfangsbestätigung für diese Briefe erhalten, Herr Zurek. Der Dom der Lüge, wie Sie schreiben, ist höher und vollständiger, als wir es uns vorstellen können. Schicken Sie die Briefe ab. Diese Burschen sollen wenigstens für die zwei Minuten, in denen sie Ihren Brief lesen, ein schlechtes Gewissen haben.«

Der Anwalt erkundigte sich nach Zureks Gesundheit und nach seiner Frau, dann stand er auf, nahm die Robe über den Arm, verabschiedete sich rasch und eilte hinaus. Richard Zurek blieb auf der Bank sitzen, faltete die Briefe, steckte sie in die beschrifteten Umschläge und verstaute sie in seiner Aktentasche. Auf dem Weg zur Bushaltestelle warf er sie in einen Briefkasten.

»Was hat der Anwalt gesagt?«, fragte seine Frau.

»Er hatte kaum Zeit. Er hat andere Fälle, die ihn jetzt beschäftigen. Aber er fand an den Briefen nichts auszusetzen.«

»Natürlich hat er andere Fälle. Er hat eine Kanzlei, und die muss Geld verdienen. Er kann nicht wie wir Tag und Nacht an Oliver denken.«

»Nichts anderes habe ich gesagt.«

»Weißt du, an wen ich seit Tagen denke, Richard?«

»Du wirst es mir gleich sagen, vermute ich.«

»An Katharina Blumenschläger. Sie sitzt jetzt seit einem Jahr in der Untersuchungshaft und ich frage mich immer, wer sich um das arme Mädchen kümmert. Ihre Eltern sind tot, und ich habe mir überlegt, ob wir nicht einmal hinfahren sollten. Irgendwie ist sie doch so etwas wie unsere Schwiegertochter, meinst du nicht auch?«

»Ich habe auch öfter an sie gedacht. Vielleicht ist das eine gute Idee, aber ich weiß nicht, ob wir die Genehmigung bekommen. Wir sind nicht mit ihr verwandt, und außerdem ist sie noch immer in Untersuchungshaft.«

»Wir sollten es versuchen, Richard. Frag Herrn Feuchtenberger, wie man eine Besuchserlaubnis bekommt. Und schreib ihr. Schreib ihr, dass wir sie besuchen wollen, und frag, was wir ihr mitbringen können. Oder vielleicht ist es besser, wenn ich ihr schreibe, von Frau zu Frau. Der Mutter von ihrem Oliver wird sie antworten.«

»Ja, mach das, Rike. Und ich rede mit Feuchtenberger.«

12.

Für die beiden Alten gab es im Haus wenig zu tun. Richard Zurek mähte wöchentlich das Gras im Garten hinter dem Haus, wo er eine Schaukel für seinen Enkel hatte aufstellen lassen, die dieser ein einziges Mal benutzt hatte. Er grub im Blumen- und Gemüsegarten, der mit einem Drahtzaun von der Wiese getrennt war, die Erde an jenen Stellen um, die ihm seine Frau bezeichnet hatte, und verbrachte den Rest des Tages mit Lesen und dem Ordnen seiner Papiere, die sich in den Jahrzehnten, in denen er als Schuldirektor tätig war, in dicken Stapeln angesammelt hatten. Nach dem Tod des Sohnes war ihm das eigene Ende deutlicher geworden, und er wollte beizeiten dafür sorgen, dass weder seine Frau noch seine Kinder, oder wer auch immer seinen Nachlass in die Hände bekam, zu sehr mit einer unsinnigerweise aufgehobenen Hinterlassenschaft belastet würden, von der er sich längst hätte befreien können. Und Tag für Tag setzte er sich in Olivers Zimmer, um in dessen Büchern zu lesen und sorgsam alles durchzuschauen, was er im Schreibtisch, dem Schrank und dem Regal seines Sohnes fand, jedes Blatt penibel prüfend, denn dieses war alles, was von ihm geblieben war.

Friederike Zurek hatte es sich angewöhnt, jeden Morgen nach dem Frühstück eins der Zimmer zu putzen, um danach das Mittagessen zu kochen. Danach setzte sie sich in einen Ledersessel, um etwas zu lesen und für eine halbe Stunde zu schlafen. Der restliche Nachmittag gehörte ganz ihrem Garten, den Blumen und dem Gemüse, den Büschen und Sträuchern. In der kalten Jahreszeit stand sie viel am Fenster, um nach ihren Pflanzen zu sehen, und brachte es manchmal fertig, besorgt um ihre Gartenpflanzen, mitten in der Nacht aufzustehen, um auf das Außenthermometer zu schauen.

Der ewig gleiche Ablauf ihrer Tage half ihnen, den Verlust des Sohnes, die fürchterlichen und bedrückenden Nachrichten und die kleinen Mühseligkeiten des Alters zu überstehen. Ihre Reisen hatten sie seit jener Fahrt in ein Dorf im Schwarzwald ganz aufgegeben. Sie wären gern für ein paar Tage in eine andere Stadt gefahren, doch sie fürchteten sich davor, wiederum erkannt und belästigt zu werden und, angewiesen auf Hotels und Gaststätten, keine Möglichkeit zu haben, sich zurückzuziehen.

Damals hatte Richard Zurek in einer kleinen Pension in Mooskopf, unweit von Freudenstadt, ein Zimmer gemietet, um für vierzehn Tage mit seiner Frau zu wandern. Sie reisten Anfang Juni, bevor die Schulferien begannen und alle Urlaubsquartiere überfüllt waren. Sie waren mit dem Auto gefahren, das Richard Zurek zu jener Zeit noch besaß. Er verkaufte es zwei Jahre später nach einem Unfall, der ihm, wenngleich nur ein Blechschaden entstanden war, einen Schock versetzt hatte. Die Kollision verschreckte und beschäftigte ihn tagelang, weil er das andere Fahrzeug nicht wahrgenommen hatte, obwohl es an einer übersichtlichen Kreuzung von rechts kam und keinesfalls zu schnell gefahren war. Damals hatte er seiner Frau gesagt, dass er für das Autofahren zu alt sei und den Wagen verkaufen wolle. Sie hatte ihm erleichtert zugestimmt, da sie in den letzten Jahren ungern mit ihm gefahren war und sich bei seinen Alleinfahrten immer gesorgt, aber nicht gewagt hatte, ihn zu bitten, das Auto aufzugeben.

Als sie in jenem Sommer in die kleine Stadt hineinfuhren, bat Friederike ihn, anzuhalten und ein paar Meter zurückzufahren. Sie wies ihn verschreckt auf ein Fahndungsplakat hin, das auf einer Holztafel hinter dem Schild mit dem Stadtnamen stand und auf dem die Kurgäste begrüßt wurden und sich die kleine Stadt vorstellte. Das Plakat war mit Reißzwecken befestigt und verdeckte die ausgehängte Liste der Hotels und Pensionen und eine Mitteilung des Bürgermeisters, in der er aus einem gegebenen Anlass, wie er schrieb, nochmals die Sperrmülltermine nannte sowie die Geldstrafen für das wilde und verbotene Entsorgen von Couchgarnituren. Auf dem Plakat waren in zwei Reihen die Fotos von fünf gesuchten und des Terrorismus verdächtigten Personen abgebildet. Das Foto von ihrem Sohn war oben rechts zu sehen, auf dem mittleren Foto war Katharina Blumenschläger abgebildet.

Richard Zurek zuckte mit den Schultern.

»Was hast du erwartet, Rike! Diese Plakate hängen im ganzen Land.«

Zu dieser Zeit war es zwei Jahre her, dass Oliver untergetaucht war, sie hatten seither kein einziges Lebenszeichen von ihm bekommen. Ein halbes Jahr nach der Haftentlassung hatte er sie aufgesucht und sich von ihnen verabschiedet, dann war er unauffindbar verschwunden. In einem Brief, den sie einen Monat später von ihm erhielten und auf dem kein Absender vermerkt war, stand lediglich, dass er seinen Kampf nun im Untergrund fortsetzen werde und daher jeden Kontakt mit den Eltern abbrechen müsse. Seit jenem Tag quälte sie die Sorge, dass ihr Sohn möglicherweise einen Menschen umbringen könnte. Bei allen Berichten über terroristische Anschläge im Land, die sie beklommen und voller Furcht verfolgten, beschäftigte sie allein der Gedanke, dass ihr Sohn einer der anonymen Täter und Mörder sein könnte. Damals waren sie mehrfach von Beamten des Bundeskriminalamtes aufgesucht und befragt worden. Sie hatten den Beamten wahrheitsgemäß berichtet, dass sie keinerlei Kontakt zu ihrem Sohn hätten und er ein Treffen mit ihnen für Jahre oder auch Jahrzehnte ausgeschlossen habe. Sie hatten ihnen sogar den Abschiedsbrief vorgelegt und für eine erkennungsdienstliche Untersuchung überlassen, da sie seine Entscheidung, einen bewaffneten Kampf gegen den Staat und seine Repräsentanten aufzunehmen, ausdrücklich missbilligten. Trotz allem hofften sie, er würde sich irgendwie bei ihnen melden, und jede Karte und jeden Brief, der in ihrem Postkasten steckte und dessen Herkunft ihnen unklar war, suchten sie nach versteckten Zeichen ab. Selbst die Werbesendungen, die sie ansonsten ungelesen in den Papierkorb warfen, blätterten sie nun sorgsam durch, um nach einer Nachricht ihres Sohnes zu forschen.

Gab es Telefonanrufe, bei denen sich der Anrufer nicht gleich meldete oder eine fremde Stimme etwas ihnen Unverständliches sagte, versuchten sie mit dem unbekannten Anrufer ins Gespräch zu kommen in der Hoffnung, er habe ihnen etwas von Oliver mitzuteilen. Doch in den zwei Jahren seit seinem spurlosen Verschwinden waren die Fahndungsplakate der Polizei und die gelegentlichen Mitteilungen in den Medien über die Suche nach ihm für sie das einzige Lebenszeichen ihres Sohnes. Solange nach ihm gefahndet wurde, sagten sie sich, war er am Leben und gesund. Wenn es einen neuen Bericht über einen terroristischen Anschlag gab, verließen sie kaum ihr Haus, um keine Nachricht zu verpassen, und suchten das Radio nach Sendern ab, die etwas Neues zu vermelden hatten.

Auf der Suche nach der Straße, in der sich ihre Pension befand, fuhren sie langsam durch die Stadt und bekamen immer wieder das Plakat zu sehen, das an jeder Litfaßsäule klebte und selbst auf Schaufensterscheiben.

In der Pension wurden sie herzlich begrüßt. Das junge Ehepaar, dem das Haus gehörte, nahm ihnen das Gepäck ab, und der Hausherr brachte es für sie in ihr Zimmer. Stolz zeigte er ihnen das neu gebaute Bad und wies sie auf die zum Zimmer gehörende Terrasse hin und die wundervolle Aussicht. Nachdem sie ihre Koffer ausgepackt und in den Schrank geräumt hatten, gingen sie nach unten, um das Anmeldeformular auszufüllen. Die junge Frau, die nun hinter dem Tresen stand und ihnen beim Schreiben zusah, fragte, ob sie wüssten, dass sie den gleichen Nachnamen hätten wie ein gesuchter Verbrecher. Richard Zurek erwiderte, das sei ihm bekannt.

»Das ist für Sie sicher sehr unangenehm«, sagte die Pensionswirtin, »ich kenne das, von meinem Onkel. Der heißt Adolf mit Vornamen. Und obwohl er schon zwei Jahre vor der Hitlerherrschaft geboren wurde, muss er immer wieder erklären, dass seine Eltern ihn nach Gustav Adolf benannt hatten, weil sie Protestanten waren. Keiner glaubt ihm. Alle denken natürlich, dass sein Vater ein Faschist war. Sehr unangenehm.«

»Wir haben die Plakate in der Stadt gesehen«, sagte Richard Zurek nur.

»Ja, seit zwei Tagen hängen sie überall. Die Polizei war auch bei mir. Der Mann wollte, dass ich das Plakat in der Pension aufhänge. Aber mein Mann und ich finden, das geht zu weit. Zu uns kommen Urlauber, die ein paar erholsame Tage verbringen wollen. Wenn sie da immerzu das Plakat mit den Verbrechervisagen sehen müssen, das ist nicht schön. Finden Sie nicht auch?«

Friederike Zurek drehte sich um und ging hinaus.

»Jedenfalls habe ich das Plakat nicht aufgehängt. Hier, ich habe es in den Schrank gesteckt. Diese Terroristen werden nicht ausgerechnet bei uns Urlaub machen wollen, nicht wahr?«

Sie holte ein zusammengerolltes Papier aus dem Schrank und hielt es so hoch, dass sich das Fahndungsplakat entrollte.

»Was machen Sie damit?«

»Irgendwann werde ich es wegschmeißen, denn der Polizist wird es wohl nicht wieder abholen kommen. Oder wollen Sie es haben? Vielleicht für zu Hause? Mein Schwager hat im Flur seiner Wohnung ein Zirkusplakat aus Frankreich hängen. Der Zirkus heißt ganz genauso wie er, Robert Obus. Nur, dass man das in Frankreich anders ausspricht. Aber das Plakat in seinem Flur ist lustig. Wollen Sie es haben?«

»Nein. Oder doch, geben Sie es mir«, antwortete Richard Zurek. Er gab ihr das ausgefüllte Formular und ging zur Treppe, um das Plakat in sein Zimmer zu bringen. Vor der ersten Treppenstufe blieb er stehen und wandte sich noch einmal zu der Frau hinter dem Tresen.

»Sagten Sie, die Plakate hängen erst seit zwei Tagen?«

»Ja. Vorher wussten wir nichts davon. Und seit vorgestern hängen diese Fotos in der ganzen Stadt. Vielleicht hat sich die Bande im Schwarzwald versteckt.«

»Ja, vielleicht«, sagte er und ging die Treppe hoch.

Er legte das Plakat auf das Bett und rollte es aus. Die fünf gesuchten Personen sahen tatsächlich gefährlich aus. Verbrechervisagen, dachte er, die Frau hat ja Recht. Sein Sohn erschien ihm auf diesem Foto fremd. Das Foto war ihm aus der Presse und den Fernsehsendungen bekannt, es musste gemacht worden sein, als Oliver in Haft war. Man konnte erkennen, dass er für ein erkennungsdienstlich brauchbares Bild fotografiert worden war. Richard Zurek faltete das Plakat mehrmals sorgfältig zusammen, dann verstaute er es in einer Innentasche seines Koffers.

Seine Frau traf er auf der Straße, sie lief vor der Pension auf und ab. Sie hatte geweint. Er legte den Arm um ihre Schulter und sagte: »Komm. Gehen wir. Schauen wir uns diesen entzückenden Ort an.«

»Ich will abreisen, Richard«, entgegnete sie, »bitte, lass uns abreisen. So kann ich keinen Urlaub machen.«

»Unsinn. Wir brauchen diesen Urlaub. Die Stadt müssen wir uns nicht anschauen. Ich habe vom Fenster unseres Zimmers gesehen, dass hinter dem Haus die Wanderwege beginnen, wir können jeden Morgen bis zum späten Abend durch den Wald marschieren. Im Wald werden keine Plakate hängen. Davon gehe ich jedenfalls aus.«

»Glaubst du, sie haben sie wegen uns aufgehängt?«

»Vermutlich.«

»Sie denken, wir treffen uns hier mit Oliver?«

»So sieht es aus.«

»Das heißt, sie beobachten uns?«

Friederike Zurek schaute sich rasch nach allen Seiten um, konnte aber nichts Auffälliges erkennen. Eine ältere Frau lief am Ende der Straße über den Fahrdamm, ein Junge auf einem Fahrrad ließ sich von einem Schäferhund ziehen, eine Frau mit einem Kinderwagen stand vor einem Schaufenster.

»Ja«, antwortete ihr Mann, »sie haben uns sicherlich im Blick. Weißt du, so kann uns nichts passieren. Wir können mitten in der Nacht durch den Schwarzwald laufen, sie werden auf uns aufpassen.«

Sie blieben die vereinbarten und bereits bezahlten vierzehn Tage in der Pension in Mooskopf. Als sie abfuhren, sagte Friederike Zurek, dass sie sich überhaupt nicht erholt habe und nicht noch einmal einen solchen Urlaub machen möchte.

»Sogar im Eingangsbereich der Sauna hing das Plakat«, sagte sie, »und beim Bäcker und vor dem Supermarkt.«

»Diese Leute werden immer dabei sein, Rike«, gab ihr Mann zu bedenken, »ganz egal, wohin wir fahren, sie werden uns beobachten. Ob in Deutschland oder auf den Malediven, solange sie nach Oliver suchen, werden sie uns nicht aus den Augen lassen.«

»Ich muss keinen Urlaub machen. Ich muss nicht verreisen.«

»Willst du dich in der Wohnung verstecken?«

»Was machen wir denn seit Jahren, Richard? Machen wir denn etwas anderes, als uns zu verstecken?«

Er antwortete ihr damals nicht, aber nach diesem Urlaub waren sie, von kurzen Besuchen bei der Tochter in Hamburg abgesehen, nie wieder verreist.

13.

Gelegentlich wurden sie von Freunden Olivers aufgesucht oder vielmehr von Leuten, die von sich behaupteten, Freunde ihres Sohnes zu sein. Anfänglich waren beide Zureks sehr herzlich zu ihnen, luden sie ein und bewirteten sie in der Hoffnung, von ihnen etwas über jene Zeit zu erfahren, da Oliver untergetaucht war und sie keinen Kontakt mehr zu ihm hatten und jahrelang ohne jede Nachricht von ihm blieben. Aber keiner von den zumeist überraschend und ohne Ankündigung auftauchenden Gästen wusste ihnen etwas von dieser Zeit zu erzählen, viele kannten Oliver überhaupt nicht, hatten ihn nie in ihrem Leben gesehen, und wussten allein das, was die Zeitungen über ihn berichtet hatten. Sie fühlten sich auf Grund der Nachrichten über sein Leben und seinen Tod mit ihm verbunden und fühlten das Bedürfnis, dies zu erkennen zu geben. Deshalb hatten sie an einer der Demonstrationen teilgenommen, irgendwelche Leserbriefe geschrieben, die sie mitbrachten, und den Wunsch verspürt, den Ort aufzusuchen, wo Oliver gelebt hatte und groß geworden war, und seine Eltern kennenzulernen. Bekannte und Freunde aus der Zeit, in der er untergetaucht war, meldeten sich nie bei ihnen, und die Eltern vermuteten, dass es außer Katharina Blumenschläger eigentlich niemanden gab, mit dem er die Jahre der Illegalität geteilt hatte.

Diese Besucher erwiesen sich als nicht weniger neugierig als die Presseleute, und da sie zudem wirre politische Reden führten und offensichtlich glaubten, Olivers Eltern würden ihre radikalen Ansichten teilen und den Gebrauch einer rüden Sprache gewohnt sein, erregten sie bald den Missmut der alten Leute, und Richard Zurek verabschiedete sie rasch und empfing weitere Besucher nur mit Misstrauen, befragte sie auf der Türschwelle nach ihrem Verhältnis zu Oliver, um ihnen dann, genau wie in den vergangenen Monaten den aufdringlichen Journalisten, die Tür zu weisen.

Auch Gerd Schmückle erschien zweimal bei Zureks. Er hatte sein Haus am Markt seit der Schießerei in Kleinen jede zweite Woche mit einer neuen Losung verziert, die einmal sogar von der Polizei entfernt wurde und ihm eine Beleidigungsklage einbrachte, und später an Olivers Beerdigung teilgenommen und dabei, wie Richard Zurek vermutete, sicherlich zu denen gehört, die am Grab irgendwelchen Blödsinn herumgerufen hatten. Er war zwei Tage nach der Beerdigung gekommen, um ihnen sein Beileid zu bekunden. Richard Zurek hatte damals die Tür geöffnet, die ihm entgegengestreckte Hand übersehen, sich angehört, was Schmückle zu sagen hatte, ihm gedankt und dann die Tür sofort wieder verschlossen. Zwei Monate nach dem Erscheinen des offiziellen Berichtes der Bundesregierung zu den Ereignissen von Kleinen rief Schmückle an und bat um ein Gespräch, da er ihm einiges von Oliver zu sagen hätte. Als er an der Tür klingelte, ließ Richard Zurek ihn ins Haus und warf ihn nach zwanzig Minuten hinaus, da er nichts als wilde Verwünschungen gegen den Staat und die Polizei hervorbrachte und ihn für einen angeblich wissenschaftlichen Kongress der Frankfurter Universität gewinnen wollte, auf dem internationale Persönlichkeiten über Staatskriminalität in den westlichen Demokratien sprechen sollten und auf dem auch die Umstände des Todes von Oliver Zurek und die Vertuschungsversuche des Staates und der Staatsanwaltschaft zur Sprache kommen sollten. Geplant sei die Gründung einer Enquete-Kommission Regierungskriminalität, wobei Schmückle hoffte, Olivers Vater für eine Mitarbeit zu gewinnen. Bevor Richard Zurek die Tür hinter ihm schloss, forderte er ihn auf, seine Belästigungen einzustellen, wozu er auch die missbräuchliche Nutzung des Namens seines Sohnes auf den Losungen an seinem Haus rechne. Schmückle war durch die klare Zurechtweisung nicht aus der Fassung zu bringen, sondern sprach weiterhin mit ihm, als sei der alte Mann einer seiner revolutionären Genossen.

Als Richard Zurek ins Zimmer zurückkam, lachte seine Frau über den jungen Dummkopf, doch er sagte verärgert: »Es ist überhaupt nichts Komisches daran, Rike. Dieser Mensch war einmal mein Schüler, ich habe ihn unterrichtet, er saß vor mir auf der Bank. Wirklich, ich habe immer öfter das Gefühl, dass ich Idioten ausgebildet habe, die überhaupt nichts begriffen haben. Vielleicht hat diese Zeitung Recht, die über mich geschrieben hat, ich hätte Staatsfeinde erzogen. Vielleicht habe ich tatsächlich den falschen Beruf ergriffen.«

»Du warst ein sehr guter Lehrer, Richard, und der beste Direktor, den diese Schule je hatte. Das sagen alle, die dich kennen, und das weißt du auch.«

»Ich habe da meine Zweifel. Na, wie auch immer, vielleicht ist es etwas zu spät, darüber nachzudenken, welcher Beruf für mich in Frage kommt. Schließlich werde ich in zwei Monaten zweiundsiebzig.«

»Für mich warst du immer ein Lehrer. Schon als ich dich kennenlernte, war mir sofort klar, dass du ein Lehrer bist. Für dich kann ich mir gar keinen anderen Beruf vorstellen.«

»Woran hast du das damals gemerkt, Rike?«

»Du hast immer so klar und deutlich und laut gesprochen. Ich weiß noch, meine Freundin damals, die Hilde, mit der ich zusammen auf der Hebammenschule war, sie meinte, du wirst bestimmt einmal Bischof.«

»Wer? Ich?«

»Sicher. Ich war mit Hilde zum Studentenfasching gefahren, das war drei Jahre nach dem Krieg. Der Studentenfasching in Frankfurt, der war damals sogar bei uns berühmt, und wir beide hatten uns in der Klinik so einteilen lassen, dass wir zusammen dahin fahren konnten. Und dann kam es, wie es kommen musste. Du hast stundenlang mit Hilde getanzt und mich überhaupt nicht beachtet. Und da Hilde gar nichts mit dir anfangen wollte, habe ich ihr gesagt, sie soll die Finger von dir lassen, und habe dich geschnappt.«

»So? Du hast mich geschnappt? Ist mir gar nicht aufgefallen.«

»Habe ich dir das nie erzählt? Hilde hatte gesagt, den kannst du geschenkt haben, so wie der ist, wird der mal Bischof.«

»Wahrscheinlich, weil ich nicht mit ihr geknutscht habe«, knurrte ihr Mann.

»Rede nicht. Ich hab alles gesehen. Von wegen, ihr habt nicht geknutscht. Ich habe euch die ganze Zeit beobachtet.«

»Wie kam denn die dumme Gans auf Bischof?«

»Du wirktest schon damals so bedeutungsvoll, so ehrwürdig.«

»Willst du damit sagen, ich war verklemmt, Rike?«, fragte er misstrauisch.

»Ja, das auch. Ich habe zu Hilde gesagt, nein, der wird einmal Offizier oder Lehrer. Und dann habe ich dich gefragt, und du hast gesagt, dass du Deutsch und Latein und Physik studierst. Da habe ich Hilde nur einmal angesehen.«

»Offizier? Ich? Nein. Ich hatte drei Jahre Krieg und vier Jahre Gefangenschaft hinter mir, da kam Offizier für mich nicht mehr in Frage.«

»Jedenfalls hatte ich Recht. Du warst der geborene Lehrer, das war mir sofort klar.«

»Natürlich, Rike, du warst halt eine erfahrene Frau mit deinen zwanzig Jahren.«

Seine Frau protestierte. »Zweiundzwanzig war ich damals. Du warst zwar vier Jahre älter, aber völlig unreif. Als wir dir von unserer Arbeit erzählten und wie wir die Kinder holen, da hast du mit roten Ohren dagesessen und große Augen gemacht.«

»Mein Gott, ich hatte sieben lange Jahre mit Männern zusammengelebt. Ich war bereits sechsundzwanzig und immer noch Jungfrau.«

»Genau. Von Frauen jedenfalls hattest du keine Ahnung. Darum glaubte Hilde, du wirst einmal Bischof.«

»Und ihr wart zwei dumme, junge Gänschen, die ganz wild darauf waren, mit älteren Studenten herumzupoussieren.«

»Wir hatten unseren Spaß mit dir«, bestätigte sie lachend, »wir haben dir damals am Tisch ausführlich erzählt, wie es im Kreißsaal zugeht, wie wir mit den Frauen umspringen und dass wir die Kinder manchmal mit der Hand im Mutterleib drehen müssen, damit Köpfchen und Schulter zuerst herauskommen. Du hast keinen Ton gesagt. Hast stumm neben uns gesessen und wurdest ganz blass und nervös. Ich habe zu Hilde gesagt, hör jetzt auf, der arme Junge kippt uns vom Stuhl.«

»Das ist einfach nicht wahr, Rike.«

»Doch, mein Lieber. Und genau so warst du auch in den ersten Jahren der Ehe. Alles, was mit Fleisch und Blut zu tun hatte, hat dich verlegen gemacht. Anfangs, in den Monaten nach der Hochzeit, bist du nicht einmal nackt im Schlafzimmer herumgelaufen, und wenn du ins Bad kamst und ich stand völlig nackt da drinnen, hast du es sogar fertiggebracht, dich zu entschuldigen.«

»Das war halt meine gute Erziehung, Rike.«

»Ach was, schüchtern warst du. Und ich konnte nie mit dir darüber sprechen. Selbst im Bett konnte ich mit dir über nichts Körperliches, geschweige denn über Sex reden. Du wurdest sofort verlegen, es war dir unangenehm. Und das hat Jahre gedauert, ehe du etwas lockerer wurdest. Damals habe ich mir Sorgen gemacht, dass irgendetwas bei dir nicht stimmt. Ich hatte manchmal die Befürchtung, dir gefällt es nicht mit mir im Bett, weil ich mit dir nicht darüber reden konnte.«

»Ich war es nicht gewohnt, das war alles. Ich wollte nicht darüber reden, weil ich es nicht konnte.«

»Das meinte Hilde auch. Sie hat mich beruhigt und gesagt, wie ich dir das alles beibringen soll. Das hat ein wenig geholfen.«

»Du hast mit deiner Freundin über mich gesprochen?«

»Ja. Ist doch alles natürlich.«

»Du hast mit ihr über uns gesprochen? Darüber, wie wir …? Wie wir im Bett miteinander zurechtkommen?«

»Ja. Warum nicht?«

»Rike!«

»Wieso denn nicht? Frauen reden darüber, das ist völlig normal, das machen alle.«

»Das ist überhaupt nicht normal. Das Schlafzimmer, darüber hat man mit keinem anderen zu reden. Das ist der heilige Raum einer Ehe.«

»Ach was, heiliger Raum. Es ist das Schlafzimmer und keine Kirche. Wenn das ein heiliger Raum ist, dann haben wir beide uns jahrelang ganz schön danebenbenommen in deinem heiligen Raum.«

»Wie kann man mit Fremden über die eigenen Bettgeschichten reden? Ich verstehe das nicht. Mir würde es nie im Traum einfallen, mit irgendeinem darüber zu reden, was ich mit dir im Bett mache.«

»Frauen reden darüber, das ist nun einmal so. Man

redet über das Leben, die Kinder, über Kochen, und die Liebe gehört auch dazu. Und außerdem war es keine Fremde, es war meine beste Freundin. Sie hat mir die Geschichten mit ihrem Heinz erzählt, sollte ich da sagen, über das Schlafzimmer rede ich nicht, das ist ein heiliger Raum? Da hätte der ganze Kreißsaal vor Lachen gewackelt, mein Lieber.«

»Das hättest du nicht machen dürfen, Rike. Das ist mir heute noch unangenehm.«

»Es ist aber ganz natürlich, Richard. Man kann darüber reden, auch darüber. Und ein ganz klein wenig habe ich es dir ja beibringen können. Wenigstens mit mir, wenigstens im Bett hast du mal über deine Wünsche und Fantasien gesprochen.«

»Es war einfach ungewohnt für mich. Ich hatte ein Leben lang mit Männern zu tun gehabt. Tag und Nacht, immer nur Männer.«

»Und da habt ihr nie über Frauen geredet? Über eure Bedürfnisse und Sehnsüchte? Habt ihr nie darüber gesprochen, was euch fehlt, wovon ihr träumt?«

»Das war es ja. Tag und Nacht haben wir darüber geredet. An der Front gab es nur drei Themen, erstens den Zugführer und den Major, zweitens das Essen und drittens die Frauen. Oder vielmehr die Weiber, wie das bei uns hieß. Und wir hatten noch ein paar ganz andere Ausdrücke, das kannst du mir glauben.«

»Was? Du auch, Richard? Jetzt bin ich aber platt.«

»Und in der Gefangenschaft gab es nur noch zwei Themen, weil uns der Zugführer und der Major nicht mehr interessieren mussten. Und wenn du sieben Jahre lang von dem einen träumst, dann ist es ein ziemlicher Schock, wenn du es plötzlich in die Hände bekommst.«

Friederike Zurek sah ihren Mann zärtlich an. Etwas von diesem jungen unbeholfenen Jüngling, den sie vor mehr als fünfundvierzig Jahren auf einem Studentenfasching zum Tanz aufgefordert hatte, weil er sie damals ständig anschaute und vor Verlegenheit kein Wort herausbrachte, war noch immer bei ihm vorhanden.

»Damals, als wir dir beim Fasching von unseren Erlebnissen im Kreißsaal erzählt haben, hast du nie gelacht. Höchstens mal gelächelt. Als ob du dich nur mit höheren Dingen abgibst. Wie ein Lehrer eben.«

»Ja, ich erinnere mich, wie ihr mir von eurem Beruf vorgeschwärmt habt. Das hatte mir schon damals gefallen, und das blieb bei dir so. Für dich war Hebamme ja der großartigste Beruf auf der Welt.«

»Ist er auch. Jeden Tag bringt man etwas Schönes hervor. Und wenn es Ärger in der Klinik gab oder ich mit dem wenigen Geld nicht zurechtkam, dann musste ich nur an meine Babys denken, und dann war alles andere egal. Ich habe keine Minute in meinen Leben bereut, dass ich Hebamme wurde. Du kannst dir das nicht vorstellen, jeden Tag hältst du ein paar winzige Kinderchen in der Hand, rosig und zart und so hilflos. Und wenn du das Glück auf den Gesichtern der jungen Mütter siehst, wenn du ihnen ihr Kind auf die Brust legst, wenn du siehst, wie sie strahlen, wie wunderschön dann die Frauen sind, dann weißt du, es ist wirklich der schönste Beruf.«

»Ja, und dann wurden deine Babys groß und kamen in meine Schule, und da zeigte sich, es waren alles Idioten. Ihr habt sie rausgeholt, aber ihr habt euch nie darum gekümmert, was später aus ihnen wird.«

»Sei nicht so ungerecht. Du hattest viele gute Schüler, aus denen etwas geworden ist. Darauf darfst du stolz sein.«

»Du hast Recht, Rike. Ein paar gute und begabte Kinder waren dabei. Aber so leicht wie du konnte ich nicht mit ihnen umgehen. Sie an den Beinen hochnehmen wie du und ihnen einfach einen Klaps auf den Po geben, so einfach hatte ich es nicht.«

Friederike Zurek lachte auf. »Ja«, sagte sie, »Babys sollten Babys bleiben, das wäre schöner.«

»Vielleicht hätte ich auch Hebamme werden sollen. Ein Hebammerich. Schade, dass es diesen Beruf nicht für Männer gibt.«

»Na, das gäbe was! Ihr wärt den Frauen eine prächtige Hilfe! Würdet wahrscheinlich umkippen, sobald ein bisschen Blut zu sehen ist.«

»Du hattest wirklich einen sehr schönen Beruf. Was habe ich dagegen gemacht! Manchmal habe ich das Gefühl, es war alles umsonst. Es hat nicht gelohnt. Ich habe das Wasser gepeitscht.«

»Was redest du denn da, Richard? Du warst ein wunderbarer Lehrer, und du hast so viele Schüler, die dir heute dankbar sind und dich verehren. Von meinen Babys ist nie eins später zu mir gekommen, um sich zu bedanken. Bei dir dagegen, wenn ich mit dir durch die Stadt gehe, alle grüßen dich, alle haben Respekt vor dir. Deine Schüler haben dich geliebt. Und ich weiß, dass du ihnen viel mehr geholfen hast, als der Lehrplan vorsieht. Wenn ich an die Flüchtlinge aus dem Osten denke. Oder die Kinder von den Gastarbeitern, da bist du bis zum Bürgermeister gegangen. Oder die beiden Kinder von diesen Stuckerts. Da warst du es, der das Jugendamt eingeschaltet hat. Und was sich dann herausstellte, das war ja kriminell, die Kinder hätten das gar nicht überlebt ohne dich.«

»Na ja, das war meine Pflicht.«

»Du hast immer mehr getan, als deine Pflicht war. Also rede dir jetzt nicht ein, dass du ein schlechter Lehrer warst. Du warst für diesen Beruf geboren, Richard.«

»Ich danke dir, Friederike.«

»Manchmal bist du wirklich komisch. Manchmal könnte ich mich ausschütten vor Lachen über dich«, erwiderte seine Frau amüsiert.

14.

Ihr Antrag auf eine Besuchserlaubnis für Katharina Blumenschläger wurde nach sechs Wochen abschlägig beschieden. Da wegen des Verdachts auf Mitgliedschaft in einer terroristischen Vereinigung und wegen Mordes gegen sie ermittelt werde, wurden vor dem Abschluss aller Ermittlungen keine Besuchsgenehmigungen erteilt. Herr und Frau Zurek wurden außerdem zurechtgewiesen, weil sie in ihrem Antrag geschrieben hatten, sie wollten ihre Schwiegertochter besuchen. Nach Auskunft des Einwohnermeldeamtes sei Frau Katharina Blumenschläger ledig, das Ersuchen der Eheleute Zurek enthalte eine Unwahrheit, was nach den Gepflogenheiten der Behörde in jedem Fall dazu geführt hätte, dem Antrag nicht stattzugeben.

Richard Zurek machte seiner Frau wegen der falschen Angabe Vorwürfe, doch sie versicherte ihm, sie habe alles korrekt ausgefüllt, sie sei nur der Meinung gewesen, dass Katharina im Grunde ihre Schwiegertochter war, da sie mit ihrem Sohn zusammengelebt habe.

»Ich hatte dir den Brief gezeigt, Richard«, sagte sie empört, »ich hatte geschrieben, dass sie gefühlsmäßig meine Schwiegertochter ist, und das ist die reine Wahrheit.«

»Gefühlsmäßig! Rike! Du darfst den Behörden nichts von deinen Gefühlen schreiben. Das kommt in die Akten und geht in den Computer, und der stellt dann fest: eine Lüge. Na, wir werden ihren Prozess abwarten und einen neuen Antrag stellen.«

Ende August erreichte sie ein Brief von Katharina Blumenschläger aus dem Untersuchungsgefängnis in Bielefeld. Der Brief bestand aus drei Blättern, die beidseitig mit der Hand beschrieben waren. Sie dankte ihnen für den Brief und die Kontaktaufnahme, und bedauerte, dass es ihr bisher nicht möglich war, Olivers Eltern kennenzulernen. Dann beschrieb sie die Zelle, in der sie seit fünfzehn Monaten lebte. Sie hätte sich einen sehr disziplinierten Tagesablauf verordnet, um die Isolationshaft überstehen zu können, und verfolge akkurat ihren sich selbst verordneten Arbeitsplan. Diese Disziplin habe sie sich durch Olivers Hilfe antrainiert. ›Eigentlich war ich‹, schrieb sie, ›immer ein sehr inkonsequentes und unausgeglichenes Mädchen, ich habe Ordnung jeder Art spontan abgelehnt und verachtet. In der Zeit mit Oliver aber habe ich begriffen, welch ein wunderbares Korsett die Disziplin sein kann. Seine Moral, seine Kraft und Disziplin haben mir in den Jahren der Illegalität geholfen. Und jetzt sind es die Erinnerungen an ihn und diese Disziplin, die mir helfen, über die Abgründe der Isolationshaft hinwegzukommen. Um nicht in den Wahnsinn abzustürzen, der meine kleine Zelle von allen Seiten umschließt. Seine Disziplin ist meine Balancestange. Oliver war ein sehr schöner Mann, aber – es mag merkwürdig klingen und ist vielleicht für andere nicht verständlich – bewundert und geliebt habe ich seine Fantasie. Sie hatte mich mehr als alles andere für ihn eingenommen.‹

Mit keinem Wort ging sie auf die Wohnorte ein, an denen sie illegal gelebt hatten, noch erzählte sie etwas von dieser Zeit.

›Ich weiß, alle meine Briefe werden kontrolliert und gelesen, jede Zeile wird von der Staatsanwaltschaft als brauchbare Information angesehen. Man wertet meine Briefe wie ein Ermittlungsergebnis, macht von ihnen Abschriften für die Akten, und das alles geschieht vermutlich sehr willkürlich und spekulativ. Ich möchte nicht unabsichtlich Verrat begehen und andere belasten oder gefährden. Jede unbedachte oder interpretierbare Zeile würde sofort zu neuen Untersuchungen in die verschiedensten Richtungen führen, wofür ich keinen Anlass geben möchte.‹

Und der Brief endete mit den Sätzen: ›Ich danke Ihnen, dass Sie mich Ihre Schwiegertochter nennen. Es ist die Wahrheit. In herzlicher Verbundenheit, Ihre Katharina Blumenschläger.‹

Friederike Zurek antwortete ihr noch am selben Tag. Sie stellte ihr viele Fragen und bat sie nochmals, ihnen zu schreiben, was sie ihr ins Gefängnis schicken könnten, was sie benötige und was von der Gefängnisleitung erlaubt sei. Da sie kein privates Foto von Katharina Blumenschläger besaß, hatte sie aus einer Illustrierten ein Bild von ihr herausgeschnitten, das dem Betrachter nicht unbedingt wie ein Fahndungsfoto erschien, hatte es in einen Holzrahmen gesteckt und in Olivers Zimmer auf den Schreibtisch gestellt.

Fünf Monate nach der Einstellung des Verfahrens und der Veröffentlichung des Abschlussvermerks teilte ihnen Feuchtenberger telefonisch mit, dass seine Beschwerde nun formuliert sei und er eine Kopie an sie am Vortag bereits in die Post gegeben habe. Eine Kopie des Gutachtens von Professor Socker habe er der Postsendung beigelegt; und er bat sie, die Beschwerde möglichst bald durchzusehen, um ihm dann ihr Einverständnis oder mögliche Einwände mitzuteilen.

»In meiner Post war heute kein Brief von Ihnen«, sagte Richard Zurek.

»Es ist kein Brief, es ist ein Päckchen geworden. Die Beschwerde habe ich ausführlich abgefasst, es sind mehr als hundert Seiten«, erwiderte Feuchtenberger.

Richard Zurek war verblüfft und sagte, wenn der Einspruch derart umfangreich geworden sei, müsse er sein großzügiges Angebot, sich diese Arbeit nicht honorieren zu lassen, ablehnen. Feuchtenberger protestierte, ließ sich aber umstimmen. Die Beschwerde wäre umfänglicher geworden, als er selbst angenommen habe, und da die Kanzlei momentan etwas klamm sei, würde er, anders als zuvor gesagt, ihm lieber eine Rechnung stellen, wenn auch nur zur Hälfte des üblichen Gebührensatzes.

Sie erhielten die Sendung am nächsten Tag und lasen umgehend die Beschwerdebegründung. Der Schriftsatz war auch von Bernster unterzeichnet, einem Kollegen des Anwalts, der mit ihm in der Kanzlei tätig war, und listete auf vielen Seiten nochmals die erheblichen Widersprüche und Unklarheiten auf, die eine Einstellung nicht zulassen könnten. Das Gutachten von Professor Socker war fast doppelt so dick.

Das aus der Sicht der Anwälte wichtigste Indiz, das

gegen eine Verfahrenseinstellung sprach, war die Körperhaltung des Toten auf dem Gleisbett. Seine rechte Hand und ein Teil des rechten Arms lagen unter dem Körper, was die Annahme eines Selbstmords unzweideutig ausschloss. Ausführlich gingen die Anwälte auf den Umstand ein, dass keine der Aussagen der unbeteiligten Zeugen gewürdigt wurden, jene Aussagen, die in einem eklatanten Widerspruch zu den Aussagen der beteiligten und zum Teil beschuldigten Beamten stehen. Die Aussagen der unmittelbaren Tatzeugen, schrieben sie, würden in einer nicht mehr nachvollziehbaren Weise missverstanden, verkürzt und polemisch interpretiert, um sie schließlich als unglaubhaft abzutun. Angesichts der Tatsache, dass es sich bei diesen Personen um die einzigen nicht beteiligten Tatzeugen handele, wecke eine solche Vorgehensweise den Verdacht, sie sollten systematisch demontiert werden. Zudem listeten Feuchtenberger und Bernster eine Reihe von Unterlassungen der Staatsanwaltschaft auf, die wesentliche und zwingend gebotene Ermittlungsmaßnahmen unterlassen oder nicht zu Ende geführt habe, sobald zu vermuten war, dass diese ein Ergebnis brächten, das die vorgefassten Annahmen der Staatsanwaltschaft gefährde.

Im Gutachten von Professor Socker wurden sämtliche wesentlichen Punkte der von der Staatsanwaltschaft vorgelegten Gutachten Schritt für Schritt und mit penibler Genauigkeit widerlegt. Friederike und Richard Zurek lasen auch diese zweihundert Seiten aufmerksam, obwohl ihnen alle Fakten und Umstände bekannt und vertraut waren. Sie saßen im Wohnzimmer zusammen am Esstisch und lasen drei Tage lang in den beiden Schriftstücken. Wenn Richard Zurek eine Seite gelesen hatte, reichte er sie seiner Frau hinüber. Einige Male fragte sie ihn nach einer Textstelle, die ihr unklar und unverständlich war, die meiste Zeit saßen sie schweigend nebeneinander, vollständig in ihre Lektüre vertieft. Gelegentlich atmete einer von ihnen vernehmlich auf oder seufzte, woraufhin der andere einen besorgten, fragenden Blick auf den Ehepartner warf, doch der lächelte nur schmerzlich oder empört und las weiter, ohne etwas zu sagen. Am Nachmittag des dritten Tages war Richard Zurek mit beiden Manuskripten fertig und wartete geduldig, bis seine Frau die restlichen Seiten gelesen hatte.

»Er ist unschuldig, unser Junge«, sagte seine Frau, als sie den Blick vom Blatt hob und ihrem Mann in die Augen sah, »er hat den Polizisten nicht erschossen und sich selbst auch nicht.«

Richard Zurek sah sie schweigend und hilflos an.

»Es kann gar nicht anders sein«, fuhr sie fort, »Oliver ist unschuldig.«

»Das wissen wir«, erwiderte er, »aber der Staatsanwalt hat anders entschieden.«

»Ich bin sicher, die Beschwerde hat Erfolg, Richard. Sie muss Erfolg haben. Alles ist so klar und offensichtlich.«

»Nein, Rike, Feuchtenberger hat mir schon vor Monaten gesagt, dass die Beschwerde keinen Erfolg haben wird. Es ist nicht allein ein Staatsanwalt, der anders entschieden hat. Es ist ein ganzer Staat, der sich beschuldigt sieht. Und ein Staat muss siegen, möge auch die Gerechtigkeit dabei zugrunde gehen.«

»Hast du aufgegeben, Richard?«

»Nein. Ich werde nicht aufgeben. Wir haben verloren, Rike, aber aufgeben werde ich nicht. Ich gehe jetzt und rufe den Anwalt an.«

Feuchtenberger hatte bereits auf den Anruf gewartet. Er fragte, ob Richard Zurek irgendwelche Einwände habe oder Korrekturen wünsche, und sagte, er würde die Beschwerde noch am selben Tag abschicken. Richard Zurek hatte den Hörer gerade aufgelegt, als das Telefon klingelte und Feuchtenberger sich noch einmal meldete.

»Ich habe etwas vergessen zu fragen, Herr Zurek«, sagte er entschuldigend. »Haben Sie auf Ihre Briefe eine Antwort bekommen? Die wäre möglicherweise in der Schrift aufzunehmen, zitatweise oder vollständig als Anhang.«

Da Richard Zurek nicht antwortete, fuhr der Anwalt fort: »Ich meine eine Antwort auf Ihre Briefe an den Minister und den Generalsbundesanwalt.«

Richard Zurek erwiderte nichts und Feuchtenberger fragte, ob er noch am Apparat sei.

»Ja ja«, sagte Richard Zurek. Seine Stimme klang heiser.

»Das heißt, Sie haben keine Anwort bekommen, weder vom Minister noch von dem Generalbundesanwalt. Ist das richtig?«

»Lieber Herr Feuchtenberger«, sagte Zurek endlich, »ich habe siebenunddreißig Jahre als Lehrer gearbeitet und oft genug darüber gestöhnt, wie beschränkt meine Schüler sind, wie schwer sie begreifen. Ich habe manchmal geglaubt, ich unterrichte Idioten. Heute muss ich feststellen, dass der einzige Idiot in der Klasse ich selbst war. Ich habe meinen Schülern im Lateinunterricht beigebracht, dass ein Minister ein Diener sei, ein Gehilfe, ein Dienstmann. Die Schüler haben sich darüber amüsiert, und ich hielt sie für beschränkt. Im Deutschunterricht und in Gesellschaftskunde habe ich ihnen die Demokratie erläutert und erklärt, was ein Beamter ist, nämlich ein Staatsangestellter mit einer besonderen Treuepflicht. Ein Mensch, für den der Staat sorgt und der seinerseits selbstlos dem Staat und der Gerechtigkeit zu dienen hat. Die Schüler haben gelacht, und ich konnte nur den Kopf schütteln über so viel Unverstand. Aber es war ein Irrtum. Nicht ich, meine Schüler hatten Recht. Ich bin der Idiot, und alles, was von dem Gedanken eines Gemeinwesens und eines Beamten übriggeblieben ist, von der Idee des Staates, das ist der Übermut der Ämter.«

Als er schwieg, lachte Feuchtenberger auf: »Sie haben einen einzigen Fehler gemacht, Herr Doktor Zurek. Sie hätten das Wort Minister nicht übersetzen sollen, das war Ihr Missgriff. Die Übersetzung erst bringt soviel Unheil in die Welt, dass wir sie nicht mehr verstehen. Wir haben in der Kanzlei seit zwei Monaten einen Praktikanten, einen Jurastudenten im dritten Jahr, der uns etwas aushelfen soll. Als mein Kollege Bernster vier Tage im Gericht zu tun hatte, sollte er in der Zeit ein Antwortschreiben entwerfen. Es handelte sich um eine Klage in einem Versicherungsfall mit einem amerikanischen Wirtschaftspartner. Der gute Junge hatte in der Woche nichts Besseres zu tun, als die achtzig Seiten unseres amerikanischen Kollegen zu übersetzen, anstatt einfach eine Antwort aufzusetzen. Bernster hat mir die Übersetzung gezeigt. Sie war grotesk und völlig unbrauchbar. Der Junge hatte sehr gut übersetzt, fehlerfrei, er beherrscht die Juristensprache der Amerikaner, aber es war lächerlich, wir konnten nichts davon gebrauchen. Mit seiner Übersetzung konnten wir nichts anfangen, überhaupt nichts. Bei so komplexen Vorgängen kann eine Übersetzung wenig oder nichts helfen, sie führt in die Irre. Unterlassen Sie es künftig, Beamte oder Minister zu übersetzen.«

Er lachte wieder und sagte, da Richard Zurek nichts erwiderte: »Dann schicke ich die Beschwerde mit unserem Gutachten ab. Wir hören voneinander, Herr Zurek.«

»Ich bin heute unglücklicher als vor einem Jahr, Herr Feuchtenberger. Auf Wiederhören«, sagte Richard Zurek und legte den Hörer auf.

15.

Im September wollten Christin und ihr Mann gemeinsam zu einem Kongress nach Dallas fliegen, und Friederike Zurek hatte, ohne sich mit ihrem Mann abzustimmen, sofort zugesagt, Konstantin und das Haus der Kinder für eine Woche zu betreuen. Diese kleine Reise nach Hamburg genossen sie beide. Sie spazierten allein oder mit ihrem Enkel durch die Stadt, sie besuchten zweimal zusammen eine Kinovorstellung und gingen jeden zweiten Tag mit ihm essen. Im Haus der Tochter gab es für sie wenig zu tun, da eine Frau Becker jeden Tag für fünf Stunden erschien, um die Arbeiten in der Küche und im Garten zu verrichten. So versuchten sie, mit dem Enkel zu spielen, und lasen, da der Junge es vorzog, sich mit dem Computer zu beschäftigen oder vor dem Fernseher zu sitzen, in den Büchern und Zeitschriften der Kinder. Keiner kannte sie in Hamburg, keiner sprach sie auf Oliver an, keiner drehte sich nach ihnen um, und sie begannen diese Stadt zu lieben. Als sie an einem späten Nachmittag in einem Café am Altonaer Fischmarkt saßen, beschwerte sich ihr Enkel, weil sie so oft lachten.

»Papa würde sagen, ihr kaspert herum.«

»Da hat dein Papa Recht, Konstantin. Oma und Opa kaspern gern. Erzähl das bloß nicht deinen Eltern. Was sollen die von uns halten.«

Als Christin und Matthias von der Reise zurückkamen, blieben die beiden Zureks noch für einen Abend und für eine Nacht bei ihnen zu Gast. Christin bedankte sich mehrmals bei den Eltern, und dann erzählte sie den ganzen Abend von dem Kongress und den Besichtigungstouren, die sie in Dallas gemacht hatten. Über Oliver verloren sie kein Wort. Matthias hatte sich bald nach dem Abendessen verabschiedet, er wollte seine Post und die Mails durchsehen und ein paar Arbeitsunterlagen, da er sich am nächsten Morgen bei einem neuen Kunden vorzustellen hatte, einem Unternehmen des Neuen Marktes, einem der wirklichen Marktführer, wie er sagte. Keiner protestierte, als er aufstand und sich mit einer Handbewegung verabschiedete.

Am nächsten Morgen brachte Christin ihre Eltern zur Bahn. Matthias hatte schon vor dem Frühstück das Haus verlassen und Konstantin war bei Frau Becker geblieben. Im Auto fragte Christin, ob diese fatale Geschichte mit Oliver nun endlich zu Ende sei oder ob sie damit rechnen müsse, nochmals eine Presselawine über sich ergehen zu lassen. Ihr Vater berichtete ihr, dass der Anwalt Beschwerde eingelegt und ein neues Gutachten habe anfertigen lassen. Christin schüttelte schweigend den Kopf.

»Ich hoffe, dass diese Geschichte endlich einmal zu einem Ende kommt.«

»Wir wollen nur Gerechtigkeit für Oliver«, erwiderte ihr Vater, »wir tun für unser Kind, was wir tun müssen. Und für dich würden wir das Gleiche tun.«

Christin lachte auf: »Ich glaube nicht, dass das bei

mir nötig ist. Ich besitze gottlob keine kriminelle Energie. So weit geht die Verwandtschaft nicht.«

»Oliver hat den Polizisten nicht erschossen. Und er hat auch sich nicht erschossen. Er ist unschuldig«, sagte ihre Mutter bestimmt.

»Mama, ich bitte dich! Du willst mir doch nicht einreden, dass er tatsächlich vollkommen unschuldig ist, das kannst du nicht ernsthaft annehmen. Er war fünf Jahre verschwunden, im Untergrund. Was hat er da gemacht? Kirchenlieder gesungen?«

»Ich weiß es nicht, Christin, aber nichts von dem, was ihm vorgeworfen wird, hat sich bestätigt. Ganz im Gegenteil«, entgegnete ihre Mutter, und ihr Vater ergänzte: »Die Abschlussberichte der Staatsanwaltschaft und der Regierung stimmen vorn und hinten nicht. Sie lügen und lügen und lügen, und sie reden sich wahrscheinlich ein, dass sie das tun, um die Demokratie zu retten. Doch damit zerstören sie, was die Demokratie begründet: das Vertrauen, ohne das eine Gemeinschaft nicht lebensfähig ist.«

»Papa, ich lese auch Zeitung. Und ich habe mir die Abschlussberichte sehr aufmerksam angesehen. Dass du glaubst, Oliver sei unschuldig, das nehme ich dir nicht ab. Er war ein Terrorist, Papa! Nur darum lebte er im Untergrund. Man hat Waffen bei ihm gefunden, man hat ein Erddepot entdeckt, das eindeutig ihm gehörte und wo sogar ein Maschinengewehr aufgefunden wurde. Wie kannst du da sagen, Oliver sei unschuldig? Vielleicht hat er wegen seiner irren Ideen Menschen umgebracht. Ein Menschenleben zählt bei denen nichts.«

»Ich weiß, Christin. Daran denke ich Tag und Nacht. Seit Jahren schon, seit Oliver untergetaucht war. Aber es gibt dafür keinerlei Beweise. Und in Kleinen hat er niemanden umgebracht, auch sich selbst nicht.«

»Das sieht die Staatsanwaltschaft aber etwas anders, Papa.«

»Sie lügen, Christin. Sie lügen, weil die Wahrheit selbst für sie zu niederträchtig ist.«

»Habt ihr vor, ihm ein Denkmal zu errichten?«

»Er ist mein Sohn, Christin. So wie du meine Tochter bist.«

»Das ist die Gemeinsamkeit, die wir haben, darüber hinaus sehe ich ein paar Unterschiede zwischen Oliver und mir. Und ich sehe keinen Grund, nicht einen einzigen, warum wir aus falscher familiärer Rücksicht irgendetwas von dem verteidigen sollten, was er angerichtet hat. Oliver hat sein Leben vertan, Papa. Er ist irgendwann durch irgendwelche schlimmen Freunde in diese Sackgasse der Gewalt gerutscht und war nicht fähig, da wieder herauszukommen. Den Jungen, den ich kenne, der in eurem Haus gewohnt hat, mit dem ich jeden Nachmittag in unserem Garten gespielt, mit dem ich stundenlang auf der Schaukel zusammengesessen habe, dem ich jeden Tag eine Geschichte erzählen musste, mit dem ich groß wurde, den gibt es schon lange nicht mehr. Das solltet ihr endlich begreifen. Es ist schlimm für euch, ich weiß, sehr schlimm, aber ihr habt nichts damit zu tun. Ihr habt ihn nicht so erzogen, ihr seid an diesem Irrweg wirklich schuldlos. Ihr müsst euch da nicht nachträglich hineinziehen lassen. Nicht von diesem Terroristenanwalt und nicht von diesen Radikalinskis, die aus Oliver einen Märtyrer machen wollen.«

Sie entdeckte einen freien Parkplatz neben den wartenden Taxis, dann stieg sie aus, um einen Parkschein zu lösen, während ihre Eltern das Gepäck aus dem Wagen nahmen. Als Christin zurückkam, legte sie den Schein hinter die Frontscheibe, nahm ihrer Mutter die Tasche ab, und eilig liefen die drei durch die Bahnhofshalle. Christin wies auf die Anzeigentafel, sie gingen zu dem angegebenen Gleis, wo der Zug bereits abfahrbereit stand. Nachdem sie den Eltern ihr Gepäck hochgereicht hatte, stieg Christin selbst die zwei Stufen hoch, um sich zu verabschieden.

»Sei nicht ungerecht, Christin«, sagte ihre Mutter. »Nun ist er tot, nun kannst du ihn wieder so lieben wie früher.«

Sie umarmten sich und hielten sich einen Moment fest umschlungen, dann löste sich Christin und sagte: »Wie früher? Wie damals in unserem kleinen Haus mit dem Gärtchen? Nein, Mama, dafür ist zu viel vorgefallen. Mein niedlicher Bruder, der so viel Fantasie besaß, der ist vor langer Zeit gestorben. Ich vermisse ihn auch, meinen kleinen Bruder, ich vermisse ihn sehr. Ich vermisse meinen toten Bruder jeden Tag. Aber diesen wunderbaren Bruder, den hat Oliver vor vielen Jahren getötet.«

Dann umarmte sie kurz ihren Vater und bedankte sich nochmals, dass sie auf Konstantin aufgepasst hatten.

»Er ist ein netter Junge, dein Konstantin«, sagte ihre Mutter mit einem Lächeln, das um Verständnis bat.

Christin nickte knapp, winkte mit der Hand und stieg aus dem Waggon. Sie wartete auf dem Bahnsteig, bis der Zug anfuhr, dann winkte sie nochmals, drehte sich um und ging zu ihrem Auto.

Nachdem Friederike und Richard Zurek ihr Gepäck verstaut und die Plätze eingenommen hatten, betrachteten sie das am Fenster vorbeigleitende Hamburg. Der Zug fuhr an einer großen Glashalle mit einem runden Dach vorbei und an Neubauten, dann tauchten die Tennisplätze auf und die Industrieanlagen des Stadtrands. Als sie sich nach einigen Minuten ansahen, lächelte sie ihren Mann an und sagte: »Das stehen wir durch, Richard.«

»Ja«, erwiderte er leise.

Einen Tag nach ihrer Rückkehr ging Richard Zurek ins Pfarrhaus. Pfarrer Alarich hatte den Gemeindekirchenrat eingeladen, und da Richard Zurek den beiden letzten Treffen ferngeblieben war, hatte er sich entschlossen, an dieser Sitzung auf jeden Fall teilzunehmen. Sie dauerte zwei Stunden, man sprach über die finanzielle Situation und den seit langem geplanten Bau eines Gemeindesaals, der in zwei Jahren in Angriff genommen werden sollte. Diesen Termin hatte ihnen die Bank angeraten, da zu diesem Zeitpunkt so viel Geld auf dem Konto für den Neubau sein würde, dass die Zinsbelastungen für die notwendigen Kredite ausreichend abgesichert seien. Der Pfarrer unterrichtete die Ratsmitglieder über seine bevorstehende Pensionierung. In vierzehn Monaten würde er in den Ruhestand gehen, die Kirchenleitung würde in der nächsten Zeit Kandidaten für seine Nachfolge benennen. Die Mitglieder des Gemeindekirchenrates, es waren fünf Männer, keiner von ihnen war jünger als fünfzig, reagierten auf die Mitteilung mit Bedauern, doch da sie seit langem darum wussten, waren sie nicht überrascht. Sie wurden sich rasch einig, dass es für die Gemeinde wünschenswert sei, einen jungen Pfarrer als Nachfolger zu bekommen, der möglichst lange bei ihnen bleibe, und sie ersuchten Pfarrer Alarich, bei der Kirchenleitung ihren Wunsch vorzutragen.

Als sie sich verabschiedeten, bat der Pfarrer Alarich Richard Zurek, einen Moment zu warten, und fragte, nachdem die anderen gegangen waren, wie es ihm und seiner Frau gehe, ob er ihnen irgendwie helfen könne. Richard Zurek dankte und sagte, sie kämen zurecht.

»Es ist ein Alptraum«, sagte er dann plötzlich zu dem Pfarrer, »ein Alptraum, der nicht aufhören will. Und ich finde nicht den Ausgang. Wann komme ich da nur heraus?«

»Ich bete für Sie«, erwiderte der Pfarrer. Er sah ihn aufmunternd an, dann senkte er den Blick, als schämte er sich seiner Worte.

16.

Im Oktober klingelte Lutz Immenfeld bei ihnen an der Tür. Er war ein Schulkamerad von Richard Zurek. Die beiden waren in Freundschaft über die Schule und die gemeinsame Zeit in der Wehrmacht hinaus verbunden geblieben, auch wenn sie sich selten sahen, da Lutz Immenfeld in ihre alte Heimatstadt Kassel zurückgekehrt war, während Richard Zurek nach der Rückkehr aus der Kriegsgefangenschaft zum Studium nach Frankfurt gegangen war und seine weiteren Wohnsitze von der Schulbehörde bestimmt wurden. Sie sahen sich sehr selten, zumeist lagen Jahre zwischen ihren Treffen, aber die Zeit und die Entfernung hatten nichts an ihrem vertrauten Umgang miteinander verändert. Der Schulfreund hatte zwei Tage zuvor bei den Zureks angerufen und sein Erscheinen angekündigt. Er hatte beruflich in Wiesbaden zu tun und wollte auf der Heimfahrt am Nachmittag bei seinem Schulfreund vorbeischauen.

Lutz Immenfeld war durch einen Heimaturlaub vor der Kriegsgefangenschaft bewahrt worden, hatte nach dem Krieg Philosophie und alte Sprachen studiert, dann vier Jahre als Privatgelehrter sein Geld zu verdienen gesucht, um schließlich im väterlichen Betrieb zu arbeiten, einer kleinen Fleischerei. Er schloss, schon verheiratet und Vater zweier Söhne, erfolgreich die Lehre ab, machte seinen Meisterbrief und studierte im Fernstudium nebenbei Betriebswirtschaft. Als er siebenunddreißig war, starb sein Vater, und er übernahm die Fleischerei, eröffnete nacheinander vier Filialen in Kassel und begründete, als diese florierten, in Hessen und im südlichen Niedersachsen eine Fleischereikette, zu der inzwischen vierundvierzig Geschäfte gehörten. Seine beiden Söhne leiteten jetzt seinen Großbetrieb, einer war für den riesigen Schlachthof zuständig, der andere für die Läden, aber Lutz Immenfeld hatte seine Firma lediglich nominell den Söhnen übergeben, er war noch immer die treibende Kraft seines Unternehmens und schien, sehr zum Verdruss seiner beiden Söhne, überall anwesend zu sein.

Die beiden Schul- und Kriegskameraden begrüßten sich herzlich und klopften sich mehrmals auf die Schultern. Dann wandte sich Lutz Immenfeld an Friederike Zurek, gab ihr einen korrekten Handkuss und überreichte ihr eine Kühlbox, die bis zum Rand mit Fleisch und Wurst gefüllt war. Friederike Zurek protestierte und wollte das Geschenk zurückweisen, weil sie Wochen benötigen würden, um diese Fleischmenge zu verzehren. Ihr Gast erwiderte belustigt, sie solle die Reste dem Hund geben. Die beiden Männer setzten sich ins Wohnzimmer und erzählten sich, was sie in den letzten drei Jahren getrieben hatten. Lutz Immenfeld konnte von seinem noch immer expandierenden Unternehmen berichten; er hatte in den nun wirtschaftlich schwieriger gewordenen Zeiten eine zweite Kette in Hessen eröffnet mit billigen Angeboten, um den Großmärkten gewachsen zu sein und sie gleichzeitig im Service und speziellen Angeboten zu überbieten.

»Es ist hübsch, wenn sich eine Million aus Tausendern zusammensetzt, aber mit Kleingeld geht es auch, es dauert nur ein wenig länger. Und wie sieht es bei dir aus? Finanziell kommst du zurecht?«

»Ich habe meine Pension und Rike ihre Rente, uns geht es ganz gut.«

»Ich habe im letzten Jahr viel an dich gedacht, Richard. War ja alle naselang etwas von euch und Oliver in der Zeitung zu lesen.«

Richard Zurek stimmte ihm zu und sagte: »Allerdings war weniges davon wahr. Diese Journaille ist wie ein Krebsgeschwür, wuchernd und tödlich giftig.«

»Wem sagst du das! Ich weiß doch, was sie alles über mich geschrieben haben, nur weil ich ein wenig Erfolg habe. Aber das lasse ich an mir abtropfen wie Wasser. Und inzwischen kommt keiner von denen in mein Haus oder in meinen Betrieb. Sie sollen bei mir einkaufen, ihr Steak fressen und den Mund halten.«

»Es ist nicht allein die Presse. Sie lügen alle. Die Staatsanwaltschaft, die Polizei, die Gutachter, der ganze Staat. Es ist wie eine riesige Verschwörung. Wie eine Eiterbeule.«

»Na, na, na! Staatsverschwörung gegen Richard Zurek? Das glaubst du doch nicht im Ernst.«

»Nein, Lutz, du hast Recht, im Ernst glaube ich nicht daran. Aber es deutet so vieles darauf hin. Wenn du die Abschlussberichte der Staatsanwaltschaft und der Bundesregierung liest und dann das, was mein Anwalt dazu anmerkt, dann wird dir übel.«

»Ist dein Sohn schuldlos?«

»Ich weiß es nicht. Ich sehe nur, dass man ihm nichts nachweisen kann, aber einen Mord rechtfertigen muss. Denn er ist ermordet worden.«

»Dann beweis es. Geh nochmals vor Gericht.«

»Was wir tun konnten, haben wir getan. Irgendwann ist das Ende der Fahnenstange erreicht. Dann sind weitere Rechtsmittel nicht zulässig.«

»Vielleicht hast du den falschen Anwalt. Ich habe fünf Prozesse hinter mir, fünf große Prozesse. Davon habe ich zwei verloren, weil ich meinen Anwalt aus Kassel genommen hatte, und drei gewonnen, weil ich eine Kanzlei aus München beauftragt hatte, so eine mit diesen Staranwälten, von denen man fortwährend etwas in der Presse liest. Sauteuer, aber sie sind ihr Geld wert. Ich wusste, dass ich gewonnen habe, als wir den Gerichtssaal betraten. Mein Anwalt ist dieser Blumendahl, so ein geschniegeltes Bürschchen mit einer Weiberfrisur, geföhnt, du weißt schon. Sogar ein Blümchen hatte er im Knopfloch. Und wie wir den Gerichtssaal betraten, ich dachte, der Richter knickt zusammen. Er fühlte sich hochgeehrt, weil dieser berühmte Kollege in seinem Gerichtssaal auftauchte. Alles, was mein Anwalt vorbrachte, war für den Richter einleuchtend, er hörte ihm ganz begeistert zu. Jedes Witzchen wurde entzückt belacht. Nach einer Stunde hatte ich einen vollkommenen Sieg in der Tasche. Nimm einen von diesen prominenten Rechtsverdrehern, du wirst sehen, es lohnt sich.«

»Mein Anwalt ist gut. Das ist nicht das Problem. Wenn die Staatsgewalt die Beweise vernichtet oder versteckt, wenn die Beteiligten schweigen und schweigen dürfen, dann ist es nicht mehr möglich, die Wahrheit herauszubekommen. Man lügt und verschweigt, und die Staatsanwaltschaft nimmt das hin. Sie bedauert es, sie rügt es, aber sie gibt sich damit zufrieden. Ich hätte es mir zuvor nicht vorstellen können, doch das höhere Interesse eines Staates schreckt auch in einer Demokratie nicht davor zurück, den Einzelnen für seine Zwecke zu opfern. Sie lügen und lügen und lügen, und ich habe von meinem Platz aufzustehen, wenn sie den Raum betreten. Und wenn ich verzweifelt aufschreie, weil sie meinen Sohn zu einem Mörder machen, weil sie meinen Sohn, der verletzt und wehrlos am Boden lag, heimtückisch ermordet haben, so werde ich verwarnt und mir wird ein Bußgeld angedroht und eine Haftstrafe. Lutz, ich danke meinem Schöpfer, dass ich zweiundsiebzig bin und nicht zweiundzwanzig. Heute würde ich für mich nicht die Hand ins Feuer legen, dass ich nicht selber zu einem dieser dummen Jungs würde, die den albernen Glauben haben, einen Staat bekämpfen zu können.«

»Ich kann dazu nichts sagen, Richard. Ich kenne das alles nicht so gut wie du, ich habe nur gelesen, was in der Presse stand. Und da ist höchstens die Hälfte wahr, das ist immer so. Aber wenn du Recht haben solltest, dann musst du was machen.«

Richard Zurek lachte verbittert auf. Er goss seinem Freund Kaffee ein und zuckte dann mit den Schultern: »Im Moment läuft unsere Beschwerde wegen der Einstellung des Verfahrens gegen die Beamten, die verdächtigt wurden, Oliver mit einem Kopfschuss ermordet zu haben. Doch der Anwalt sagte, es ist nur eine

Formsache, alle Messen sind gesungen, sie werden nichts mehr daran ändern. Es ist aussichtslos.«

»Was heißt aussichtslos? Du weißt doch: Hoffnungslos, aber nicht ernst, das war damals unsere Devise. Und oft genug hat es geklappt. Und mit Waffen kann ich umgehen, das habe ich nicht verlernt. Ich gehe heute noch manchmal auf den Schießstand.«

Richard Zurek tätschelte die Hand seines Freundes und sah ihn halb belustigt, halb gerührt an: »Willst du, dass wir beiden alten Herrn in den Krieg ziehen? Wir beide gegen einen ganzen Staat?«

»Wenn es notwendig ist, Richard, ich bin dabei. Weißt du, irgendetwas fehlt mir in meinem Leben. Ich habe alles erreicht, aber zufrieden bin ich immer noch nicht. Die Frau ist versorgt und meinen Laden, den können die beiden Jungen führen. Die wären heilfroh, wenn ich da nicht mehr auftauchen und ihnen immerfort die Hammelbeine langziehen würde. Also die beiden hätten nichts dagegen, wenn ich eine andere Aufgabe übernehme. Weißt du, ich brauche immer etwas, für das es sich zu leben lohnt. Mariechen würde es genügen, sich auf einen Dampfer zu setzen und ein halbes Jahr um die Welt zu reisen, aber ich bekomme da Hummeln im Hintern. Ich brauche etwas Handfestes. Der Krieg damals, der war für mich ideal. Ich habe an die Sache geglaubt und mich freiwillig gemeldet. Dass der Kerl ein Verbrecher war, das habe ich erst hinterher begriffen, und das ist das Einzige, was mir daran leid tut. Wenn das jetzt eine anständige Sache ist, ich bin dabei.«

Lutz Immenfeld hatte sich während seiner Rede

ereifert. Der kräftige und beleibte Mann saß auf der Kante des Sessels und gestikulierte mit beiden Händen. Sein dichter Schnauzbart zitterte leicht, die Glatze war gerötet und seine Augen funkelten vergnügt. Richard Zurek schüttelte immer wieder den Kopf, sein Freund ließ sich jedoch nicht bremsen.

»Wir benötigen nur ein bisschen Schliff, Richard, aber mit Training bekommen wir das hin. Und was mir an Kraft und Jugend fehlt, das kann ich heute mit Geld ausgleichen. Schließlich haben wir nichts Unrechtes vor. Wir wollen den Staat zwingen, Recht zu sprechen, was er ohnehin tun sollte. Ganz im Ernst, Junge, wenn du dich entschlossen hast, dein Recht mit Gewalt durchzusetzen, ich bin mit von der Partie. Dieses beständige Schweineschlachten und Schweineverkaufen macht mich mürbe. Zeig mir alles, was du hast, ich meine den Papierkram. Ich schau den ganzen juristischen Quatsch einmal durch, und dann machen wir zwei einen Plan. Ein Kommandounternehmen, Richard, wie damals. Wir nehmen deinen Anwalt als Kundschafter, der kann uns immer melden, was die vorhaben, und wir zwei sind der Stoßtrupp. Junge, wenn ich mir zuhöre, spüre ich doch, was mir die ganze Zeit gefehlt hat. Ich brauch etwas Action. Glaub mir, wenn ich mit der Innung zu tun habe oder mit der Industrie- und Handelskammer, gar nicht zu reden von den Fuzzis in der Bank, da könnte ich ausrasten. Ich bin nicht als Geschäftsmann geboren. Spaß gemacht hat mir nur das ständige Expandieren. Bis an die Grenze gehen, und dann einen Schritt weiter, das bringts.«

Friederike Zurek erschien im Zimmer und fragte, ob sie etwas benötigten.

»Ich versuche gerade, deinen Mann zu überreden, dass wir wieder in den Krieg ziehen.«

Er strahlte die Frau an, die verwirrt und fragend zu ihrem Mann sah.

»Es ist tatsächlich so, Rike. Lutz meint, ich soll den Staat mit Gewalt zwingen, Recht zu sprechen. Er ist immer noch nicht erwachsen geworden. In einem Zeugnis müsste ich ihm kindliche Unreife bescheinigen.«

Er wandte sich an seinen Freund: »Vergiss nicht, ich habe einen Eid geleistet. Ich habe vier Eide in meinem Leben geschworen. Zwei in der Kirche, die ich leicht einhalten kann. Einen in der Wehrmacht, und da habe ich lange gebraucht, ehe ich mich von diesem Eid frei gefühlt habe, das hat mich noch Jahre nach dem Krieg gequält. Und einen Eid habe ich als Lehrer geleistet. Ich habe geschworen, die Gesetze des Landes zu wahren und meine Pflichten zu erfüllen. Und nun möchte ich davon nichts mehr hören. Was macht denn dein Mariechen?«

»Ach, reden wir nicht davon, das ist ein ganz anderes Kapitel. Mariechen hat die Söhne und die Enkel, da ist sie zufrieden, zufriedener jedenfalls als mit mir. Ich weiß ja nicht, wie es bei euch ist, aber ich glaube langsam, Frauen brauchen gar keine Männer. Sie brauchen sie zum Kinderkriegen. Und wenn sie die Kinder dann haben, bist du wieder abgemeldet, dann dreht es sich nur noch um die Kinder. Und wenn die aus dem Haus sind, dann können sie es gar nicht abwarten, bis sie endlich Enkel haben. Es gibt die Mütter und die Kinder, und dann wieder die Mütter und die Kinder und die Großmütter, und alles andere, also wir Männer, wir sind so was wie eine Gewürzmischung für die Wurst, ein notwendiges Mittel zum Zweck, unentbehrlich, aber eben nicht die Wurst. Sie strahlen dich an und du glaubst sonst was, doch alles, was sie von dir wollen, sind Kinder.«

Friederike Zureks Augen leuchteten, als sie ihren Mann ansah, eine Hand auf seine Hände legte und dann nur leichthin den Kopf schüttelte.

»Nein«, sagte sie, »meine Kinder liebe ich über alles, aber Richard, das ist noch mehr. Das ist mein Leben. Ich gehe jetzt oft auf den Friedhof, um Olivers Grab zu pflegen, und ich schaue mir die anderen Gräber an. Weißt du, Lutz, mir fiel auf, dass auf den Grabsteinen das Todesdatum von Mann und Frau sich sehr häufig nur um Monate unterscheidet, um ein einziges Jahr. Einer ist gegangen, und der andere ging bald hinterher. Das gefällt mir. Das möchte ich auch. So wie ich mit Richard spazierengehe, so möchte ich auch dorthin mit ihm gehen.«

»Na, so weit sind wir noch nicht«, protestierte Lutz Immenfeld.

Die Zureks baten ihn, über Nacht bei ihnen zu bleiben, doch das war für ihn völlig ausgeschlossen, sein Kalender war noch immer mit Terminen übersät und er musste am Abend zurückfahren. Auf seinen Wunsch hin gingen sie mit ihm zum Friedhof. Er hatte in der Gärtnerei am Friedhofseingang einen Nelkenstrauß für das Grab gekauft. Auf Olivers Grab lagen zwanzig Rosen, verstreut über die grünen Bodendecker, und eine kleine Fahne, die wie eine arabische oder afrikanische Staatsflagge aussah, steckte in der Erde. Richard Zurek zog die Fahne heraus, um sie in den Papierkorb zu werfen, die Rosen ließ er auf dem Grab liegen. Vom Friedhof aus liefen sie durch die kleine Innenstadt, bevor sie wieder nach Hause gingen. Lutz Immenfeld aß mit ihnen zusammen Abendbrot, trank ein Glas Wein und verabschiedete sich.

»Überleg es dir, Richard«, sagte er, als er bereits im Wagen saß, »wenn du diesem Staat ein bisschen auf die Füße trittst, um ihn auf Trab zu bringen, das ist mit deinem Eid vereinbar. Die Gesetze wahren, darum geht es dir doch. Also, wenn du dich entschlossen hast, ich bin dabei, auf mich kannst du zählen. Ist allemal besser als Mallorca.«

Zwei Tage später bekam Friederike Zurek einen Brief von Katharina Blumenschläger, die sich bei ihr für die Kosmetika bedankte und für die Wäsche, die ihr tatsächlich passte.

›Die Totalisolation ist endlich aufgehoben‹, schrieb sie, ›nun kann ich bei dem einstündigen Hofgang die anderen Frauen sehen. Die restlichen dreiundzwanzig Stunden verbringe ich in meiner Zelle, die acht Quadratmeter groß ist und ein Fenster mit Betongitter hat. Alle anderen Zellen werden tagsüber aufgeschlossen, meine jedoch nicht. Die anderen Frauen bekommen den sogenannten Aufschluss, können sich also in den Zellen besuchen, dürfen zum Sport gehen, in die Kirche, in die Bibliothek, davon bin ich weiterhin ausgenommen. Die anderen Frauen haben vor einem Umgang mit mir Angst, man hat ihnen gedroht, dass jeder Kontakt mit mir als strafbare Unterstützung einer terroristischen Vereinigung angesehen wird. Wenn eine der anderen Gefangenen nur an meine Zellentür kommt und ein Wort zu mir sagt, wird ihr umgehend mit Einschluss gedroht. Inzwischen vermeiden es alle, mir zu nahe zu kommen. Besuche erhalte ich zweimal im Monat, einer meiner Verwandten darf mich dann für eine Stunde in der Trennscheibenzelle besuchen kommen. Zeitungen und Zeitschriften sind limitiert, außerdem werden sie häufig beschlagnahmt. Meine Post bekomme ich sehr unregelmäßig, manchmal werden mir die Briefe wochenlang nicht zugestellt. Machen Sie sich also bitte keine Gedanken, wenn Sie auf eine Antwort lange warten müssen. Die Anklage gegen mich ist längst erhoben, aber noch immer steht nicht fest, wann der Prozess beginnen wird. Das Gericht lässt sich viel Zeit, weil es keine Beweise gegen mich in der Hand hat. So habe ich viel Zeit für mich, sehr viel Zeit. Ich schreibe viel, jeden Tag mehrere Stunden. Ich schreibe Briefe, ich führe ein Tagebuch, ich mache mir unentwegt Notizen. Ich schreibe, um mir Klarheit über mich selbst zu verschaffen, über mich und Oliver. Ich habe das Gefühl, dass mir diese Stunden helfen und etwas in mir klären, wozu ich früher trotz aller Gespräche und Diskussionen nicht die Zeit fand. Inzwischen weiß ich einiges über mich, weiß auch einiges von meinen eigenen Irrwegen. Ich habe nun – sehr spät, wie ich weiß, zu spät – etwas von den fatalen

Denkstrukturen einiger Genossen begriffen. Irgendwie und irgendwo steckten wir alle in einem unauflösbaren Dilemma, das uns genau zu dem Gegenteil dessen führte, was wir wollten und beabsichtigten. Es gab Dummheiten, es gab auch Schlimmeres, und einige von uns werden wohl lebenslang mit dem zu tun haben, was sie getan haben. Und mit diesem Lebenslang meine ich nicht eine Gefängnisstrafe. Unsere Menschlichkeit kann uns zu Unmenschlichkeiten führen, das ist widersinnig und empörend, aber ich habe es erleben müssen. Das Ungeheuer sind nicht wir, wir haben nur versucht, das Ungeheuerliche nicht hinzunehmen. Das war unser Fehler, das ist die eigentliche Schuld, die wir auf uns geladen haben. Aber ich habe auch begriffen, dass all diese Entscheidungen, unser militantes Auftreten und selbst die grauenhaftesten Aktionen eine viel engere Verbindung zur Geschichte des Landes haben, als der Öffentlichkeit und den Gerichten bewusst ist. Ich hoffe, im Prozess davon einiges deutlich machen zu können, auch um Olivers willen. Aber ich weiß auch, dass die Öffentlichkeit und das Gericht es nicht akzeptieren werden. Nicht akzeptieren können. Was geschehen ist, geschah nicht aus Verachtung für das Land und seine Bevölkerung, es war Liebe und ein Gefühl von Verantwortlichkeit für diese Gesellschaft und für unsere Heimat, die uns auf diesen Weg führten. Auf einen Weg, der in einer Kette entsetzlicher Taten endete. Die Macht macht schmutzig, und der Kampf gegen diese schmutzige Macht ebenso.‹

Der letzte Satz in ihrem Brief lautete: ›Es ist alles heillos.‹

Friederike Zurek antwortete ihr sofort und kaufte am Nachmittag ein paar Süßigkeiten und Geduldsspiele, die sie ihr zusammen mit dem Brief schickte.

17.

Im November kaufte Richard Zurek in der Blumenhandlung am Mariannenplatz Tannenreiser, um Olivers Grab für den Winter abzudecken. Die Frau im Verkaufsraum war mit einer Kundin im Gespräch, und während er wartete, dass sie Zeit für ihn hatte, schaute er sich die Orchideentöpfe an, die auf dem Fußboden standen. Vorsichtig strich er mit der Fingerspitze über die großen Blütenblätter, als er angesprochen wurde.

»Guten Tag, Richard. Was führt dich denn zu mir?«

Eine Frau in einer Kittelschürze stand vor ihm und lächelte ihn an.

»Suse? Was machst du hier?«, fragte er überrascht.

»Ich bin seit vier Jahren hier, seit ich in Rente bin. Ich helfe Frau Gerlach täglich ein paar Stunden. Wir haben uns ewig nicht gesehen, Richard.«

Er strahlte sie an, dann streichelte er ihr mit einem Finger über die Nase und die Wange.

»Gut schaust du aus, Suse.«

»Ach was. Ich werde in vier Monaten Urgroßmutter, was soll da gut an mir ausschauen. Du bist und bleibst ein Charmeur, Richard.«

Sie war rot geworden und sah ihn zärtlich an.

»Was brauchst du? Willst du eine Orchidee kaufen? Dann nimm die rote, an der hast du lange deine Freude.«

»Schön, die nehme ich. Und ich brauche zwei Bündel Reiser. Für eine Grabstelle.«

»Ja, natürlich«, sagte sie, »ich weiß ja Bescheid. Ich habe viel an dich gedacht im letzten Jahr. Ich hoffe, du und deine Frau, ihr habt es einigermaßen überstanden.«

»Nein«, sagte er knapp. Er zog sein Portemonnaie heraus, fragte, was der Blumentopf und die Tannenreiser kosteten, und legte einen Geldschein neben die alte Kasse auf den Tisch.

Sie wickelte den Topf in Seidenpapier und legte dann einen weiteren Bogen um die blühende Pflanze, um sie vor der Kälte zu schützen.

»Nimm dir bitte die zwei Bündel Reiser von draußen weg«, sagte sie, als sie ihm den Topf übergab, »oder soll dir jemand helfen?«

»Danke. Es geht schon. Notfalls gehe ich zweimal. Ich habe Zeit.«

»Dann besuch mich mal, Richard, wenn du so viel Zeit hast. Ich bin jeden Vormittag im Geschäft. Den Nachmittag und den Abend habe ich immer frei. Die Kinder und die Enkel sehe ich kaum, es wohnt ja keiner von ihnen mehr hier. Die Große arbeitet in Boston, einer der Jungen in Basel, und der Jüngste lebt in Berlin.«

Er betrachtete sie lange, dann nickte er versonnen.

»Ja, Suse, vielleicht sollten wir zwei uns verabreden. So wie damals. Wann hast du denn heute Feierabend?«

»Um zwei. Aber ich kann auch eine halbe Stunde eher gehen.«

»Ich bin Punkt zwei vor der Tür. Dann können wir einen Kaffee zusammen trinken.«

Die Orchidee wickelte er im Badezimmer aus und stellte sie auf den gefliesten Sockel am Fußende der Badewanne. Dann rief er seine Frau und zeigte ihr die blühende Blume.

»Das wollte ich schon immer haben, Rike, eine große Pflanze in unserem Bad. Hier ist es warm und feucht, genau das Richtige für eine Orchidee. Und jetzt sieht unser Bad aus wie im Kino, wie in einem Hollywoodfilm. Findest du nicht auch?«

»Und darum hast du sie gekauft?«, fragte seine Frau misstrauisch. »Orchideen sind schwierig zu pflegen. Ich hoffe, keiner von uns ist dagegen allergisch.«

»Also mir gefällt der Topf.«

»Du kaufst doch sonst keine Blumen«, erwiderte sie argwöhnisch, »wieso denn heute?«

»Ich habe Reiser fürs Grab gekauft. Wir müssen langsam daran denken, die Pflanzen abzudecken. Und als ich in Gerlachs Blumenladen stand, fiel mir die Orchidee auf, und da habe ich sie gekauft. Ich habe nicht geahnt, dass dich das ärgert.«

»Es ärgert mich nicht. Ich wundere mich nur.«

»Jedenfalls, mir gefällt sie. Beim Duschen und Baden kann ich mir jetzt jeden Tag ihre Blüten anschauen und mir einbilden, ich sei in der Südsee.«

»Hast du jemanden in der Stadt getroffen?«

»Nein«, sagte er. Dann fügte er hinzu: »Nur Susanne Parlitzke habe ich gesehen. Sie arbeitet in dem Blumengeschäft von Gerlach, sie verkauft dort.«

Friederike Zurek warf einen prüfenden Blick auf ihren Mann.

»Susanne Parlitzke«, wiederholte sie. »So.«

»Ja, und ich werde mich nach dem Mittagessen mit ihr treffen. Wir haben uns fast zwanzig Jahre nicht gesehen.«

»Und warum musst du sie treffen? Wollte sie das?«

»Wir wollen uns ein wenig unterhalten.«

Friederike Zurek schüttelte den Kopf und zog die Augenbrauen hoch.

»Wir trinken einen Kaffee zusammen, Rike, das ist alles.«

»Ich kann diese Susanne Parlitzke nun mal nicht leiden. Sie ist so gewöhnlich, sie ist eine ...«

Ohne den Satz zu vollenden, ging Friederike Zurek aus dem Badezimmer. Eine halbe Stunde später kam er in die Küche und fragte, ob das Essen schon fertig sei.

»Du kannst es wohl nicht erwarten, zu ihr zu gehen?«

»Rike, ich bitte dich. Ich habe diese Frau seit zwanzig Jahren nicht mehr gesehen, und wir wollen einen Kaffee trinken, das ist alles. Du musst nicht eifersüchtig sein, dafür gibt es gar keinen Grund.«

»Du kannst die Teller hinstellen und das Besteck holen, ich bin gleich fertig. Und ich bin überhaupt nicht eifersüchtig, damit das klar ist, aber ich weiß, was ich weiß, mein Lieber.«

Beim Mittagessen blieb sie einsilbig, und ihr Mann gab es bald auf, mit ihr ein Gespräch zu führen. Schweigend aßen sie die Teller leer und stellten das

Geschirr in die Spülmaschine, dann trennten sie sich, um ihren Mittagsschlaf zu machen. Friederike Zurek setzte sich mit einem Buch in den ledernen Fernsehsessel im Wohnzimmer und Richard Zurek ging ins Schlafzimmer.

»Ach, mein Kavalier wartet schon«, sagte Susanne Parlitzke, als sie mit Mantel und Hut aus dem Laden kam und Richard Zurek sah. Er gab ihr einen Handkuss und fragte, wohin sie gehen wollen, ob ihr die Konditorei Linsenmeyer recht sei. Die Frau schob erfreut ihren Arm unter seinen und hängte sich bei ihm ein.

»Das ist schön«, sagte sie, »jetzt laufen wir wie ein altes Ehepaar durch die Stadt. Es ist schon lange her, dass ich gespürt habe, wie sich ein Mann anfasst, Richard. Eigentlich seit unserer Zeit, denn was danach kam, das war alles nichts.«

»Ich bin eben ein toller Hecht. Da hält natürlich keiner mit, und die Jüngeren schon gar nicht.«

Sie lachte und küsste ihn auf die Wange.

»Hör auf damit, Suse. Wir kommen ins Gerede. Hier kennt mich jeder.«

»Ach, Richard, im Gerede bist du ohnehin. Seit Olivers Tod schwatzt die ganze Stadt immerzu über dich. Da ist es gut, wenn sie mal etwas anderes von dir zu sehen bekommen.«

Er hielt ihr die Tür der Konditorei auf, ging vor ihr her zu einem freien Tischchen, grüßte zwei Bekannte, nahm seiner Begleiterin den Mantel ab und rückte, bevor er ihre Garderobe aufhängte, den Stuhl zurecht.

Die Serviererin erschien, um nach ihren Wünschen zu fragen. Sie bot ihnen an, sich den Kuchen am Büfett auszusuchen, doch beide bestellten nach der Karte.

»Denkst du manchmal an mich, Richard? Oder wolltest du unsere kleine Geschichte einfach ganz schnell vergessen?«

»Sowohl als auch, Suse. Ich war immer ein treuer Ehemann, und was mir mit dir passiert ist, das hat mich ziemlich durcheinandergebracht.«

»Bereust du es?«

»Nein. Mir tat Friederike leid. Sie hat sehr darunter gelitten, denn natürlich bekam sie etwas mit, auch wenn ich mich nach allen Kräften bemüht habe, es vor ihr geheimzuhalten.«

»Es war sehr schön mit dir. Ich hatte nie einen so zärtlichen Liebhaber. Du hast immer im Voraus geahnt, was ich will. Und wenn ich mal launisch war, du hast es übersehen und mich nie beschämt.«

»Danke für die Blumen, Suse. Wir zwei passen gut zueinander. In einem anderen Leben ...«

Er ließ den Satz mit einem Lächeln ausklingen, ohne ihn zu vollenden.

»Ja, in einem anderen Leben«, stimmte sie ihm zu.

»Es waren zwei wundervolle Jahre mit dir.«

»Neunzehn Monate«, verbesserte sie ihn.

»Du hast natürlich Recht«, stimmte er ihr zu, »es waren nicht ganz zwei Jahre. Ich denke oft an dich oder vielmehr an uns beide. Mit dir ist mir etwas passiert, was ich nie zuvor erlebt habe. Ich war so sehr verliebt, wie ich es überhaupt nicht kannte. Ich war gar nicht mehr bei mir, es war wie in einem

Roman. Und dabei war ich schon ein erwachsener Mann und hatte zwei große Kinder. Wie alt war ich? Fünfzig?«

»Einundfünfzig warst du, als wir uns kennenlernten.«

»Ja, du kamst zu mir in die Sprechstunde, um dich zu beschweren …«

»Ich wollte mich nicht beschweren«, unterbrach sie ihn, »es ging um das Zeugnis meiner Tochter. Sie wollte in Paris studieren, und ihre Lehrerin hatte ihr im letzten Moment die Französischnote versaut. Darum kam ich.«

»Genau, und das nenne ich eine Beschwerde. Jedenfalls kamst du ins Direktorat, bist bei meiner Sekretärin vorbeimarschiert und hast dann in meinem Zimmer einen großen Auftritt hingelegt.«

»Das stimmt. Ich weiß, du warst sprachlos.«

»Aber nicht wegen deiner Beschwerde, Suse. Du kamst in mein Zimmer gerauscht, und ich stand in Flammen. Wie ein Schuljunge. So war das.«

»Wie ein Schuljunge? Zu meiner Zeit waren die Schuljungen schüchtern, aber du hast sofort Süßholz geraspelt. Der lässt auch nichts anbrennen, habe ich gedacht.«

»Jedenfalls hast du nicht nein gesagt. In der alten Konditorei am Markt, die jetzt abgerissen wurde, hatten wir unsere erste Verabredung.«

»Ich habe wegen Martina eingewilligt. Ich wollte, dass ihr Zeugnis ordentlich ist, damit sie in Paris studieren kann. Nur darum habe ich damals nicht nein gesagt.«

»Wie auch immer, jedenfalls bist du gekommen, und dann ging es alles sehr schnell mit uns beiden. Und so heimlich wie wir es auch angestellt haben, ich fürchte, alle haben es gemerkt. Die Kollegen zuallererst, von denen gab es bissige Bemerkungen, die habe ich einfach überhört. Und dann bekam es Friederike mit, und das tat mir leid, aber ich konnte mir nicht helfen. Ich wollte Friederike nicht verlassen, und von dir kam ich auch nicht weg.«

»Und deine Kinder?«

»Irgendetwas werden sie bemerkt haben, doch sie haben nie ein Wort darüber verloren.«

»Das war bei mir auch so. Die Große war aus dem Haus, aber die beiden Jungen bekamen es mit. Und dass ausgerechnet der Direktor ihrer Schule in ihre Mutter verliebt ist, gefallen hat ihnen das nicht. In einer Kleinstadt kann man so etwas nicht verheimlichen. Mir war das egal. Einige meiner Freundinnen waren empört, weil ich mit einem verheirateten Mann poussierte. Als ob ein verheirateter Mann kein Mann mehr ist.«

»Ja ja, und das in einer Kleinstadt. Und ich als Direktor, das ging alles gar nicht. Es ist mir eben so passiert, und ich konnte nichts dagegen machen. Es hätte nicht viel gefehlt, und ich hätte nächtelang unter deinem Fenster gestanden.«

»Um für mich ein Lied zu singen?«

»Ein Wort von dir, und ich hätte mit einer Gitarre vor deinem Haus gestanden und gesungen. Jawohl.«

»Und am nächsten Tag wäre es die Sensation an deiner Schule gewesen.«

»Ich wusste, dass es ein Fehler ist. Ich habe mir ins Gewissen geredet, es hat nichts geholfen. Ich konnte nur an dich denken, Suse.«

»Das war nicht zu übersehen, Richard. Vernünftiger jedenfalls war damals ich. Du hättest dich um alles gebracht, es wäre zum Skandal gekommen, wenn ich dich nicht ein wenig gebremst hätte.«

»Ich weiß. Das habe ich dir schon damals hoch angerechnet. Und du hast dich nie beschwert, dass ich bei Friederike geblieben bin.«

»Ich habe sie beneidet. Damals wie heute, Richard, ich beneide deine Frau um dich.«

»Du kennst mich zu wenig. Daheim bin ich ein Tyrann. Ich bin gefürchtet, Suse.«

»Das glaube ich dir nicht. Ein Lehrer wirst du sein, auch zu Hause. Wirst alles besser wissen wollen und deine Frau immerzu belehren. So stelle ich mir das vor.«

Beide lachten vergnügt. Ein Pärchen mit einem zweijährigen Kind kam in die Konditorei und schaute sich um. Als sie Richard Zurek erblickten, winkten sie ihm zu, und auch er hob die Hand, um sie zu begrüßen.

»Schüler von dir?«

»Vermutlich. Ich weiß es nicht, ich erkenne sie nicht wieder. Gerade hatten sie noch Pickel und bunt gefärbte Haare, und jetzt kommen sie mit Kindern an. Wie soll man sie da wiedererkennen! Du lebst allein, Suse?«

»Ja. Ich habe keinen gefunden, mit dem ich es aushalte. Jetzt habe ich die Blumen, das wollte ich schon immer, schon als Kind. Meine Lieblingsblumen sind die Kamelien. Als kleines Mädchen habe ich immer wieder Kamelien gemalt, ein leuchtendes Rot mit dem gelben Herz und dazu ein kräftiges Grün der Blätter. Ich träumte davon, eine Kameliendame zu sein, aber ich hatte Geld zu verdienen, da konnte ich mir einen so schönen Beruf nicht leisten, da musste ich in meiner Versicherung arbeiten. Nun sind die Kinder groß, das Haus ist abbezahlt, nun kann ich machen, wozu ich Lust habe.«

»Ich habe in den Jahren nach unserem kleinen Verhältnis viel an dich gedacht, Suse.«

»Und ich an dich, Richard. Es war eine gute Zeit für mich.«

»Und den ersten Nachmittag in deiner Wohnung, den werde ich nie vergessen. Irgendwann klingelte es, du wolltest nicht aufmachen, aber es hörte gar nicht auf zu klingeln. Dein kleiner Sohn hatte die Sportschuhe vergessen und war ganz verblüfft, seine Mutter am hellen Nachmittag im Bademantel zu erblicken.«

»Gottlob hatte er auch die Wohnungsschlüssel vergessen, sonst hätte er seinen Direktor in Unterhosen erblickt oder ganz ohne Hosen. Na, das wäre ein Schock für ihn gewesen.«

Sie kicherten so laut, dass die anderen Gäste aufsahen und sich nach ihnen umdrehten.

»Ich weiß, ich weiß«, sagte Richard Zurek, »ich weiß alles. Woran ich mich überhaupt nicht erinnern kann, das ist, wieso es mit uns beiden zu Ende ging. Auf einmal war es vorbei, aber ich weiß nicht, wieso?«

»Ja«, sagte sie, »auf einmal war es vorbei, und du hast es nicht begriffen. Das habe ich gemerkt.«

»Dann sag es mir, Suse.«

»Ach, weißt du, ich habe das Feuer ausgemacht.«

»Welches Feuer?«

»Dein Feuer, Richard. Ich habe es sachte, sachte erlöschen lassen.«

»Aber warum? Und vor allem, wie?«

»Ich hatte verstanden, dass du deine Frau nicht verlassen kannst oder willst, und ich wollte dich nicht unglücklich machen. Ich wusste, irgendwann kommt es zu einer Katastrophe. In einer Kleinstadt muss so etwas zu einer Katastrophe führen. Deine Ehe wäre kaputtgegangen, an der Schule hättest du Probleme bekommen, vielleicht hätte man dich versetzt, strafversetzt irgendwohin als Dorfschullehrer, und ich wäre in deiner Erinnerung eine garstige, nervtötende Schreckschraube, die in dein Leben eingebrochen ist, um alles zu zerstören. Du hättest begonnen, mich zu hassen. Das wollte ich nicht.«

»Ich hätte dich nie gehasst, Suse. Das könnte ich gar nicht.«

»Irgendwann wäre es so gekommen. Und dann habe ich mir gesagt, jetzt ist Zeit, Suse. Mach Schluss. Und habe deine Flammen etwas gedämpft. Acht Wochen hat es gedauert, bis sie ganz erloschen waren. Ich habe dir einen Kuss zum Abschied gegeben und dich gebeten, nie wieder zu mir zu kommen. Und du hast mich traurig angeschaut, aber nicht protestiert. Da wusste ich, dass mein Plan funktioniert hat. Das Feuer war verglommen, es war nur ein bisschen Glut übriggeblieben.«

»Du bist eine Hexe, Suse. Oder eine kluge Frau. Ich weiß es nicht genau.«

»Eine Hexe bin ich sicherlich, das habe ich öfter gehört, aber klug bin ich nicht. Ich bin nur klüger als ein Mann, dazu gehört nicht viel. Schwer war es für mich nur, weil ich dich immer noch liebte, ich meine, damals. Es war alles andere als einfach für mich, doch es musste sein.«

»Mit dir hatte ich wirklich Glück, Suse. Ich bin gern mit Friederike verheiratet, aber mit uns beiden wäre es auch gut gegangen.«

»In einem anderen Leben, Richard. Im nächsten Leben.«

Sie sahen sich minutenlang schweigend in die Augen. Susanne Parlitzke schüttelte sich plötzlich, als fröstelte sie.

»Und daheim? Wie geht es deiner Frau? Hast du ihr erzählt, mit wem du dich triffst?«

»Habe ich.«

»Und?«

»Sie ist eifersüchtig. Ich dachte, sie kratzt mir die Augen aus.«

»Ich hoffe, es gibt keinen Ärger.«

»Ich finde es wunderbar. Da bin ich nun bald dreiundsiebzig und habe eine Frau, die eifersüchtig ist. Was kann man sich als Mann mehr wünschen! Sie hatte es damals natürlich bemerkt, aber nie ein Wort darüber verloren. Ich denke, sie wusste, dass ich sie nie verlassen würde, aber dass ich euch beide liebte, damit kam sie nicht zurecht. Für mich dagegen war es völlig natürlich. Ich liebte meine Frau, ich liebte dich, so etwas kommt vor. Sie hat sehr gelitten, doch ich war dir völlig verfallen und kam nicht mehr zur Vernunft. Aber dann hast du das offenbar in die Hand genommen und zu einem Ende geführt.«

»So ist es. Und jetzt ist alles gut mit euch beiden?«

»Ja. Wir haben den Kummer mit Oliver. Damit sind wir Tag und Nacht beschäftigt. Das bekommt man nicht aus dem Kopf. Kinder können einem sehr weh tun, Suse.«

»Ja, ich weiß. Wir müssen irgendwann dafür bezahlen, dass wir mit ihnen ein großes Glück erlebt haben. Irgendwann hat jeder dafür zu zahlen. Ich habe viel an euch gedacht. Das war gar nicht anders möglich, die ganze Stadt redete über euch. Auch in meinem Blumenladen war es ein Thema. Und jeder wusste etwas, was kein anderer wusste, und konnte beschwören, dass es wahr sei. Es wurden unglaubliche Geschichten über euch erzählt. Ich habe mich nie bei dir gemeldet, weil ich dir nicht helfen konnte und dir nicht zusätzliche Probleme bescheren wollte. Ich habe viel an dich gedacht. Ich denke immer noch an dich.«

»Ich auch, Suse, ich denke viel an dich.«

»Nun lass uns gehen. Ich will noch einkaufen, und du solltest jetzt zu deiner Frau zurück. Vielleicht sieht man sich mal wieder. Ich bin jeden Tag im Blumenladen. Aber du kaufst wohl keine Blumen für deine Frau? Oder nicht bei uns.«

»Du hast Recht, ein Rosenkavalier war ich nie. Und wenn ich jetzt damit anfange, wird Friederike misstrauisch werden.«

»Vermutlich. Damit muss man früher anfangen. Mein bester Kunde kommt zweimal in der Woche, jeden Mittwoch und jeden Freitag. Am Mittwoch kauft er einen Strauß für die Freundin, und am Freitag einen Strauß für die Gattin. Woche für Woche, jeden Mittwoch und Freitag.«

»Und wer von den beiden bekommt den schöneren?«

»Das bestimme ich. Mal die eine, mal die andere, je nachdem. Er erzählt mir immer ein wenig, und dann entscheide ich, was für einen Strauß die Frauen bekommen.«

»Ach, du machst auch Eheberatung?«

»Natürlich. Dafür sind Blumenläden da. Du weißt doch, Kinderscheiße ist der beste Ehekitt. Und wenn die Kinder aus dem Haus sind, dann müssen Blumen her.«

Als sie das Café verließen, sagte sie zu ihm, sie würde ihn gern küssen, doch aus Rücksicht auf die Stadt wolle sie es bleibenlassen. Er lachte auf, legte einen Arm um sie und küsste sie sekundenlang auf den Mund.

»Inzwischen ist es mir völlig egal, was man über mich sagt, Suse. Es hat lange gedauert, aber jetzt kann mich die ganze Stadt kreuzweise.«

»Richard! Was nimmst du plötzlich für Ausdrücke in den Mund? So warst du früher nicht. Du warst der perfekte Gentleman.«

Er nahm ihre Hand und legte sie auf seine Stirn.

»Der Gentleman ist tot. Er ist gestorben. Ausgestorben.«

»Das würde ich sehr bedauern, mein Lieber. Das fand ich gerade so reizvoll an dir. Für mich warst du der vollendete Mann aus dem neunzehnten Jahrhundert. Du warst der einzige Mann in meinem Leben, von dem ich je einen Handkuss bekommen habe. Das kannte ich nur aus Romanen, und ich fand das sehr schön.«

»Ich weiß. Ich war so. So wurde ich erzogen, und so habe ich meine Kinder erzogen. Doch die haben sich davon befreit. Und jetzt bin ich so weit, jetzt befreie ich mich von meiner guten Erziehung. Ich begleite dich nach Hause, Suse.«

»Nein. Geh zu deiner Frau. Wir wollen der Stadt kein Schauspiel geben. Lass dich mal wieder bei mir sehen, Richard.«

Sie drehte sich auf dem Absatz um und lief die Straße hinunter. Richard Zurek war vor dem Café stehengeblieben und sah ihr nach, bis sie um eine Ecke gebogen war.

Daheim traf er seine Frau im Wohnzimmer vor dem Fernsehapparat an. Ein Bein hatte sie hochgelegt und mit feuchten Tüchern umwickelt.

»Um Himmels willen, Rike, was ist dir denn zugestoßen?«

Sie antwortete ihm nicht und starrte mit zusammengekniffenen Lippen auf den Fernsehschirm.

»Hast du dich verletzt? Was ist mit deinem Bein? Soll ich einen Arzt rufen?«

»Um mich musst du dich nicht kümmern. Von dir aus hätte ich mir beide Beine brechen können, du hattest ja etwas Besseres zu tun.«

»Ich verstehe kein Wort. Was ist denn passiert?«

»Ich bin von der Leiter gestürzt. Ich wollte die Gardinen abnehmen und bin heruntergefallen. Ich hatte dich darum gebeten, aber für mich hast du ja keine Zeit.«

»Rike, ich bitte dich. Du konntest doch wohl so lange warten, bis ich dazu komme.«

»Ich hatte dich dreimal darum gebeten. Aber du hast irgendwelche Verabredungen, die dir wichtiger sind als ich.«

»Ach, und weil ich mich mit Susanne Parlitzke getroffen habe, stürzt du dich von der Leiter?«

»Ich hätte mir beide Beine brechen können.«

»Ja, aber nicht wegen Susanne Parlitzke, sondern wegen deinem Dickkopf. Man kann dich nicht einen Moment aus den Augen lassen. Wie ein kleines Kind, Rike.«

Er tastete behutsam ihr Bein ab, sie stöhnte mehrfach auf, aber es schien nichts gebrochen zu sein. Dann ging er ins Bad, suchte im Medizinschrank nach der essigsauren Tonerde, löste sie in einer Schüssel auf und warf ein paar Eiswürfel hinein. Aus dem Wäscheschrank nahm er Handtücher heraus und ein weißes Leinentuch, das er in die Schüssel tauchte. Ohne sich um ihre Proteste zu kümmern, zog er den Strumpf von ihrem hochgelegten Bein und machte ihr einen Wickel um die schmerzende Stelle.

»So«, sagte er, »und jetzt bleibst du hier sitzen und bewegst dich nicht. Bis zum Abend. Wenn du etwas brauchst, du musst nur rufen. Und das Abendbrot kannst du vor dem Fernseher essen. Ich mach dir Schnitten.«

»Siehst du sie wieder? Hast du dich mit ihr verabredet?«

»Was hast du vor, Rike? Willst du dir das nächste Mal den Hals abschneiden, wenn ich mit einer anderen Frau rede?«

»Du tust, als wäre ich mit Absicht fast zu Tode gekommen.«

»Zu Tode! Nun mach mal halbwegs so, dass es geht, Rike.«

»Du warst ja nicht dabei. Du weißt nicht, wie schlimm ich gestürzt bin.«

»Ja, um mich zu bestrafen. Wie ein kleines Kind.«

Missmutig ließ sie seine Fürsorge über sich ergehen, wandte den Blick nicht vom Fernsehapparat und schaute nur gelegentlich grollend zu ihm.

18.

Vierzehn Tage vor Weihnachten rief Christin an. In den Weihnachtsferien sollte ihr Sohn eigentlich zu den Großeltern kommen, da sie und ihr Mann zu einer Arbeitstagung nach Pago Pago auf Tutuila fliegen wollten, zu der einer der Auftraggeber und Geschäftspartner von Matthias das Ehepaar eingeladen hatte. Wegen des Weihnachtsfestes waren nun kurzfristig auch die Kinder aller Gäste eingeladen mitzureisen, und Christin bat ihre Eltern um Verständnis, dass sie Konstantin diese kostbare Gelegenheit einer kleinen Weltreise nicht verwehren wollten. Friederike Zurek stimmte ihr zu und sagte, sie freue sich für ihn, sie würden sich die Festtage auch allein schön gestalten. Sie fragte die Tochter, was sie und ihr Mann sich zum Fest wünschten und womit man den Kleinen erfreuen könne. Christin erwiderte, sie hätten alles, was sie brauchten.

»Die größte Freude für Matthias und mich«, sagte sie dann, »das wäre, wenn ihr beide, statt uns etwas zu schenken, einmal groß ausgeht. Fahrt nach Frankfurt, nehmt euch dort ein Zimmer, geht in die Oper und anschließend ganz fein essen. Das wäre für euch schön und für uns, das wünsche ich mir von euch zu Weihnachten.«

Friederike Zurek lachte über diesen Vorschlag und sagte, das könnten sie zwar auch machen, aber irgendetwas Kleines, irgendeine Aufmerksamkeit wollten sie ihren Kindern und dem Enkel trotzdem schenken.

Dann fragte sie ihre Tochter, ob sie damit rechnen könnten, dass die Kinder zu Vaters Geburtstag im Januar kämen, und Christin sagte, am Wochenende vor oder nach dem Geburtstag wäre es sicher möglich, in der Woche sei es, wie sie selbst wisse, ganz ausgeschlossen.

Friederike Zurek berichtete ihrem Mann von dem Telefonat, und er sagte, sie müssten sich nicht von der Tochter einen Opernabend bezahlen lassen, aber es sei doch ein bedenkenswerter Vorschlag, und fragte, was sie davon hielte. Sie war davon angetan, und Richard Zurek telefonierte am Nachmittag mit der Kasse des Opernhauses in Frankfurt, bekam zwei Karten für den zweiten Weihnachtsfeiertag und bestellte danach ein Doppelzimmer für zwei Nächte in einem Hotel an der Bockenheimer Landstraße. Über Christins Absage verloren sie kein Wort, obwohl beide bereits den Besuch des Enkels vorbereitet und Pläne für diese Zeit geschmiedet hatten.

Eine Woche vor Weihnachten stieß Richard Zurek vor dem Supermarkt auf Friedhelm Pfaff, einen Lehrer für Deutsch und Geschichte, der vor Jahrzehnten das Referendariat an seiner Schule absolviert und dem er selbst den Amtseid abgenommen und den er eingestellt hatte. Richard Zurek schätzte den jungen Mann und hatte seine Entscheidung, ihn an dem Gymnasium einzustellen, vor dem Lehrerkollegium ungewöhnlich lebhaft begründet und verteidigt. Pfaff erwies sich im Verlauf der Jahre als ein guter Griff, er war bei den Schülern angesehen und beliebt und konnte sich im Kollegium durch seinen Witz und sein unbekümmertes Temperament durchsetzen, auch war er hilfsbereit und übernahm williger als andere Kollegen ehrenamtliche Aufgaben an der Schule. Allerdings war Pfaff auch einer der ersten unter seinen Lehrern, die keinerlei Hemmungen zeigten, sich bei Herrn Kobelius, seinem Nachfolger und künftigen Direktor, einzuschmeicheln, was Richard Zurek damals äußerst missfiel.

Pfaff kam mit einem voll bepackten Einkaufswagen von der Kasse direkt auf ihn zu, während er selbst mit einem leeren Wagen zum Eingang des Supermarkts lief. Als Pfaff ihn erblickte, wurde er rot, zeigte sich aber hocherfreut und ließ den Wagen mit den Lebensmitteln stehen, um auf Zurek zuzugehen und ihn zu begrüßen. Der Lehrer erzählte vom Gymnasium und sagte, alle Kollegen würden sich gern der Zeit erinnern, da Zurek Direktor war, jedenfalls jene Kollegen, die schon so lange an der Schule waren, dass sie ihn noch erlebt hätten. Mittlerweile seien einige in den Ruhestand gegangen oder hätten sich versetzen lassen, so dass nun viele neue Lehrer am Gymnasium seien und er selbst zu den Altgedienten zähle. Er erkundigte sich, wie sein ehemaliger Direktor mit seiner Rolle eines Pensionärs zurechtkomme, gab sich erleichtert, als Richard Zurek seine Zufriedenheit bekundete, und sagte dann unvermittelt: »Dann ist eigentlich alles sehr gut für Sie verlaufen, Doktor Zurek, und die Pensionierung kam zur richtigen Zeit.«

»Wie meinen Sie das, Herr Pfaff? Ich hätte gern weiter gearbeitet, wenigstens zwei, drei Jahre. Für mich war die Pensionierung anfangs eine Katastrophe. Was meinen Sie damit, es kam zur richtigen Zeit?«

»Nun ja, verstehen Sie mich nicht falsch. Aber diese Geschichte mit Ihrem Sohn, diese Schießerei auf diesem Bahnhof, Sie wissen schon. Ich denke, es wäre für Sie schwierig geworden, wenn Sie damals noch im Schuldienst gewesen wären.«

»Wieso? Was hat das damit zu tun?«

»Nun, wir haben einen Eid geleistet, einen Dienst-eid. Sie hätten sich vor den Schülern zu Ihrem Sohn äußern müssen, und er war ein Terrorist, er hat einen Polizisten erschossen. Ich denke, Sie wären in ein Dilemma gekommen. Auf der einen Seite Ihr Sohn, auf der anderen Ihr Eid, da kam Ihre Pensionierung gerade recht, Doktor Zurek.«

»Kann es sein, dass Sie ein Idiot sind, Herr Pfaff?«

»Ich meine es doch gut mit Ihnen, Herr Doktor Zurek. Warum regen Sie sich so auf? Als Vater will man sich nicht gegen den eigenen Sohn stellen, auch wenn er ein Verbrecher ist, und als Beamter müssten Sie ihn verurteilen.«

»Entweder sind Sie ein Flegel oder ein Idiot, Pfaff. Gehen Sie mir aus dem Weg.«

Richard Zurek gab dem Einkaufswagen einen heftigen Stoß, so dass er gegen Friedhelm Pfaff prallte und zurückrollte. Der erschrockene Lehrer sprang zur Seite, entsetzt über den für ihn unerwarteten Ausbruch des alten Direktors. Richard Zurek fasste nach dem Wagen und ging, ohne den Blick zu wenden, durch die Sperre des Supermarktes. Nachdem er die erste Regalreihe erreicht hatte, blieb er stehen, stützte sich auf dem Wagen ab und atmete tief durch. Eine ältere Frau sprach ihn an und fragte, ob er Hilfe benötige. »Nein«, knurrte er die Frau an, die verängstigt und gekränkt zurückwich.

Heiligabend kam Heiner für einen Tag zu ihnen. Er wollte am zweiten Feiertag für einen Kurzurlaub nach Lanzarote fliegen und verwirrte seine Mutter, als er auf ihre Frage, ob er denn ganz allein Urlaub mache, erwiderte: »Vielleicht. Vielleicht auch nicht.«

»Was heißt denn das, Junge? Du machst so eine weite Reise und weißt zwei Tage vorher nicht, ob du allein dorthin fliegst?«

»So ist es«, sagte er, »ich weiß es immer noch nicht. Das wird sich vermutlich am Flughafen entscheiden. Entweder steht dort jemand oder ich steige allein in die Maschine.«

»Aber das ist doch alles bezahlt! Lässt du dann einfach das Flugticket und das gebuchte Zimmer verfallen?«

»Was soll ich denn sonst machen? Mir noch auf dem Flughafen eine Begleiterin suchen?«

»Aber, Heiner, so geht doch das nicht. Bring einmal etwas Ordnung in dein Leben.«

»Das ist heutzutage nicht so einfach, Muttchen. Die Frauen brauchen keine Männer mehr, jedenfalls sind sie nicht mehr finanziell auf sie angewiesen, und das zeigen sie uns auch. Dann bleibt nur noch die

Liebe, und da wird es ganz schwierig. Ich hätte durchaus gern etwas Ordnung in meinem Leben, jedenfalls von der Art von Ordnung, die du meinst, aber es hat sich bisher nicht so ergeben.«

»Dann drücke ich dir die Daumen, Junge, dass dich dein Mädchen am Flughafen erwartet.«

»Danke.«

»Und ruf mich an. Ich würde gern wissen, ob du jemanden gefunden hast.«

Die Tage zwischen den Jahren verbrachten sie allein. Der Besuch in der Oper war ein beglückendes Fest für sie, und sie genossen die Zeit in Frankfurt, in der sie viel am Main und im Palmengarten spazierengingen und einen halben Tag im Historischen Museum verbrachten. An einem Nachmittag gingen sie in ein Tangocafé in der Innenstadt, das sie bei ihren Spaziergängen zufällig entdeckt hatten. Die beiden Zureks waren viele Jahre Mitglieder eines Tangokurses in ihrer Stadt gewesen und genossen es nun, die vertrauten Schritte zu der schmelzenden Musik und den jähen Rhythmen zu schreiten. Das Café war zu der nachmittäglichen Stunde kaum besucht, an drei Tischen saßen junge Leute, die Wein tranken. Als das alte Ehepaar auf die kleine Tanzfläche ging und lehrbuchmäßig zu tanzen begann, schauten ihnen die anderen Gäste zu, klatschten Beifall und machten anerkennende Bemerkungen, nachdem die beiden sich atemlos auf ihre Stühle gesetzt hatten.

Ende Januar feierte Richard seinen Geburtstag. Am Morgen rief Lutz Immenfeld an, um ihm zu gratulieren, und erkundigte sich, ob es Neuigkeiten gebe und ob sein Freund sich dazu habe durchringen können, dem Staat einmal eine Ladung Schrot auf den Pelz zu brennen. Richard Zurek lachte und sagte, es hätte sich überhaupt nichts getan, auf seine Beschwerde gegen die Einstellung des Verfahrens habe er keine Antwort erhalten, die Mühlen der Bürokratie mahlten langsam.

Eine Stunde später rief Feuchtenberger an, sein Anwalt. Richard Zurek fragte ihn, ob er gute Nachrichten für ihn habe. Der Anwalt sagte ihm, dass es noch immer keinerlei Reaktion auf die Beschwerde gebe, er rufe lediglich an, um ihm zum Geburtstag zu gratulieren. Sobald es irgendetwas Neues gebe, würde er ihn unverzüglich unterrichten. Enttäuscht legte Zurek den Hörer auf.

Am späten Nachmittag erschien Heiner, um zu gratulieren. Er kam mit Sigrid Erckmann, der Kollegin aus seiner Firma, mit der er bereits einmal bei den Eltern war und die im Solidaritätskomitee für Oliver mitarbeitete. Als Heiner mit seiner Mutter in der Küche stand, fragte sie ihn, ob Sigrid noch immer in festen Händen sei.

»Nein, nicht noch immer«, erwiderte er. Dann sah er seine Mutter an, grinste und fügte hinzu: »Aber schon wieder.«

Seine Mutter schaute ihn überrascht an, und als sie ihn zu verstehen glaubte, wollte sie etwas erwidern, aber er legte ihr einen Finger auf die Lippen und sagte: »Nein, sag nichts. Es ist alles noch zu früh. Sag nichts zu Sigrid, Mama, bitte. Und mach auch keine deiner Andeutungen, für die du in der Familie berühmt bist. Behandle sie einfach wie einen ganz normalen Gast, der Rest wird sich finden.«

Seine Mutter versprach es ihm, aber als sie ins Wohnzimmer zurückgingen, strahlte sie die junge Frau immerzu glückselig an. Nachdem Heiner und seine Bekannte ins Auto gestiegen waren, um nach Nürnberg zurückzufahren, wollte Friederike ihrem Mann die Neuigkeit erzählen, doch bevor sie zu Wort kam, sagte er: »Ist dir aufgefallen, Rike, dass wir heute mit Heiner kein Wort über Oliver gesprochen haben? Ich denke, das ist ein gutes Zeichen. Wir lernen, damit zu leben.«

»Und mir ist es nicht einmal aufgefallen«, erwiderte sie.

»Das ist gut, Rike. Das ist sehr gut.«

Christin hatte sich für das Wochenende angemeldet. Sie war mit Konstantin gekommen und blieb über Nacht, ihr Mann hatte in Berlin zu tun und ließ die Schwiegereltern grüßen. Friederike Zurek hatte die Fotoalben und die Pappkartons mit den darin gestapelten Fotografien durchgesehen und für Christins Besuch einige Bilder herausgesucht, die sie ihrer Tochter und ihrem Enkelsohn zeigte. Der Kleine war an den alten Fotos diesmal überraschenderweise interessiert und stellte viele Fragen. Seine Mutter als kleines Kind zu sehen, belustigte ihn, und er war vergnügt und aufgeschlossen wie selten bei den Großeltern. Nachdem Christin ihn ins Bett gebracht hatte, zeigte Friederike Zurek weitere Fotos, auf denen auch

Oliver zu sehen war. Diese Bilder hatte sie ihrem Enkel nicht zeigen wollen, um nicht von ihm Fragen zu hören, die sie nicht beantworten konnte oder deren Beantwortung Christins Zorn hervorrufen würde. So sahen sich die drei schweigend die Fotos mit Oliver an und hingen, jeder für sich, ihren Gedanken nach. Friederike Zurek packte die Fotos wieder zusammen und brachte sie ins Schlafzimmer, während ihr Mann eine Flasche Wein entkorkte.

»Wie ist es dazu gekommen, Christin?«, sagte er, als die drei wieder am Tisch saßen und einen Schluck auf seine Gesundheit getrunken hatten, »ich weiß es nicht. Ich verstehe es nicht.«

»Falsche Freunde«, erwiderte Christin knapp und lakonisch.

»Aber er war stabil und ganz bei sich. Er hatte ein gesundes Selbstbewusstsein und genügend Selbstvertrauen. Wie konnte er da auf diesen Irrweg geraten?«

»Die falschen Freunde, die falschen Bücher, die falschen Zeitungen. Oliver war einfach irgendwann und durch irgendetwas, das kann ein ganz dummer nichtssagender Anlass gewesen sein, auf einen Weg geraten, der ihn zu diesen Verbrechern brachte, einen Weg, der ihn mitten ins Verbrechen geraten ließ. Das mag anfangs ganz belanglos gewesen sein und sich dann Schritt für Schritt und folgerichtig zur Katastrophe entwickelt haben. Ich sehe es bei den Kindern an meiner Schule. Das fängt mit einer Haschischzigarette an und endet auf einem Polizeirevier. Oder im Leichenschauhaus.«

»Christin!«

»So ist es aber, Mutter. Du kannst die Augen nicht davor verschließen. Diese eine Haschischzigarette ist der Beginn einer fatalen, endlosen Kette. Anfangs ist es eine harmlose Gedankenlosigkeit, etwas Neugier ist dabei, etwas Spaß, und dann folgt eins um das andere, und der Junge oder das Mädchen hängt fest am Haken. Wir hatten diese Fälle an der Schule, und nicht nur einmal. Die Polizei ist regelmäßig bei uns im Haus, mindestens einmal im Monat, und mittlerweile erkenne ich die Kandidaten für diese Laufbahn in der ersten Stunde, in der ich sie vor mir auf der Bank habe. Es ist immer der gleiche Ablauf, und so wird es auch bei Oliver gewesen sein.«

Ihr Vater widersprach ihr: »Nein, Christin, ich denke, begonnen hat es alles mit dieser unseligen Verhaftung, damals vor elf, zwölf Jahren. Der Staatsschutz hatte ihn aus dem Haus geschleppt wie einen Schwerverbrecher. Sie behielten ihn ein halbes Jahr in Untersuchungshaft, im Hochsicherheitstrakt, isoliert von allen anderen Gefangenen. Und der Vorwurf, Waffen transportiert zu haben, erwies sich als völlig falsch. Man war einem Polizeispitzel aufgesessen, der sich von dieser Beschuldigung eine Hafterleichterung versprochen hatte. Ein halbes Jahr hat Oliver unschuldig im Gefängnis gesessen, und in der Öffentlichkeit war er bereits verurteilt, galt er als Terrorist. Ich habe die Zeitungsausschnitte von damals, Christin, ich habe sie alle noch. Nach einem halben Jahr hat man ihn entlassen mit einer dünnen Entschuldigung, man hat so getan, als trage er die Verantwortung, als sei er der Schuldige an der falschen Verdächtigung. Nach der

Haft hat er ein paar Wochen bei uns gewohnt, aber er hatte sich verändert. Es gab kein Gespräch mehr mit ihm. Ich kam nicht mehr an ihn heran, er blockte alles ab. Schließlich verabschiedete er sich und zog aus. Ein halbes Jahr hat er in Frankfurt gelebt, und er hat nie bei uns angerufen. Wir waren es, die versuchten, den Kontakt mit ihm aufrechtzuerhalten, er stieß uns zurück. Dann erschien er eines Tages ohne jede Vorankündigung, um sich von uns zu verabschieden. Das war im Mai 1985. Wir verstanden gar nicht, was das sollte, aber zwei Monate später kam ein letzter Brief von ihm an, und da wussten wir, er war untergetaucht, er lebte illegal. Und dann waren wir im Visier des Staatsschutzes. Das war nicht einfach, Christin, schließlich war ich Direktor eines Gymnasiums, und es gab merkwürdige Besuche und Auftritte dieser Herren in der Schule. Die Schüler wurden nach mir befragt. Ich habe mich damals beschwert. Die ganze Antwort bestand aus einem Telefonanruf, in dem man mir mitteilte, dass nach dem Terroristen Oliver Zurek gefahndet werde und ich, falls ich Kenntnis über seinen Aufenthaltsort habe, dieses unverzüglich mitzuteilen habe, als Staatsbürger und als vereidigter Beamter. Das war nicht angenehm, Christin.«

»Daran sind nicht die Polizisten und nicht die Leute vom Geheimdienst schuld. Oliver war es, der in den Untergrund ging. Was hast du denn vom Staatsschutz erwartet? Dass er tatenlos zusieht, wie sich eine Untergrundarmee bildet? Mein Gott, Papa, sie haben Waffenlager von diesen Terroristen gefunden, Maschinengewehre, Handfeuerwaffen. Das war eine richtige Armee.«

»Es gibt keinen Beweis, dass Oliver irgendwie und irgendwo daran beteiligt war. Sie hatten keine Beweise, als sie ihn verhafteten, sie hatten keine Beweise, als sie ihn erschossen haben.«

»Papa! Er wurde nicht erschossen. Das ist pure Fiktion. Das ist ein Hirngespinst dieser verrückten Leute, die einen Märtyrer brauchen. Er hat sich selber erschossen. Oliver hat sich in Kleinen selber eine Kugel in den Kopf geschossen.«

»Nein, Christin. Ich habe sämtliche Unterlagen in meinem Zimmer, ich habe alle Berichte, alle Gutachten, ich weiß, er hat sich nicht erschossen, das ist völlig unmöglich.«

»Weil du es nicht sehen willst. Du willst einfach nicht akzeptieren, dass dein Sohn kriminell geworden ist. Dir wäre es lieber, er wäre ein reines, ein völlig unschuldiges Opfer irgendwelcher Verschwörungen oder einer schießwütigen Polizeitruppe. Ich habe auch alle Dokumente gelesen, Papa. Ich habe mich durch diese Akten gearbeitet. Für mich ist alles glasklar, und ich halte den Abschlussbericht für korrekt und glaubhaft. Dass es Unklarheiten gibt, das wird nicht verschwiegen, das kann gar nicht anders sein, wenn so ein Pärchen jahrelang im Untergrund gelebt hat. Woher soll die Staatsanwaltschaft etwas wissen, wenn der eine tot ist und die andere nicht den Mund aufmacht?«

»Wieso lag er auf seinem rechten Arm? Wie kam die rechte Hand unter seinen Oberkörper, wenn es ein

Selbstmord war? Das ist die entscheidende Frage, Christin. Er kann sich nicht selber erschießen, dann den Revolver fortwerfen und seinen Arm unter…«

»Bitte, Papa, bitte. Ich bitte dich, spiel hier nicht den Kriminalkommissar. Ich weiß es nicht, aber ich vertraue den polizeilichen Untersuchungen, und die haben einen einleuchtenden und wahrscheinlichen Tathergang benannt.«

»Ja. Der ihre Kollegen entlastet.«

»Die entscheidende Frage ist nicht, ob es da irgendein Detail gibt, das von der Kriminalpolizei nicht aufgeklärt werden konnte. Die eigentlich entscheidende Frage ist vielmehr, ob du wirklich glaubst, du, der pensionierte Schuldirektor Richard Zurek, dass die Polizei in diesem Staat Menschen ermordet? Dass Polizei und Justiz, dass Staatsanwaltschaft und Minister einen heimtückischen Mord an einem wehrlosen Opfer decken, gar noch an einem unschuldigen Opfer? Die entscheidende Frage ist, ob du, so wie diese Sympathisanten und Krakeeler und einige dieser wahnsinnig gewordenen Journalisten, ob du der Ansicht bist, dass in diesem Land eine Polizeitruppe, die Terroristen bekämpfen soll, stattdessen herumballert wie ein Todesschwadron und straflos Leute ermordet? Na, sag schon, Papa! Bist du dieser Ansicht?«

»Bitte, streitet nicht. Ich ertrage es nicht, wenn ihr euch streitet«, mischte sich Friederike Zurek in das Gespräch.

»Wir streiten gar nicht, Mutter«, beruhigte Christin sie. »Wir haben verschiedene Ansichten.«

»Ja, so ist das wohl«, bestätigte ihr Vater, »und

mein ganzes Leben lang habe ich diese Frage genauso beantwortet wie du jetzt. Ich habe mit den Schülern so lange diskutiert, bis ich alle ihre Argumente zerpflückt hatte. Ich habe versucht, ihnen klarzumachen, was eine Demokratie von jeder anderen Herrschaft unterscheidet, und warum in einer Demokratie nur rechtliche, nur rechtmäßige Mittel seitens des Staates erlaubt sind. Es gab keinen Tag in meinem Leben als Lehrer, an dem ich nicht vorbehaltlos hinter diesem Staat gestanden habe. Jede Kritik an den Parteien und an dem Staat war für mich zulässig, doch es gab eine Grenze, die für mich galt, und die für jeden meiner Schüler zu gelten hatte, wenn er mit mir ins Gespräch kommen wollte. Bei aller Kritik, und Schüler sind darin nicht zimperlich, wie du selber erfahren haben wirst, hat zu gelten, diese Demokratie muss verteidigt werden. Und ich habe diesen Staat immer verteidigt, genauso wie du jetzt, Christin. Aber heute bin ich nicht mehr sicher, ob ich recht daran getan habe.«

»Papa, weißt du, was du da sagst? Ist dir klar, was das bedeutet? Und wohin das führt?«

»Ach, Christin, alles was ich sagen wollte, war nur, dass ich glaube, mit Olivers Verhaftung hat alles angefangen. Ich weiß nicht, was er gemacht hat, als er untergetaucht war. Ich weiß nicht einmal, wo er gelebt hat, und ich hoffe, er hat keine Verbrechen begangen. Aber der Anfang von allem war diese unsinnige Verhaftung. Wenn Oliver wirklich ein Terrorist geworden ist, so hat ihn der Staatsschutz dazu gemacht.«

»Und diese Polizeieinsätze«, warf Friederike Zurek ein, »ich weiß es wie heute. Oliver war achtzehn, und ich war mit ihm in Wiesbaden, wir wollten ihm einen Anzug für das Abitur kaufen. Und plötzlich waren wir mitten in einem Polizeieinsatz. Ich bin mit ihm in ein Hutgeschäft gegangen und habe ihn festgehalten, dass er nicht hinausläuft. Die Wasserwerfer fuhren mit hohem Tempo auf die Demonstranten zu, und dann knüppelten sie auf alles ein, was sich bewegte. Oliver war totenblass. Seit diesem Tag hatte er Polizisten nur noch als Faschisten bezeichnet.«

»Und was hattet ihr erwartet? Dass die Polizei Gummibärchen verteilt? Mama, ein Staat hat nicht nur ein Gewaltmonopol, er setzt es gelegentlich auch ein. Er muss es einsetzen. Das ist nicht schön, aber notwendig. Und wer sich in Gefahr begibt, sollte sich dann nicht wundern.«

»Es war so ein Schock für das Kind, Christin.«

»Leider kein heilsamer«, erwiderte ihre Tochter.

»Christin, von keinem Verbrecher und von keinem Terroristen ist Offenheit und Transparenz zu verlangen, aber von einem Staat sehr wohl, eben weil er dieses Monopol besitzt. Anderenfalls unterscheidet er sich in nichts mehr von denen, die er zu bekämpfen hat. Dann wird der Staat selber zum Terroristen. Und zu dem gefährlichsten von allen, weil er, anders als der schlimmste Verbrecher, eine unumschränkte Macht besitzt und einsetzen kann.«

»Das könnten haargenau die Worte von Oliver sein, Papa. Du redest schon so wie diese Leute, die Terroristen.«

Sie stand abrupt aus dem Sessel auf.

»Ich möchte ins Bett gehen, ich bin müde«, sagte sie und ging aus dem Zimmer.

Richard Zurek und seine Frau blieben für einen Moment überrascht in den Sesseln sitzen, dann sagte er, dass auch sie ins Bett gehen sollten, denn Konstantin würde sicherlich sehr früh wach werden.

»Bitte, Richard«, sagte seine Frau fast flehend, »ich möchte nicht auch noch Christin verlieren.«

Er knurrte etwas und ging ins Badezimmer.

19.

Mitte Februar begann am Oberlandesgericht Frankfurt der Prozess gegen Katharina Blumenschläger. Der neu ernannte Generalbundesanwalt hatte Klage gegen sie wegen Mordes und sechsfachen Mordversuches im Zusammenhang mit ihrer Festnahme in Kleinen erhoben. Die beiden Zureks versuchten zweimal, an einem der Prozesstage in den Verhandlungsraum zu kommen, aber sie schafften es nicht, der Saal war überfüllt, bevor sie nur die Tür erreicht hatten, zu viele Journalisten und Schaulustige waren gekommen. Friederike Zurek schrieb Katharina Blumenschläger, dass sie es in ein oder zwei Monaten wieder versuchen würden. Im April gelang es ihnen, in den Saal zu kommen und eine Verhandlung zu erleben, die freilich nach einer Beschwerde der Verteidigung fünfundvierzig Minuten später abgebrochen wurde. Friederike hatte sich eine große silberne Brosche an das Dekolleté ihres Wollkleides gesteckt, diese Brosche hatte sie Katharina Blumenschläger in einem Brief als Erkennungszeichen genannt. Sie hatte ihren Mann zu überreden versucht, eine große Blüte am Revers seines Jacketts zu tragen, aber Richard Zurek hatte es abgelehnt, er wollte nicht wie ein Bonvivant im Gerichtssaal erscheinen. Als die junge Frau auf der Anklagebank ihren Blick suchend durch den Saal schweifen ließ, bei Friederike Zurek verharrte und sie fragend ansah, nickte diese heftig und zeigte auf ihren Mann. Katharina Blumenschläger lächelte ihnen kurz zu. Nachdem der Verhandlungstermin abgebrochen und die Angeklagte aus dem Saal gebracht wurde, schaute sie in der Tür noch einmal zu den beiden Zureks hinüber, Friederike winkte ihr zu. Zwei Journalisten, die es bemerkt hatten, wollten Frau Zurek befragen, sie hielten sie für die Mutter der Angeklagten oder eine nahe Verwandte. Richard Zurek antwortete ihnen barsch und verließ mit seiner Frau schnellstens das Gerichtsgebäude.

Im gleichen Monat rief Feuchtenberger sie an, ihre Beschwerde gegen die Einstellung sei abgewiesen worden.

»Ich hatte nichts anderes erwartet«, sagte er.

»Und nun?«, fragte Richard Zurek.

»Wir haben alle Rechtsmittel ausgeschöpft«, sagte der Anwalt, »rein rechtlich haben wir keine Möglichkeiten mehr.«

»Heißt das, ich muss mich mit dieser Entscheidung abfinden?«

»Ja, so sieht das der Gesetzgeber vor, Herr Zurek.«

»Ich bin damit nicht einverstanden. Ich will mich damit nicht zufriedengeben. Hier ist ein Unrecht geschehen, ein Gericht hat dieses Unrecht als Recht erklärt. Ich kann mich mit einer solchen Entscheidung nicht abfinden. Ich kann es nicht und ich will es nicht, Herr Feuchtenberger. Irgendetwas muss doch möglich sein, um in diesem Staat zu seinem Recht zu kommen.«

»Herr Zurek, wir haben uns sogar mit einer Beschwerde an den Europäischen Gerichtshof für Menschenrechte in Straßburg gewandt. Auch dieser Gerichtshof hat unsere Beschwerde für unzulässig erklärt, er war nicht bereit, die Bundesrepublik wegen einer Verletzung der Menschenrechtskonvention zu rügen. Ich fürchte, wir haben das Ende der Fahnenstange erreicht.«

»Und nun? Was machen wir nun?«

»Momentan läuft in Frankfurt der Blumenschläger-Prozess. Der wird sich sicher über ein Jahr hinziehen. Möglicherweise kommen im Verlaufe dieses Prozesses ein paar Fakten zur Sprache, die eine Wiederaufnahme unseres Prozesses erlauben. Vielleicht gelingt es den Anwälten der Angeklagten, ein paar Leute vorzuladen, wie zum Beispiel den früheren Innenminister oder den entlassenen Bundesanwalt, die endlich einmal auspacken müssen, was sie wissen. Aber das ist die einzige Möglichkeit, die wir haben, und ich sage Ihnen gleich, diesen Leuten ist es gelungen, nicht bei uns zu erscheinen und auszusagen, sie werden es auch diesmal schaffen. Die Staatsanwaltschaft und das Gericht sind nicht daran interessiert. Sie wollen den Staat nicht in eine peinliche Verlegenheit bringen.«

Er bot Richard Zurek an, ihn in der Kanzlei aufzusuchen, um noch einmal alles durchzusprechen, machte ihm allerdings klar, dass er sich mit der Endgültigkeit der Entscheidung abfinden müsse. Richard Zurek dankte ihm und bat darum, ihm die abschließende Rechnung zu schicken.

Der Gemeindekirchenrat hatte in diesem Frühjahr mehrere Sitzungen, denn der Pfarrerwechsel stand unmittelbar bevor. Nach dem Osterfest wollte Pfarrer Alarich das Pfarramt und das Pfarrhaus verlassen und mit seiner Frau auf die Insel Rügen ziehen, wo seine Eltern ein Haus besessen hatten, das er als einziger direkter Erbe nach der Vereinigung der beiden deutschen Staaten zurückerhalten hatte. Die Entscheidung für den neuen Pfarrer war gefallen, ein junger Mann, der nach dem Studium fünf Jahre in einer fränkischen Kleinstadt sein Amt versehen hatte, sollte zu ihnen kommen. Die Mitglieder des Kirchenrates hatten mit ihm gesprochen, er hatte bereits einen Gottesdienst zur Probe gehalten, und man hatte sich einvernehmlich für diesen jungen Pfarrer Härle entschieden und mit ihm geeinigt. Er würde eine Woche vor Ostern seinen Dienst antreten und, sobald Pfarrer Alarich aus dem Pfarrhaus ausgezogen und dieses renoviert wäre, seine Familie nachholen. Herr Härle hatte dem Gemeindekirchenrat versichert, dass er die Absicht habe, für viele Jahre in der Gemeinde zu bleiben, möglicherweise bis zu seiner Pensionierung, da er keine weitergehenden Ambitionen verfolge, mit Seele und Leib ein Gemeindepfarrer sei und eine kleinstädtische Gemeinde den anonymeren Gemeinden in der Großstadt vorziehe.

Bei dem Abschiedsgottesdienst von Pfarrer Alarich war die Kirche gefüllt wie sonst nur zu Weihnachten. Nach dem Gottesdienst standen die Gemeindemitglieder in einer langen Schlange vor der Kirchentür, weil fast jeder von ihnen mit dem scheidenden Pfarrer ein paar Worte wechseln wollte. Eine Woche später, als Pfarrer Härle seine erste Predigt als bestallter Gemeindepfarrer hielt, war die Kirche nochmals gut besucht, und auf dem Kirchenvorplatz unterhielten sich danach die Gläubigen über den neuen Pfarrer.

Ende Mai brachte Richard Zurek seine Frau in das Universitätsklinikum Frankfurt. Ein Leberfleck an ihrem Oberschenkel, den sie seit der Geburt hatte, verursachte ihr seit einigen Monaten Schmerzen. Sie hatte das Gefühl, unter dem Leberfleck habe sich ein Knoten gebildet, der auf den Knochen drücke. Doktor Sebald, ihr Hausarzt, hatte ihr zu der Operation geraten und sie in das Klinikum überwiesen, wo die Gewebeproben untersucht und die Herzkranzgefäße gecheckt werden sollten. Er hatte überdies um ein Computertomogramm des Brustkorbs gebeten, da sie seit längerem über Beschwerden geklagt hatte.

»Eine Woche, zehn Tage«, sagte der aufnehmende Arzt im Klinikum, als Friederike Zurek ihn fragte, wie lange sie im Krankenhaus bleiben müsse, »ich kann es erst nach den Untersuchungen sagen. Ich weiß nicht, was wir bei Ihnen finden.«

»Suchen Sie nicht zu lange«, mischte sich Richard Zurek in das Gespräch, »in unserem Alter können Sie so viel finden, dass Sie das halbe Krankenhaus damit beschäftigen können.«

Der Arzt lachte: »Ein paar Zipperlein werden wir Ihnen lassen, damit Sie nicht übermütig werden. Und Ihr Hausarzt will Sie ja auch mal wiedersehen.«

Richard Zurek besuchte seine Frau jeden zweiten Tag. Er brachte ihr Zeitschriften und Obst mit und saß dann für eine halbe Stunde an ihrem Bett, bevor er sich auf den Heimweg machte. Nach vierzehn Tagen konnte er sie abholen. Einige Untersuchungsergebnisse lagen noch nicht vor, die Klinik würde sie Doktor Sebald zuschicken, die entscheidenden Untersuchungen hatten keine besorgniserregenden Befunde ergeben, so dass die beiden Zureks unbesorgt nach Hause fahren konnten. Der Arzt riet ihnen, Urlaub zu machen. Eine leichte Klimaveränderung könne Wunder bewirken, sie sollten aber keine Weltreise machen und nicht ausgerechnet in tropische Regionen fahren.

»Am günstigsten wäre das milde mitteleuropäische Klima«, empfahl ihnen der Arzt beim Abschlussgespräch, »wenn Sie sich einen Urlaub in Deutschland leisten können, ich würde Ihnen dazu raten. Aber ich weiß ja, alle fliegen um die halbe Welt, weil das preiswerter ist, als in der Heimat Ferien zu machen.«

»Wir können es uns leisten«, erwiderte Richard Zurek, »und wofür, wenn nicht für die Gesundheit, sollten wir das Geld ausgeben.«

»Wir können es uns nicht leisten«, sagte Friederike Zurek, als sie daheim waren.

»Wovon redest du, Rike?«

»Von dem Urlaub. Wir können es uns nicht leisten, in Deutschland Urlaub zu machen. Das ertrage ich nicht noch einmal.«

»Es ist vorbei. Jetzt, wo Oliver tot ist, werden sie uns in Ruhe lassen.«

20.

Nach dem Gespräch mit dem Arzt telefonierte Richard Zurek mit Heiner. Er empfahl ihnen ein kleines Hotel auf Amrum und bot ihm an, für sie ein Zimmer dort zu bestellen, da er den Hotelier persönlich kannte. Eine halbe Stunde später rief er zurück. Er habe problemlos ein Zimmer bekommen, da Vorsaison sei, sie könnten in drei Tagen, am Freitag, anreisen. Richard Zurek war einverstanden, und am Abend kamen per Fax vom Hotel die Bestätigung der Zimmerbestellung und ein Prospekt mit Fotos der Zimmer und des nahe liegenden Strandes.

Friederike Zurek fühlte sich von ihrem Mann überfahren, doch er konnte sie bald beruhigen und machte ihr klar, dass heutzutage für einen Urlaub keine langen Planungen mehr nötig seien.

»Pack in die Koffer, was dir einfällt, Rike, und wenn du etwas vergessen hast, können wir es dort kaufen.«

Sie blieben drei Wochen auf Amrum, machten lange Spaziergänge am Strand und gingen nach dem Abendessen in die Spielkasinos, wo sie den Spielern zuschauten, die dort süchtig oder gelangweilt die Automaten mit Münzen fütterten. Es waren vor allem ältere Damen, die an den Spielapparaten standen, in der linken Hand hielten sie einen kleinen Korb, in dem sie ihre Chips oder Geldstücke mit sich führten, und mit der rechten warfen sie unentwegt neue Münzen in die Schlitze der Automaten. Beiden machte es

Spaß, den Frauen dabei zuzusehen. Sie betrachteten sie und entwarfen Lebensläufe der Spielerinnen, bei denen ein entscheidender Punkt der fantasierten Biografien stets der Tod des erfolgreichen Ehegatten war, der nach dem Krieg eine kleine Firma aufgebaut und die Familie und die Frau vernachlässigt hatte, weshalb die Witwen, die ein Leben lang sparsam zu wirtschaften hatten und denen nach dem Tod des Mannes das Vermögen zugefallen war, nun ein rachsüchtiges Vergnügen daran hatten, eben dieses Vermögen möglichst schnell und sinnlos aufzubrauchen, um sich so für die Entbehrungen und die vielfältigen Kränkungen zu revanchieren.

Das Ehepaar hatte mehrfach seinen Namen anzugeben, im Hotel, bei der Kurverwaltung und bei den verschiedensten Bestellungen, niemandem fiel etwas an ihrem Namen auf, keinen erinnerte dieser Name an den spektakulären Todesfall von Kleinen. Es war vorbei und vergessen. Die beiden registrierten es erleichtert.

Sie verließen Amrum an dem Tag, an dem sich Olivers Todestag zum zweiten Male jährte. Sie hatten drei Wochen lang keine Zeitungen gelesen und an keinem Abend ferngesehen und erwarteten nun besorgt, dass nun wiederum in den Zeitungsblättern und Nachrichtensendungen das Bild ihres Sohnes erschien, doch in keinem Blatt, in keiner Fernsehsendung wurde er mit einem Wort erwähnt. Friederike und Richard Zurek sprachen nicht miteinander darüber, aber beide nahmen es dankbar zur Kenntnis. Ihr toter Sohn konnte nun endlich Frieden finden.

Weiterhin verließen sie selten ihr Haus und vermieden Spaziergänge durch die Stadt. Noch immer hatten sie das Gefühl, angestarrt zu werden, schien es ihnen, dass man sich nach ihnen umblicke und hinterherschaue. Bei den seltenen Besuchen ihrer Tochter sprach man über den Enkel und die beruflichen Erfolge der Tochter und des Schwiegersohns, Friederike Zurek redete viel über die kleinen misslichen Beschwerden, die das Alter für sie und ihren Mann mit sich gebracht hatte, alle unterließen es, auch nur eine Bemerkung über Oliver fallenzulassen. Mit Heiner und Sigrid, die ihn immer häufiger bei seinen Besuchen der Eltern begleitete, sprachen sie dagegen viel über ihren toten Sohn. Als Friederike Zurek bei einem dieser Besuche noch etwas einkaufen musste und Sigrid sie begleitete, fragte Richard Zurek seinen Sohn, wie weit er damals gegangen sei, wie weit er in die Geschichten von Oliver verstrickt sei.

»Mach dir keine Sorgen, Paps, ich hatte nichts mit ihnen zu tun. Ich war anfangs bei einigen Gesprächen dabei, aber als Oliver merkte, dass ich mich dafür begeisterte, wurde ich plötzlich von der ganzen Gruppe geschnitten. Keiner redete mehr mit mir darüber, sie taten so, als sei ich eine Gefahr für sie. Wie ein Verräter wurde ich von ihnen behandelt. Schließlich habe ich seine Freunde nicht mehr sehen dürfen. Halt dich von uns fern, sagte er zu mir, lass uns in Ruhe. Ich habe Katharina Blumenschläger nie gesehen, ich habe nie eine Waffe in der Hand gehabt, ich habe nicht einmal etwas von irgendeiner Waffe gehört. Bei den Gesprächen, bei denen ich damals dabei war, ging es nur um allgemeine politische und philosophische Themen. Das war so ein Diskutierclub, mehr nicht, und ich war brennend daran interessiert, dabei zu sein. Als ich mich bei Oliver beschwerte, sagte er, sie wollten unter sich sein und seine Freunde wären dagegen, dass sich Minderjährige an den Diskussionen beteiligten. Und ein Jahr später, als ich nochmals fragte, sagte er wieder, seine Freunde seien dagegen. Ich wollte mit diesen Freunden sprechen, aber dazu kam es nie. Und dann gab es ein langes Gespräch mit Oliver nach seiner Haftzeit. Wir waren Pilze sammeln, und ich beschwerte mich nochmals bei ihm, weil ich zu seinen Treffen nicht mitgehen durfte. Er blieb plötzlich stehen, sah mich an, wir setzten uns im Wald auf eine Böschung, und dann erzählte er mir ein wenig von dem, was sie vorhatten. Damals hörte ich zum ersten Mal auch etwas von Waffen, die sie sich besorgt hätten oder noch besorgen würden. Er machte mir klar, dass sein altes Leben endgültig vorbei sei und es für ihn keinen Weg zurück gebe. Er sagte, dass er bald untertauchen müsse, und es könne sich sogar ergeben, dass er dann mich und euch nie wieder sehen würde, niemals. Dann sagte er zu mir, dass ich keinesfalls bei der Gruppe mitmachen darf. Der Eltern wegen, sagte er. Einer muss bei Mama und Papa bleiben, sagte er. Ich musste ihm im Wald feierlich versprechen, mich niemals an illegalen Aktionen zu beteiligen. Ich wäre durch ihn ohnehin gefährdet, der Staatsschutz würde mich sehr bald im Visier haben, und da sei es für mich ein heller Wahnsinn, auch nur für einen Moment daran zu denken, irgendetwas Ungesetzliches zu tun. In wenigen Wochen würde man anfangen, ihn zu jagen, und sie würden die Familie und die Freunde nicht einen Moment aus den Augen lassen, um ihn zu fassen. Sie würden alles sehen, was ich tue, und ich sollte in Zukunft nicht einmal einen Kugelschreiber auf der Bank oder in einem Warenhaus mitgehen lassen, sie hätten es umgehend in ihren Akten. Und dann musste ich schwören. Ich musste mich vor ihn hinstellen, die Schwurhand hochhalten und es ihm versprechen. So war es, und darum bin ich völlig sauber.«

»So ein dummer Junge«, sagte Richard Zurek, »wie konnte er glauben, dass nur einer unserer Jungen bei uns bleiben muss. Meinte er tatsächlich, dass seine Mutter auf eins ihrer Kinder verzichten könnte?«

»So hat er es nicht gemeint, Paps.«

»Gut, dass du uns geblieben bist. Und das verdanken wir wohl Oliver?«

»Ja, denn damals war ich zu allem bereit. Das Leben, das ich heute leben darf, verdanke ich eigentlich Oliver. Er hat mich davor bewahrt, dass ich auch ...«

Heiner brach ab. Die beiden Männer umarmten sich.

Da das Ehepaar selten ausging, waren der intensivste und eigentlich einzige Kontakt mit der Stadt die monatlichen Sitzungen des Gemeindekirchenrates, an denen Richard Zurek wieder regelmäßig teilnahm, und auch hier sprach niemand mehr über seinen Sohn, und der neue Pfarrer, Herr Härle, wusste möglicherweise nichts von der Verflechtung eines der Mitglieder seines Gemeindekirchenrates mit den Ereignissen auf dem Bahnhof von Kleinen, jedenfalls gab es von seiner Seite aus nie eine Bemerkung, nicht einmal andeutungsweise. Richard Zurek war es zufrieden.

Der einzige Mensch, der ihn regelmäßig darauf ansprach, war sein alter Freund Lutz Immenfeld, der alle paar Monate anrief, um sich nach ihm zu erkundigen und von seinen Unternehmungen zu berichten. Er versäumte es nie, ihn zu fragen, ob es irgendwelche Neuigkeiten in den Ermittlungen gebe und was sein Anwalt unternehme. Es half Richard Zurek wenig, wenn er den Freund darauf verwies, dass sämtliche Ermittlungen endgültig abgeschlossen und alle rechtlich möglichen Schritte unternommen worden seien. Immenfeld wiederholte nur, dass man nach den rechtlichen Schritten ein paar andere gehen könne, er jedenfalls sei bereit, und Zurek möge bedenken, es gehe schließlich um seinen Sohn.

Im Februar 1997 rief der Schul- und Kriegskamerad bei Richard Zurek an und bat darum, ihm die Kopien des Abschlussvermerks der Staatsanwaltschaft, der Beschwerde seines Anwalts sowie der Rückweisung der Beschwerde zuzuschicken. Als sich Richard Zurek nach dem Grund erkundigte, sagte er, er habe mit einem seiner Anwälte gesprochen, und dieser vermute, dass es keinen Grund gebe, die Sache kampflos aufzugeben und den Wünschen irgendeiner Staatsanwaltschaft zu folgen.

»Wir müssen die Waffen noch nicht auspacken, Richard«, sagte Lutz Immenfeld, »noch können wir die Gerechtigkeit den Rechtsverdrehern anvertrauen. Aber dann, Richard, wenn die nicht mehr weiterwissen, dann sind wir zwei gefragt. Und jetzt schick mir den Kram.«

Richard Zurek versprach ihm, die gewünschten Dokumente in den nächsten Tagen zu schicken, es würde etwas dauern, denn es seien dicke Akten, die kopiert werden müssten.

Im gleichen Monat wurde Katharina Blumenschläger vom Oberlandesgericht Frankfurt zu lebenslänglicher Haft verurteilt. Ihr wurden verschiedene Anschläge vorgeworfen sowie die Beteiligung an einem Mord und an zwei Entführungen. Die Ereignisse von Kleinen wurden im Urteil nur beiläufig gestreift, die ihr dort zur Last gelegten Vorwürfe des Mordes und des mehrfachen Mordversuches hatte die Anklage fallengelassen. Friederike Zurek schrieb ihr einen langen Brief, sie versuchte ihr Mut zu machen und kündigte an, dass sie sich erneut um eine Besuchserlaubnis bemühen würde, gegen die nun, da die Untersuchungen abgeschlossen seien, keine Einwände erhoben werden könnten.

Drei Wochen später meldete sich Immenfeld erneut telefonisch.

»Wir haben sie, Richard, wir haben sie an den Eiern. Dieser kleine Fuchs, dieses Bürschchen aus München, hat tatsächlich einen Weg gefunden, wie wir sie packen können.«

»Einen rechtlichen Weg? Einen Weg des Gesetzes?«

»Ja, du vermaledeiter Staatsbeamter, der du bist. Alles nach Recht und Gesetz, wenn dir daran so viel liegt. Der Junge hat ein Mauseloch gefunden, wo wir hineinkommen und sie zu packen kriegen. Ich schick dir sein Schreiben. Hast du eine Faxnummer? Wenn du es gelesen hast, dann solltest du dich auf den Weg machen. Wir treffen uns mit meinem Anwalt bei mir oder fahren zu ihm nach München. Und das muss bald geschehen, sonst ist die Angelegenheit verjährt. Ruf mich an, sobald du es gelesen und dich entschieden hast.«

Ohne sich zu verabschieden, legte Immenfeld den Hörer auf. Eine Minute später surrte das Faxgerät und Richard Zurek bekam das Schreiben von der Kanzlei Blumendahl, dem Anwalt seines Freundes. Blumendahl schrieb, er habe die Papiere bisher nur einmal durchblättern können, aber bereits gesehen, dass gegen den Einstellungsbeschluss direkt nicht vorzugehen sei, es jedoch eine Möglichkeit gebe, den Prozess vor einem anderen Gericht zu führen, wenn die Verwandten ersten Grades den Staat auf Erstattung der Begräbniskosten des erschossenen Oliver Zurek verklagen. In diesem Fall müsse der gesamte Fall nochmals aufgenommen werden, da eine stillschweigende Kostenübernahme durch den Staat ausgeschlossen sei und eine Schuldanerkenntnis bedeuten würde, eine Ablehnung für den Staat aber nur durch einen neuen Prozess erlangt werden könne. Falls Immenfeld seinen Freund davon überzeugen könne, wäre er bereit, ihn anwaltlich zu vertreten. Zu beachten seien die Verjährungsfristen für diese Art von Forderungen, eine Klage müsse bis zum Oktober des laufenden Jahres eingereicht sein, danach trete die Verjährung in Kraft.

Richard Zurek zeigte das Schreiben seiner Frau. Sie war besorgt, nachdem sie es gelesen hatte.

»Sprich erst mit Feuchtenberger«, sagte sie, »er hat uns bisher gut beraten. Ich weiß nicht, ob dieser Anwalt aus München für uns das Richtige ist.«

Ihr Mann stimmte ihr zu.

»Ich habe Angst«, fuhr sie fort, »ich habe Angst, es geht nun alles wieder los.«

Richard Zurek betrachtete seine Frau. Ihm fiel auf, dass sie in den letzten Jahren sehr gealtert war. Dann nickte er nochmals, ging in sein Zimmer und rief Feuchtenberger an. Er sagte ihm, dass er ihn persönlich sprechen müsse, sie verabredeten sich für den nächsten Abend in der Kanzlei.

Friederike und Richard Zurek gingen nach ihrer Gewohnheit früh zu Bett, sprachen aber im dunklen Schlafzimmer noch bis Mitternacht über den Brief des Anwalts aus München und die sich damit ergebenden Möglichkeiten. Beiden war klar, dass sich bei einem neuen Prozess die Presse wiederum auf sie stürzen und ihnen möglicherweise Raffgier vorwerfen würde. Ihre Fotos würden nochmals in der Boulevardpresse zu sehen sein, versehen mit höhnischen oder schmähenden Kommentaren. Richard Zurek sagte, er wolle mit Feuchtenberger lediglich darüber sprechen, entscheiden könnten sie sich später. Auch er fürchte sich davor, wiederum wochenlang von Journalisten umlauert und gehetzt zu werden.

Sein Anwalt öffnete ihm selbst die Tür, da seine Mitarbeiterinnen bereits Feierabend hatten, und führte ihn in sein Arbeitszimmer. Als sie Platz genommen hatten, erkundigte er sich nach der Gesundheit von Frau Zurek.

»Vergessen Sie nicht, sie von mir zu grüßen. Und was kann ich für Sie tun, Herr Doktor?«

Richard Zurek erläuterte umständlich, wie es dazu gekommen sei, dass ein Anwalt aus München sich mit den Ermittlungen zu Olivers Tod beschäftigt habe, denn er wollte bei Feuchtenberger nicht den Eindruck aufkommen lassen, er misstraue ihm und handle hinter seinem Rücken. Er fragte Feuchtenberger, ob er diesen Anwalt Blumendahl kenne. Feuchtenberger bestätigte es.

»Als Anwalt und als Mensch eine andere Klasse«, beantwortete er die Frage kühl und knapp.

Richard Zurek hatte das Gefühl, ihn verletzt zu haben. Er holte das Schreiben aus der Tasche und sagte, der Anwalt Blumendahl meine, es gäbe eine Möglichkeit, den Tod seines Sohnes aufzuklären und dem Verdacht gegen die Beamten der Polizeitruppe gerichtlich nachzugehen. Er reichte Feuchtenberger das Schreiben über den Tisch.

Noch bevor der Anwalt das Papier entgegennahm, fragte er: »Sprechen Sie von einer Klage wegen der Begräbniskosten?«

»Ja«, sagte Zurek heftig, »ebendas schreibt dieser Blumendahl.«

»Das dachte ich mir. Ich habe es natürlich erwogen, und ich habe mit Bernster gesprochen, meinem Kompagnon in der Kanzlei. Wir haben uns gerade dieser Tage darüber unterhalten. Es ist tatsächlich ein Weg, um den Prozess nochmals aufzurollen, und ich wollte mit Ihnen bei einer passenden Gelegenheit darüber sprechen. Ich weiß allerdings nicht, ob ich Ihnen dazu raten soll. Um ehrlich zu sein, ich fürchte, es wird genauso entschieden werden wie zuvor. Ich bezweifle, Herr Zurek, ganz unter uns, ich bezweifle die Unabhängigkeit der Gerichte in einem solchen Fall. Und ich mache mir Sorgen um Sie und Ihre Frau. Ich habe Bernster gesagt, ich werde Sie über diese Möglichkeit unterrichten, Ihnen aber gleichzeitig davon abraten. Und das tue ich hiermit. Wenn Sie anders entscheiden, ich stehe zu Ihrer Verfügung. Und falls Sie sich von Blumendahl dabei vertreten lassen wollen, habe ich dafür volles Verständnis. Möglicherweise ist es ratsam, mit einem Anwalt wie ihm vor Gericht zu ziehen. Er hat einen Namen, er gilt nicht als Terroristenanwalt wie ich, er wird vermutlich nicht vom Staatsschutz überwacht. Vielleicht, Herr Zurek, haben Sie mit ihm Erfolg. Wie gesagt, ich kann Ihnen nicht zu einen erneuten Prozess raten. Muten Sie sich und Ihrer Frau nicht zu viel zu.«

»Sie werden vom Staatsschutz überwacht?«

»Ich habe einigen Grund und manchen Anlass, dieses zu vermuten. Die Art meiner Mandanten macht mich offensichtlich verdächtig.«

»Mandanten wie ich einer bin?«

»Das war und ist allein meine Entscheidung, Herr Doktor. Machen Sie sich darüber keine Gedanken.«

Er nahm das Schreiben an sich und las es durch.

Richard Zurek betrachtete ihn besorgt. Ihn beunruhigte der Gedanke, dass dieser Mann seinetwegen wie ein verdächtiger Straftäter behandelt werden und möglicherweise berufliche Nachteile haben könnte.

»Alles korrekt«, sagte Feuchtenberger, »mein Kollege hat Sie bestens informiert. Die Entscheidung liegt bei Ihnen. Und wie gesagt, wenn Sie mit ihm in die nächste Runde gehen wollen, ich habe dafür Verständnis. Vielleicht sollte ich Ihnen sogar dazu raten. Ein neuer Anwalt hat einen anderen Blick auf die Geschichte, er sieht möglicherweise etwas, was mir nicht aufgefallen ist oder was ich anders gewertet habe. Und außerdem ist es Blumendahl. Mit ihm gehen die Richter anders um. Sie haben mich ein paarmal vor Gericht erlebt, Sie haben gesehen, wie man mit mir umspringt. Für einige Richter bin ich nun einmal bloß der Terroristenanwalt. Gehen Sie einmal in eine Verhandlung mit Blumendahl, da werden Sie sehen, wie die Richter förmlich vor ihm niederknien. Diese Herrschaften fühlen sich geehrt, wenn ein Herr Blumendahl vor ihren Tisch tritt. Er darf ironisch sein, unverschämt, frech, die Herren Richter werden ihn nicht unterbrechen, sie werden ihn nicht rügen, sondern vielmehr beifällig lachen. Sie werden noch begeistert sein bei Unverschämtheiten, bei denen sie einen Mann wie mich aus dem Saal entfernen lassen würden.«

»Es gab eine Zeit, da trug Justitia eine Binde vor den Augen.«

»Ja, aber sie hat dazugelernt. Bei dem Klang von Geldstücken lüftet sie ein wenig die Binde. Weshalb die Herren Richter mich anders behandeln als einen Herrn Blumendahl, das sind nicht meine politischen Mandanten. Sie verachten mich, weil ich nur so viel Geld verdiene wie sie selbst oder sogar weniger. Und sie bewundern die Blumendahls, weil sie zehnmal, weil sie hundertmal so viel wie sie selbst bekommen. Dafür küssen sie ihnen die Füße, mit Socken oder ohne. Es ist der Geruch des Ruhms und des Geldes, der schafft Achtung. Wie auch immer, Herr Doktor, mit einem Mann wie Blumendahl werden Ihnen die Richter zumindest zuhören.«

Zurek schüttelte den Kopf: »Darum geht es mir nicht, Herr Feuchtenberger. Ich kann mich nicht mit den getroffenen Entscheidungen zufriedengeben. Mein Sohn ist tot, und ich glaube, er wurde ermordet. Ich kann die Einstellung der Untersuchung nicht akzeptieren, und wenn es einen Weg gibt, den Fall aufzuklären, dann will ich diesen Weg gehen.«

Feuchtenberger sah ihn eindringlich an: »Wenn Sie sich entschieden haben, dann sollten Sie es tun. Natürlich wird es Staub aufwirbeln, natürlich werden Sie wiederum von den Medien belästigt werden, aber Sie haben ja inzwischen etwas Übung. Und mit Blumendahl, das sollten Sie sich wirklich überlegen, zumal er es Ihnen anbietet. Der Herr verspricht sich von diesem Fall etwas. Ich denke, er weiß, dass auch er ihn nicht gewinnen kann. Vielleicht braucht er die Publicity, die ist hilfreich für ihn, eventuell auch für Ihren Prozess.«

»Nein. Ich brauche keinen prominenten Anwalt. Ich will keinen dieser geleckten Kerle, die sich vor den Kameras spreizen wollen. Ich würde Sie bitten, meine Klage zu führen.«

»Ich danke Ihnen für Ihr Vertrauen, Herr Doktor. Ich werde alles tun, was in meiner Macht steht. Allerdings werden wir untergehen, das sollte Ihnen klar sein.«

»Ich will es versuchen. Ich muss es versuchen. Ich bin fünfundsiebzig Jahre alt, ich habe nichts anderes mehr zu tun. Wenn es Sie nicht stört, einen hoffnungslosen Kampf zu führen, sollten wir ihn aufnehmen.«

»Mich stört es nicht, ich bin es gewohnt. Die siegreiche Sache gefällt den Göttern, aber die unterliegende gefällt Ovid.«

»Cato, Herr Anwalt.«

»Bitte?«

»Sie gefällt Cato. Victrix causa diis placuit, sed victa Catoni.«

»Verzeihung, Herr Doktor, ich vergaß, Sie sind Lateiner. Wir werden ruhmreich untergehen vor den göttergleichen Richtern. Aber versuchen wir es. Ich darf Sie bitten, mir nochmals eine Bevollmächtigung auszustellen. Es ist ein neuer Prozess, da brauche ich von Ihnen einen neuen Auftrag.«

Er schob ein Papier über den Schreibtisch und reichte Zurek einen Stift. Der alte Mann nahm den Stift entgegen, legte ihn jedoch auf die Tischfläche zurück und sah den Anwalt an.

»Bis wann habe ich mich zu entscheiden? Wann verjährt der Anspruch auf die Begräbniskosten?«

»Sie haben Zeit. Ich muss die Klage spätestens im

November einreichen. Für den Schriftsatz benötige ich etwas Zeit. Sagen wir also, Sie müssten sich bis Ende September entscheiden.«

»Ich will erst mit Friederike sprechen. Ich möchte nichts ohne ihr Einverständnis unternehmen, und sie hat sich nicht entschieden. Olivers Tod und diese Presse, es trifft sie alles schlimmer als mich.«

Der Anwalt zog das Blatt zu sich.

»Wie gesagt, Sie haben ein paar Monate Zeit, wir müssen nichts überstürzen. Und einen Prozess, den man mit Sicherheit verliert, den sollte man sich gründlichst überlegen. Außer Kosten kann ich Ihnen nichts versprechen. In Ihrem Interesse, Herr Doktor, bitte berücksichtigen Sie bei Ihren Überlegungen, dass wir diesen Prozess auf jeden Fall verlieren werden. Wir haben nicht die geringste Chance, das muss Ihnen wirklich klar sein. Wir gehen mit bloßen Händen gegen einen Panzer vor. Sie waren im Krieg, Sie wissen, dass das Irrsinn ist.«

Feuchtenberger bot seinem Klienten an, ihn mit dem Auto nach Hause zu fahren, Zurek lehnte es ab. Er wollte mit dem Bus fahren, und der Anwalt begleitete ihn bis zur Haltestelle.

Lutz Immenfeld rief ihn drei Tage später an. Zurek sagte, dass sie sich noch nicht entschieden hätten, in jedem Fall aber bei ihrem Anwalt bleiben würden. Er dankte dem Freund für seine Mühe. Immenfeld ermahnte ihn, nicht nachzugeben.

»Richard, nicht aufgeben«, sagte er. »Denke immer daran: Landgraf, bleibe hart. Wir müssen sie zu packen kriegen, mein Alter.«

21.

Drei Monate später traten Friederike und Richard Zurek die lange aufgeschobene Reise nach Kleinen an. Zum ersten Mal in ihrem Leben fuhren sie in diese Kleinstadt, um sich den Bahnhof anzusehen, auf dem ihr Sohn fünf Jahre zuvor von einer tödlichen Kugel getroffen worden war.

Am Vortag ihrer Reise nach Kleinen hatte Richard Zurek einen zweiten Brief an den früheren Innenminister geschrieben. Fünf Jahre zuvor hatte er ihn gebeten, ihm mitzuteilen, wieso er zurückgetreten und der Generalbundesanwalt abgelöst worden sei, wenn an jenem Tag auf dem Bahnsteig in Kleinen nichts vorgefallen sei, was einen Rücktritt und eine Entlassung erfordere, wie es die Staatsanwaltschaft behauptete. Er hatte den Brief geschrieben, obwohl sein Anwalt ihm davon abgeraten hatte, und, wie Feuchtenberger vorausgesagt hatte, keine Antwort erhalten. Nun schrieb er ihm nochmals, Jahre nach seinem ersten Schreiben, und wiederholte seine Fragen.

In den folgenden Tagen sprachen sie immer wieder über diese Fahrt in die mecklenburgische Kleinstadt und den Bahnhof, den sie so oft im Fernsehen gesehen hatten. Die drei Bahnsteige, die dunkle Unterführung und das geschlossene Café waren ihnen so einsam und trostlos erschienen, dass es ihnen schwerfiel, sie mit jenen Gewaltszenen in Verbindung zu bringen, zu denen es dort vor Jahren gekommen war und die seitdem Tag für Tag in ihren Köpfen abliefen. Drei Tage später telefonierte Richard Zurek mit dem Anwalt und kündigte seinen Besuch an. Am folgenden Montag fuhr er zu Feuchtenberger und bat ihn, die Bundesrepublik auf Erstattung der Begräbniskosten für Oliver Zurek zu verklagen, da sein Sohn von Beamten der Grenzpolizei erschossen worden sei. Er unterzeichnete die Vollmacht und verließ nach zehn Minuten die Kanzlei.

Er lief die breite und mit Bäumen gesäumte Allee hinunter, in der Feuchtenbergers Kanzlei war und die ihn an die Haussmannschen Boulevards erinnerte, und ging zu der parkähnlichen Anlage hinüber, in der die Spielkasinos lagen. Der Himmel war bedeckt, die unerträglich heißen Junitage waren endlich dem landesgemäßen milderen Klima gewichen, und die Straßen atmeten Frische. Richard Zurek ging langsam und genoss den angenehmen Sommertag, er fühlte sich leicht und unbeschwert und war so freudig gestimmt, als hätte er soeben etwas Wunderschönes erlebt. Er lächelte unentwegt, die ihm entgegenkommenden Passanten betrachteten ihn misstrauisch oder verwundert. Wenn sie ihn anstarrten, nickte er ihnen freundlich zu. In einer Galerie in der Bahnhofsnähe hing, vom Schaufenster der Galerie aus zu sehen, ein Landschaftsbild, es war fast monochrom in Weiß gehalten, und erst wenn man es länger betrachtete, entdeckte man Gebirgszüge, ein langgestrecktes Tal, einen Fluss und eine Gruppe von Wanderern. Er ging in die Galerie, fragte nach dem Namen des Malers und seinen anderen Bildern. Die Frau in der Galerie zeigte ihm im Nebenraum drei kleinere Ölbilder, die er ebenfalls lange betrachtete. Er fragte nach dem Preis für das große Landschaftsbild und verbarg sein Erstaunen über die Höhe hinter einer fachmännisch wirkenden, zustimmenden Geste. Er stellte sich nochmals vor die monochrome Gebirgslandschaft, bedankte sich bei der Frau für die Auskunft und verließ die Galerie. In einem Bistro trank er ein Glas Rotwein, bevor er zum Bus ging.

Im August wurde Friederike und Richard Zurek von der Strafvollzugsanstalt Frankfurt eine Besuchserlaubnis für Katharina Blumenschläger zugestellt. Sie telefonierten mit der Anstalt und meldeten sich für den frühestmöglichen Termin zum Besuch an. An einem Mittwochnachmittag saßen sie ihr in einem Besucherzimmer gegenüber, getrennt durch eine Glasscheibe. Richard Zurek und Katharina Blumenschläger redeten wenig, Friederike Zurek fragte nach der Zeit, in der sie mit Oliver zusammengelebt hatte, und erkundigte sich nach ihrem Befinden und dem Tagesablauf. Katharina Blumenschläger antwortete herzlich, war jedoch zurückhaltend, was die Zeit vor ihrer Inhaftierung betraf. Sie sagte ihnen, dass ihr Gespräch abgehört werde. Lange Zeit saßen sie sich nur gegenüber und schauten sich an. Als sie sich verabschieden mussten, fragte Friederike Zurek nach ihren Wünschen. Katharina Blumenschläger nannte die Titel von drei Büchern und fügte dann errötend hinzu. »Und vielleicht etwas Schokolade. Für meinen Süßmagen.«

Die beiden Zureks wurden aus dem Besucherraum

geführt, bevor man die Strafgefangene in ihre Zelle brachte.

Mitte September, zwei Monate vor der drohenden Verjährung, schickte Feuchtenberger ihnen eine Kopie der Klage zu, die sie ohne jede Beanstandung akzeptierten, so dass der Anwalt sie umgehend einbrachte. Sie sollten damit rechnen, dass erst in einem Jahr darüber verhandelt werde, sagte er ihnen am Telefon, als Richard Zurek ihm ihre Zustimmung mitteilte.

Nach dem Gespräch mit dem Anwalt rief Richard Zurek im Sekretariat des früheren Innenministers an. Eine Frau meldete sich und er sagte ihr, dass er eines Briefes wegen anfrage, den er vor einem Vierteljahr an den Minister gerichtet hatte.

»Ich verbinde Sie mit Frau Körtis. Sie wird Ihnen weiterhelfen«, sagte eine freundliche Stimme.

Es dauerte eine Minute, ehe sich eine andere Dame meldete. Richard Zurek fragte, ob sie Frau Körtis sei, und sagte dann nochmals, dass er wegen eines Briefes anrufe. Die Frau bat ihn, sich zu gedulden, er würde eine Antwort bekommen, da alle Briefe an den Minister beantwortet werden, aber es könne durchaus ein paar Wochen dauern, ehe ihm geantwortet werde.

»Ich habe meinen Brief vor einem Vierteljahr an den Minister geschickt«, sagte Zurek.

Die Frau fragte nun nach seinem Namen und seiner Adresse und bat ihn zu warten oder in einer Viertelstunde nochmals anzurufen.

»Ich warte«, sagte Richard Zurek.

Er hörte Stimmen am anderen Ende der Leitung,

konnte aber nichts verstehen. Irgendwann glaubte er, man habe ihn vergessen, und rief mehrmals Hallo in den Hörer. Schließlich meldete sich die Frau wieder am Telefon.

»Herr Doktor Richard Zurek?«

»Ja. Der bin ich.«

»Briefe querulantorischen Charakters werden grundsätzlich vom Minister nicht beantwortet.«

»Es war kein Querulantenbrief, Frau Körtis. Ich habe den Minister sehr höflich um eine Anwort auf eine für mich sehr wichtige Frage gebeten.«

»Das sehen wir anders.«

»Mein Brief wurde mit ausdrücklicher Hochachtung für die Entscheidung des Ministers geschrieben.«

»Sie beschuldigen seine ihm unterstellten Beamten eines Verbrechens, Sie unterstellen dem Herrn Minister, ein solches Verbrechen zu decken. Das ist ungeheuerlich. Es tut mir leid, Ihren Brief werden wir nicht beantworten.«

»Zum Teufel, was muss ich tun, um endlich von dem Minister auf meine Frage eine Antwort zu bekommen? Ich warte schon seit fünf Jahren darauf.«

»Briefe querulantorischen Charakters werden grundsätzlich vom Minister nicht beantwortet.«

»Hören Sie, ich bin kein Idiot. Im Übrigen, es heißt nicht querulantorisch, sondern querulatorisch. Der Querulant, des Querulanten, aber querulieren, Querulanz, querulatorisch, merken Sie sich das bitte. Und ich weiß, was querulatorisch ist, liebe Frau. Mein Brief ist es ganz gewiss nicht. Ihr Herr Minister hat einen Amtseid geschworen, so wie ich, und ich weiß daher, er hat eine Verpflichtung, mir zu antworten. Das ist er mir und seinem Eid schuldig.«

»Es tut mir leid, Herr Doktor Zurek, ich muss jetzt auflegen.«

Für ein paar Sekunden hielt er den Hörer in der Hand und war fassungslos. Dann begann er zu lachen. Er lachte so laut und herzlich, dass seine Frau verwundert ins Zimmer kam und ihn fragte, was ihn so erheitere.

»Ich bin ein Querulant, Rike«, sagte er vergnügt, »vielleicht bekomme ich das noch schriftlich.«

Er erzählte ihr von dem Gespräch mit dem Büro des Ministers. Seine Frau verstand nicht, was ihn daran so erheiterte, und sah ihn besorgt an. Er lachte noch immer herzlich und gut gelaunt.

22.

Die Klage gegen die Bundesregierung auf Erstattung der Begräbniskosten von Oliver Zurek wurde vor dem Landgericht Bonn im August des folgenden Jahres an zwei aufeinanderfolgenden Tagen verhandelt, elf Monate nach der Einreichung der Klage. Der Streitwert war mit zwölftausenddreihundert Mark benannt, dem Vorsitzenden Richter waren zwei Richterinnen für die mündliche Verhandlung beigeordnet. Die Bundesregierung wurde durch den Anwalt einer renommierten Bonner Kanzlei vertreten, die Kläger, das Ehepaar Zurek, vertrat ein von Feuchtenberger hinzugezogener Anwalt, der an diesem Gericht zugelassen war und die Klage einreichen und formal vertreten konnte. Feuchtenberger konnte lediglich als Korrespondenzanwalt am Prozess teilnehmen.

Einen Monat zuvor berichtete die Presse über den bevorstehenden Prozess. Die Unterrichtung der Öffentlichkeit erfolgte in den Boulevardzeitungen mit der von beiden Zureks und ihrem Anwalt erwarteten Unterstellung einer Geldgier der Eltern des Terroristen. Die drei großen Zeitungen des Landes dagegen widmeten der neuerlichen Auseinandersetzung um Oliver Zurek umfängliche Artikel, in denen sie die Fragen und Zweifel in den Mittelpunkt stellten, die durch den Vorfall auf dem Bahnhof von Kleinen ausgelöst worden waren und die die Untersuchungen der

Polizei und der zuständigen Staatsanwaltschaften nie geklärt und ausgeräumt hatten.

Am zwölften August, einen Tag nachdem die erste Meldung einer Nachrichtenagentur über die eingereichte Klage vermeldet wurde, rief Christin bei ihren Eltern an. Sie war entsetzt und machte ihnen heftigste Vorwürfe. Mehrfach wiederholte sie, dass sie keinerlei Verständnis mehr aufbringen könne, es aber als besonders empörend ansehe, dass man sie, die eigene Tochter, nicht zuvor informiert habe, so dass sie in die Verlegenheit gekommen sei, von Kollegen darauf angesprochen zu werden, ohne das Geringste davon zu wissen. Friederike Zurek, die mit ihr sprach, wusste ihrer Tochter nichts zu entgegnen. Sie hatte ihren Mann in den Monaten zuvor mehrfach gebeten, nicht nur Heiner, sondern auch Christin über die neuerliche Gerichtsverhandlung zu informieren, was er ablehnte, da sich Christin in keiner Weise für ihren toten Bruder eingesetzt habe. Friederike Zurek hatte mehrfach daran gedacht, es der Tochter selbst zu sagen, aber nie den Mut aufgebracht, zum Hörer zu greifen und sie anzurufen. Sie fürchtete sich vor Christins Reaktion und hatte stattdessen immer wieder ihren Mann bedrängt, in Hamburg Bescheid zu geben.

Als Christin eine längere Pause machte, erkundigte sich Friederike Zurek nach Konstantin und dem Schwiegersohn.

»Matthias reicht es«, erwiderte Christin, »er hat nicht vor, sich von euch derart vorführen zu lassen. Seid also bitte nicht verwundert, wenn ihr demnächst von ihm ein paar deutliche Worte zu lesen bekommt.«

Sie legte grußlos auf. Friederike Zurek begann zu weinen.

Eine Woche vor dem ersten Prozesstag besuchte das Ehepaar Zurek Katharina Blumenschläger im Gefängnis und sprach mit ihr über die bevorstehende Verhandlung. Es war ihr vierter Besuch bei der inhaftierten Freundin ihres Sohnes, die im Gefängnis ein Soziologiestudium begonnen hatte. Katharina Blumenschläger, deren Gesicht schmal geworden war, wünschte ihnen Kraft für die kommende Auseinandersetzung und war wie Feuchtenberger der Ansicht, dass es ein aussichtsloses Unternehmen sei.

»Sie werden die Wahrheit nicht zulassen«, sagte sie, »das können sie nicht.«

Als sie sich verabschiedeten, sagte sie den beiden alten Leuten, sie würde sie bewundern, und Oliver könne stolz auf sie sein.

Der Vorsitzende Richter Talmon-Bach, ein erfahrener älterer Mann, der kurz vor seiner Pensionierung stand, führte den Prozess ruhig und sehr akkurat. Unterstellungen, ironische Kommentare und Versuche der Kontrahenten, die Gegenseite lächerlich zu machen, unterband er von der ersten Minute an. Er ließ beide Seiten ausführlich den Sachverhalt darstellen und seine Zwischenfragen gaben zu erkennen, dass er sich sorgfältig auf die Verhandlung vorbereitet hatte.

Richard Zurek hatte es sich nicht nehmen lassen, selbst dem Prozess beizuwohnen, obwohl Feuchtenberger es als nicht notwendig bezeichnet und ihm abgeraten hatte. Begleitet von seinem Sohn saß er neben dem Anwalt, die beiden Zureks verfolgten schweigend die Darlegungen, die ihnen allesamt bekannt und vertraut waren.

Nach zwei langen Sitzungstagen sowie einer Besichtigung des Tatorts, bei der die Zeugen anwesend waren, wurde die Klage der Eheleute Zurek vom Landgericht abgewiesen, die Kosten des Rechtsstreits wurden den Klägern auferlegt.

Als Richter Talmon-Bach mitteilte, was die erste Zivilkammer für Recht erkannt habe, und sich die Anwesenden wieder auf ihre Plätze gesetzt hatten, um sich die Entscheidungsgründe anzuhören, war Richard Zurek trotz der erwarteten und vorausgesagten Niederlage enttäuscht. Wider sein besseres Wissen und entgegen allen Prognosen seines Anwaltes hatte er auf einen Spruch gehofft, der seinem Rechtsgefühl entsprach und die Ermordung seines Sohnes feststellte. Er saß zusammengesunken auf seinem Stuhl, folgte gedankenverloren den Ausführungen des Richters, der wiederum ihm längst bekannte Fakten auflistete, und betrachtete den Vorsitzenden Richter, dessen neben ihm sitzende Kolleginnen, den Anwalt der beklagten Regierung, der mit einem zufriedenen Grinsen der Rede des Richters lauschte, und seinen Anwalt Feuchtenberger, der sich Notizen machte.

Richter Talmon-Bach sprach sehr lange und mit ruhiger, einschläfernder Stimme. Richard Zurek fragte sich, was diesem Mann dieser Prozess bedeute, einem Richter, der Woche für Woche hoheitsvoll über die Hoffnungen irgendwelcher Leute zu befinden habe und mit seinem Urteil in das Schicksal ihm wildfremder Personen eingreife. Als er zu dem Anwalt der

Gegenseite schaute, bemerkte er, dass dessen Lächeln verschwunden war und er äußerst gespannt den weiteren Darlegungen des Richters folgte. Zurek glaubte, seinem Gesicht anzusehen, dass er nun mit einer kaum versteckten Missbilligung der Rede zuhörte. Er war überrascht und konnte sich seine Reaktion nicht erklären, da Talmon-Bach noch immer über die Unglaubwürdigkeit der Zeugenaussagen sprach. Feuchtenberger hatte den Stift weggelegt und hörte mit erkennbarer Spannung dem Richter zu. Zurek meinte ein skeptisches, freudiges Erstarren bei ihm wahrzunehmen, und er versuchte, aufmerksamer als bisher den Ausführungen zu lauschen.

Als der Vorsitzende Richter seine Rede beendet hatte, strahlte Feuchtenberger ihn und Heiner an, dann warf er einen triumphierenden Blick zu dem Kollegen am anderen Tisch, dessen anfängliche Zufriedenheit einem verachtungsvollen Kopfschütteln gewichen war. Als Talmon-Bach die Sitzung schloss und sich erhob, legte Feuchtenberger die rechte Hand auf sein Herz und deutete vor dem Richter von seinem Platz aus eine tiefe Verbeugung an.

»Man hüte sich vor den alten Männern«, sagte Feuchtenberger zu Richard Zurek und dessen Sohn, als sie sich von ihren Plätzen erhoben, »alte Männer sind immer gefährlich. Sie haben ihr Leben gelebt, sie haben nichts mehr zu verlieren und nichts mehr zu befürchten. Und sie schrecken nicht einmal davor zurück, die Wahrheit zu sagen.«

»Wir haben den Prozess verloren«, wandte Richard Zurek ein.

»Nur in der Hauptsache«, entgegnete Feuchtenberger, »wir haben verloren, woran Ihnen ohnehin nicht gelegen war. Das Begräbnis muss die Regierung nicht bezahlen. Aber ganz nebenbei hat dieser Richter dem Staat die allerfeinste Ohrfeige verpasst. Warten Sie es ab, bis das schriftliche Urteil vorliegt. In einigen feinen und kleinen Nebensätzen hat dieser Herr Talmon-Bach nebst seinen beiden Damen ganz en passant das gesamte Gespinst der Staatsanwaltschaft zerrissen. Einen Moment, Herr Doktor, ich möchte mich von meinem Kollegen verabschieden.«

Feuchtenberger ging zu dem Anwalt am Nachbartisch hinüber, der dabei war, seine auf der Tischfläche ausgebreiteten Akten in den Taschen zu verstauen. Er schaute auf, als er angesprochen wurde, und hörte ihm für einen Moment zu, bevor er fortfuhr, die Papiere zu ordnen und einzustecken. Als Feuchtenberger ihm zum Abschied die Hand hinstreckte, maß er ihn mit einem schweigenden und verachtungsvollen Blick.

Feuchtenberger kam vergnügt zurück.

»Ich habe ihm zu seinem Erfolg gratuliert. Und ihm gesagt, er möge seinem Mandanten raten, gegen dieses Urteil Einspruch einzulegen. Das Landgericht hat ihm doch ein recht großes Stück Hühnerkacke an die Backe geklebt.«

Er lachte auf und schaute zu dem Anwalt, der, ohne sich nach ihm umzudrehen, den Verhandlungssaal verließ.

»Setzen wir uns einen Moment, Herr Doktor«, sagte er dann, »ich muss Ihnen wohl einiges erklären.

Die Kammer hat unsere Klage abgewiesen, weil wir eine sogenannte Fremdtötung nicht bewiesen haben. Eine Selbsttötung hält die Kammer allerdings gleichfalls für nicht erwiesen. Die Kammer geht davon aus, dass weder Selbsttäterschaft noch Fremdtäterschaft ausgeschlossen werden kann, sie konstatiert ein *non-liquet*, also einen Fall von Beweislosigkeit, und aus diesem Grund bleibt ihr nichts anderes übrig, als unsere Klage abzuweisen. Für die Regierung ein Pyrrhussieg. Wir konnten nicht gewinnen, weil wir den Beweis der Ermordung Olivers nicht erbringen können. Wie sollten wir auch, da die Beamten die Beweise vernichtet haben? Der Beklagte darf nicht gezwungen werden, den Gegenbeweis zu führen, vielmehr hat der Kläger, also wir, den Beweis zu führen. Das ist das Verbot einer Beweislastumkehr, von der Talmon-Bach sprach. Er konnte daher kein anderes Urteil fällen. Anderenfalls, wenn er gegen dieses eherne Verbot der Beweislastumkehr verstoßen hätte, sein Urteil hätte keinen Bestand, es wäre umgehend kassiert worden. Mit seinem *non-liquet* haben wir mehr erreicht, als ich zu hoffen wagte. Viel mehr. Er hat dem Beklagten, also dem Staat, einen Fuchsschwanz angeklebt. So heißt das doch, oder Herr Doktor? Ich bin immer etwas unsicher, wenn ich irgendein Bild verwende oder etwas zitiere. Ich fühle mich bei Ihnen, als ob ich noch immer auf der Schulbank säße.«

»Und nun?«

»Finis, Herr Doktor Zurek. Nun sind wir wirklich am Endpunkt angelangt. Nichts geht mehr, jedenfalls für uns. Wenn der Staat schuldlos wäre, müsste er gegen dieses Urteil Revision beantragen. Aber er wird den Teufel tun. Der Staat wird nicht riskieren, in einem weiteren Prozess wegen Beweisvereitelung, also wegen der Vernichtung der Beweise, schuldig gesprochen zu werden.«

Richard Zurek verstand nicht, wieso Feuchtenberger sich so euphorisch aufführte. Er hatte Mühe gehabt, den Ausführungen des Richters zu folgen, und die Erklärungen seines Anwalts konnten seine Enttäuschung über die getroffene Entscheidung der Kammer des Landgerichts nicht aus der Welt schaffen.

Sein Sohn streichelte ihm behutsam den Arm: »Wir haben gewonnen, Papa. Verstehst du?«

»Gewonnen? Ich weiß nicht, Junge. Ist das ein Gewinn?«

»Ja, Papa. Unter diesen Umständen ist das ein Sieg.«

Richard Zurek lächelte gequält. »Ich danke Ihnen, Herr Feuchtenberger«, sagte er schließlich. Er hatte nun Tränen in den Augen.

»Sie sind nicht zufrieden, Herr Doktor?«

»Ich wollte Gerechtigkeit für meinen Sohn. Das war alles, nicht mehr, aber auch nicht weniger.«

»Sie haben mehr erhalten, jedenfalls sehr viel mehr, als von einem Gericht zu erwarten war. Ich fasse es immer noch nicht. Und Ihr Sohn, das steht nunmehr fest, ist unschuldig. Er hat auf dem Bahnhof in Kleinen geschossen, doch die Schuld an dem Tod des Polizisten trägt er nicht, jedenfalls wurde es nicht bewiesen. Und da sämtliche Untersuchungen eingestellt wurden, ist er seit heute vor dem Gesetz völlig schuldlos. Kann Sie das zufriedenstellen?«

»Ich danke Ihnen.«

»Ich habe getan, was ich konnte. Es würde mir leid tun, wenn Sie mit mir unzufrieden sind.«

»Sie haben sehr viel für uns und Oliver getan, Herr Feuchtenberger. Ich bin nicht mit Ihnen unzufrieden, im Gegenteil. Ich hatte nur gehofft ...«

Er brach ab und sah den Anwalt hilflos an. Feuchtenberger wartete einen Moment, dann sagte er: »Dass er wieder lebendig wird, nicht wahr?«

Richard Zurek schloss seine Augen und antwortete nicht.

»Ich fahre sofort nach Wiesbaden zurück, in die Kanzlei. Kann ich Sie und Ihren Sohn mitnehmen?«

»Danke, nein. Heiner fährt mich heim. Wir hören voneinander.«

Richard Zurek telefonierte mit seiner Frau und berichtete ihr kurz, wie der Prozess ausgegangen war. Er sagte, er wäre gegen zehn Uhr abends daheim. Dann spazierte er mit seinem Sohn eine Stunde lang durch die Stadt, sie setzten sich in ein Weinrestaurant und bestellten einen halben Liter Rotwein und jeder einen Grillteller. Als das Essen kam, merkte Richard Zurek, dass er keinen Appetit hatte. Er aß trotzdem ein paar Bissen, trank seinen Wein und hörte sich an, was ihm sein Sohn zu sagen hatte, der über den Urteilsspruch so glücklich wie Feuchtenberger war. Einmal kam die Kellnerin an seinen Tisch, um nachzugießen. Sie erkundigte sich, ob das Essen nicht in Ordnung war. Er schüttelte den Kopf und sagte, er wolle bezahlen, was sein Sohn jedoch nicht zuließ. Sie verließen die Gaststätte und stiegen in das Auto. Daheim kam Heiner noch für einen Moment ins Haus, trank mit seiner Mutter einen Kaffee und verabschiedete sich dann, um nach Nürnberg zu fahren.

»Grüße deine Sigrid von mir. Und kommt uns mal besuchen«, sagte sie, als sie ihn an den Wagen brachte.

Ihr Sohn umarmte sie. »Mutter«, sagte er, »lass uns etwas Zeit. Bitte. Du musst mich nicht verheiraten, das schaffe ich allein, wenn es so weit ist.«

Richard Zurek erzählte seiner Frau bis weit nach Mitternacht von dem Prozess und dem, was ihm der Anwalt dazu gesagt hatte.

»Wir sollten zufrieden sein, meinte Feuchtenberger«, sagte er, »aber ich bin nicht zufrieden, Rike. Ich glaube, ich habe erst heute verstanden, dass er tot ist.«

Am nächsten Tag rief er Christin an. Sie hörte sich an, was er zu sagen hatte, und erwiderte, sie hoffe, dass er endlich Frieden gebe.

Über den Ausgang des Prozesses berichteten nur noch wenige Zeitungen, sie teilten knapp mit, dass die Klage um Rückerstattung der Begräbniskosten abschlägig beschieden worden sei.

Anfang Oktober erhielten sie von ihrem Anwalt das schriftliche Urteil des Landgerichts. Richard Zurek las es aufmerksam durch und verstand jetzt, was ihm Feuchtenberger nach dem Prozess zu erklären versucht hatte. Er rief in seinem ehemaligen Gymnasium an und verlangte Herrn Kobelius zu sprechen.

Die Sekretärin sagte ihm, dass der Direktor in einer Unterrichtsstunde sei. Er bat sie um einen Gesprächstermin. Als sie wissen wollte, worum es sich handele, sagte er, er sei der frühere Direktor des Gymnasiums und müsse seinen Nachfolger dringend sprechen. Sie nannte ihm einen Termin für den nächsten Vormittag.

Richard Zurek erschien zur angegebenen Zeit im Sekretariat und wurde sofort vorgelassen. Er bat Herrn Kobelius um die Möglichkeit, vor den Schülern des Gymnasiums über seinen Sohn zu sprechen.

»Es wurden zu viele Lügen über ihn verbreitet«, begründete er seine Bitte.

Kobelius lehnte es ab und schlug ihm stattdessen vor, mit dem Pfarrer zu sprechen und ihn zu bitten. Im neuen Gemeindehaus werde man ihm als Mitglied des Gemeindekirchenrates gewiss die Gelegenheit geben, zu diesem Thema zu reden. Zurek widersprach ihm, er wolle in der Schule auftreten, in seinem Gymnasium und vor den Schülern, und er würde, falls Kobelius es ihm verweigere, sich an die Schülervertretung und die Redaktion der Schülerzeitung wenden. Der Direktor versprach ihm schließlich, mit dem Lehrerkollegium über seinen Wunsch zu sprechen.

Drei Tage später rief Kobelius ihn an und sagte ihm, dass er mit den Lehrern übereingekommen sei, ihm die Gelegenheit zu geben, vor den Schülern in der Aula zu sprechen. Als einen möglichen Termin schlug er ihm den 23. Oktober vor.

»Am Nachmittag«, sagte der Direktor, »nach Schulschluss.«

»Am dreiundzwanzigsten Oktober?«

»Ja, ich weiß, ein Freitagnachmittag ist kein sehr günstiger Termin, aber die anderen Wochentage sind für das Schulorchester, Sport, Computer und die Theatergruppe reserviert.«

»Es ist ein sehr guter Tag«, erwiderte Zurek, »vielen Dank, Herr Kobelius.«

»Ihr Auftritt ist ausschließlich für die Schüler und Lehrer meines Gymnasiums vorgesehen. Vertreter der Presse werde ich nicht zulassen.«

»Natürlich, Herr Kobelius. Ich will nur zu den Schülern sprechen. Und ich hoffe, Sie werden daran teilnehmen.«

»Gewiss. Und ich erwarte, dass Sie ungeachtet aller Misslichkeiten um Ihren Sohn Ihrer pädagogischen Verpflichtung nachkommen, Herr Kollege.«

»Ebendarum geht es mir, Herr Kobelius. Nochmals vielen Dank.«

Er erzählte seiner Frau, dass er in vierzehn Tagen, am dreiundzwanzigsten, vor den Schülern des Gymnasiums über Oliver sprechen werde.

»Am dreiundzwanzigsten?«, fragte sie, »an Olivers Geburtstag?«

»Ja, aber das ist ein Zufall.«

»Und was willst du ihnen sagen?«

»Die Wahrheit, Friederike. Die Schüler meines Gymnasiums haben einen Anspruch darauf. Dazu bin ich verpflichtet.«

»Willst du, dass ich mitkomme?«

»Nein. Du bist keine Schülerin des Gymnasiums, Rike, und keine Lehrerin. Kobelius würde dich gar nicht in die Schule hineinlassen.«

23.

In die Aula waren an jenem Freitagnachmittag fünfundzwanzig Schüler gekommen sowie zwei Lehrerinnen und der Schuldirektor. Ein älterer Mann, den keiner aus der Schule kannte, hatte sich in die letzte Reihe gesetzt. Kobelius ging zu ihm und bat ihn, als er sich als Journalist auswies, die Aula und die Schule zu verlassen. Die Veranstaltung sei intern, sagte er ihm. Als Zurek auf die Minute genau die Aula betrat, ging Kobelius ihm entgegen und bedauerte, dass so wenige Schüler gekommen seien.

»Es ist Freitagnachmittag, da hat für die Kinder schon das Wochenende begonnen.«

Zurek nickte den Versammelten zu, ging an den Stuhlreihen vorbei zu dem Pult, das vor der Bühne stand. Er zog seinen Übergangsmantel aus, entnahm der Innentasche ein gefaltetes Papier, das er auf das Pult legte, und warf den Mantel auf einen Stuhl in der ersten Reihe. Er ging an das Pult, glättete das vor ihm liegende Papier mit beiden Händen, schaute für Sekunden darauf, sah dann auf die vor ihm sitzenden Schüler und Lehrer und begann zu reden.

Er sprach über die Zeit, als Oliver geboren wurde und sie in einem kleinen Reihenhaus wohnten mit einem Stall an der Rückseite, in dem sie in den Nachkriegsjahren Hühner, Enten und sogar ein Schwein aufzogen. In einem Verschlag über dem Stall hielten sie Tauben, und in dem winzigen Garten, in dem sie in den allerersten Jahren Kartoffeln und Kohl angebaut hatten, spielte später der kleine Oliver mit seinem Bruder und seiner Schwester, sobald diese aus der Schule zurückkamen. Als die Zeiten für sie besser wurden, zogen sie in das Einfamilienhaus, in dem seine Frau und er noch heute wohnen. Er erzählte von Olivers Schulzeit und dass er nach der Schule ein Studium der Veterinärmedizin begonnen hatte, da er Tiere liebte. Nach zwei Jahren brach er das Studium ab und begann zu jobben, drei Jahre war er Taxifahrer, dann arbeitete er bei einem Schulfreund, der sich auf den Ausbau denkmalgeschützter Häuser spezialisiert hatte. Dort hatte er alles Mögliche zu tun und musste sich als Tischler und Maurer bewähren. Seine spezielle Begabung war es, aus Abrisshäusern die Türen und Dielen auszubauen, aufzuarbeiten und dann bei anderen Kunden einzubauen.

Richard Zurek sprach frei und sah die Schüler vor sich an. Nur für Sekunden schaute er gelegentlich schweigend auf das Papier vor sich, um dann wieder den Kopf zu heben und weiterzureden. Er erzählte, wie Oliver sich neuen Freunden anschloss und den Eltern langsam entglitt, wie er unter einem falschen Verdacht für ein halbes Jahr inhaftiert worden war und bald danach in den Untergrund abtauchte. Er erzählte ihnen von Katharina Blumenschläger, von den Ereignissen auf dem Bahnhof in Kleinen und den darauf folgenden Verwirrungen, Täuschungen und Lügen.

»Ich habe einen Eid geleistet«, sagte er schließlich, »den Amtseid eines Staatsangestellten. Ich habe geschworen, das Grundgesetz und alle Gesetze des Landes gewissenhaft zu wahren. Da der Staat aber seine eigenen Gesetze nicht wahrt, bin ich von meinem Amtseid entbunden.«

Richard Zurek hob seine rechte Hand in die Höhe und sagte feierlich: »Vor Ihnen allen als meinen Zeugen: Ich widerrufe hiermit meinen Eid.«

Dann lächelte er die überraschten Zuhörer an, zog einen Stift aus der Tasche, schrieb etwas auf eins der Blätter auf dem Pult, ging zu Kobelius und gab es ihm.

»Herr Direktor, bitte machen Sie der Schulbehörde Meldung. Ich weiß nicht, was der Schulrat unternehmen wird. Möglicherweise wird mir die Pension entzogen, damit müsste ich zurechtkommen. Ich bin nicht wortbrüchig, denn den Eid habe nicht ich gebrochen, sondern der Staat. Und ich will mich nicht zu seinem Schurken machen lassen.«

Er nahm seinen Mantel vom Stuhl und zog ihn an. Dann ging er zum Pult, nahm die restlichen Papiere, steckte sie in die Manteltasche und verbeugte sich dankend vor den wenigen Zuhörern. Ein paar Schüler begannen zu klatschen, dann standen vier von ihnen auf und spendeten stehend Beifall. Kobelius erhob sich und drehte sich zu den Schülern um. Der schüttere Beifall erstarb rasch. Als Zurek an den Stuhlreihen vorbei zum Ausgang ging, trat Kobelius ihm in den Weg.

»Herr Doktor Zurek«, begann er, aber Zurek unterbrach ihn.

»Ich danke Ihnen nochmals, Herr Direktor« sagte

er, »dass Sie mir die Möglichkeit gegeben haben, hier zu sprechen und mich von dem Eid zu entbinden.«

Er ging um den vor ihm stehenden Kobelius herum und verließ die Aula. Im unteren Flur kam ihm Friedhelm Pfaff entgegen, der ihn verlegen ansah, sich dann umwandte und in den Gang zur Turnhalle flüchten wollte.

»Guten Tag, Herr Pfaff«, rief Richard Zurek vergnügt, »ich hoffe, Sie sind wohlauf.«

Der Lehrer schaute sich verwirrt nach ihm um und verschwand hinter einer Toilettentür. Als Richard Zurek das Schulgebäude verlassen wollte, sprach ihn ein junger Mann an, der ihm hinterhergeeilt war. Er stellte sich ihm vor, sagte, er sei Volontär beim Feuilleton der Rundschau und würde ihn um die Rede für seine Zeitung bitten.

»Sie sind Journalist? Wie kommt es, dass der Direktor Sie nicht aus der Aula geworfen hat?«

»Vor einem Jahr war ich hier noch Schüler. Kobelius hat mich wohl verwechselt. Bekomme ich die Rede, Herr Doktor?«

»Das geht nicht, junger Mann.«

»Ich bitte Sie, geben Sie mir die Blätter.«

»Die Blätter können Sie haben. Bitte sehr.«

Zurek zog die zusammengefalteten Seiten aus der Tasche und gab sie ihm. Der Journalist sah sie durch und sagte dann entgeistert: »Das sind leere Blätter. Haben Sie die Rede nicht aufgeschrieben?«

»So ist es. Ich kann Ihnen leider nicht helfen. Auf Wiedersehen.«

Zurek machte sich auf den Weg nach Hause, am

Markt kehrte er um und ging zum Mariannenplatz. Er betrat den Blumenladen und sah sich um, Susanne Parlitzke war nicht zu erblicken.

»Was wünschen Sie?«, fragte ihn Frau Gerlach, eine vierzigjährige Frau, die zusammen mit ihrem Mann die Blumenhandlung besaß.

»Rosen«, sagte Zurek, »ich brauche zweiundvierzig Rosen. Haben Sie so viele?«

»Aber gewiss. Wie groß und welche Farbe?«

Susanne Parlitzke kam aus dem angrenzenden Nebenraum herein.

»Ich habe dich gleich an der Stimme erkannt, Richard. Lass mich ihn bedienen, Chefin, er ist mein Vorzugskunde. Zweiundvierzig Rosen, hat deine Frau Geburtstag? Nein, ihr habt Hochzeitstag, stimmt's?«

»Nicht ganz, Suse. Heute hat mein Sohn Geburtstag. Und früher, als Oliver und Christin noch daheim waren, bekam meine Frau immer zu den Kindergeburtstagen einen Blumenstrauß von mir. In den letzten Jahren hatte ich es allerdings vergessen.«

»So sind Männer. Dann komm mal mit. Ich zeige dir, was wir Schönes haben. Soll ich dir die Rosen ins Haus liefern lassen? Der Kleine von der Chefin kann sie dir bringen, sie werden noch vor dir bei euch sein. Gehört zum Service.«

»Das wäre sehr schön, Suse.«

Nachdem er die Rosen ausgesucht und bezahlt hatte, ging er zum alten Bahnhofsgebäude und betrat die Gaststätte. Der Wirt, sein Schulfreund Fred Plöger, begrüßte ihn herzlich. Zurek sagte, er wolle am Abend mit seiner Frau zu ihm essen kommen, und

fragte, was er Gutes anzubieten habe. Plöger empfahl ihm einen Zander, Zurek war damit einverstanden und sagte, er brauche auch einen guten Wein dazu, einen sehr guten Wein.

»Kein Problem«, sagte Plöger, »feine Weine habe ich ausreichend. Und für dich mache ich sogar einen Vorzugspreis.«

»Das nehme ich gern an. Danke. Irgendwie ist das Geld immer zu knapp.«

»Rede keinen Unsinn, Richard. Ihr Beamten habt alle eine sichere Pension. Du kannst dein Leben genießen, ich dagegen muss heute noch arbeiten.«

»Was ist heutzutage schon sicher, Fred? Also bis nachher. Ich denke, wir werden gegen sieben bei dir sein.«

Sie verabschiedeten sich mit Handschlag. Plöger brachte seinen Schulfreund bis zur Tür. Richard Zurek ging nach Hause. Die ihm entgegenkommenden Bekannten grüßte er freundlich. Er fühlte sich unternehmungslustig. Als seine Frau ihm die Tür öffnete, begrüßte sie ihn mit der Mitteilung, dass sie soeben fünfzig Rosen erhalten habe, wundervolle Rosen, jedoch der Blumenbote habe ihr nicht sagen können, von wem sie seien.

»Du hast dich verzählt, Rike. Natürlich sind es zweiundvierzig Rosen.«

Sie strahlte ihn an und küsste ihn gerührt. Als sie sich erkundigte, wie es in der Schule gegangen sei, sagte er zu ihr: »Heute habe ich keinen Tag verloren, Rike. Zieh dich um, Mädchen, wir gehen im Bahnhof essen.«